Lingerie

Girls'

Generation

이 도서의 국립중앙도서관 출판예정도서목록(CIP)은 서지정보유통지원시스템 홈페이지(http://seoji.nl.go.kr)와
국가자료공동목록시스템(http://www.nl.go.kr/korisnet)에서 이용하실 수 있습니다. (CIP제어번호: CIP2017020512)

란제리
소녀
시대

김용희 장편소설

은행나무

차례

|

프롤로그

세상에는 자고로 어처구니없는 것이 두 개 있다. 남자가 상상하는 여자, 여자가 상상하는 남자. 이 어처구니없는 두 개의 상상이 모여 가족이란 걸 이룬다. 그리고 어처구니없는 또 한 가지가 탄생한다. 우리 딸 같은 경우 말이다. 아침 출근할 때 가장 바쁠 때마다 딸애는 나를 찾는다.

"엄마, 생리대 없어?"

"넌 꼭 나한테 생리대 빌려달라고 하더라."

"접때 엄마가 내 거 위스퍼 다 썼잖아, 뭐⋯⋯."

내가 언제?

하려다 만다. 이제 나도 예전과 다르다. 욕실 서랍장에 쌓이고 쌓인 게 생리대다. 서랍장에 위스퍼는 슬라이스 치즈처럼 가지런히 놓여 있다. 나는 조금도 아까운 마음 없이 위스퍼를 한 움큼 잡는다. 딸애는 급한지 내게서 받자마자 화장실로 달려간다.

얼마 전까지만 해도 나는 딸과 생리대를 서로 빌려주고 받는 사이였다. 몰래 아껴둔 양식을 꾸어주듯 생리대를 빌려줄 때 늘 아까운 생각이 들었다. 생리대를 건네줄 땐 손끝이 가늘게 떨리기까지 했다.

하지만 이젠 게임 오버다.

저번 달부터 생리혈이 보이지 않는다. 매일 화장실을 갈 때마다 팬티를 확인했다.

없다. 아주 깨끗하다. 며칠이 지나 조금 옅은 붉은 기의 혈흔이 묻어났다. 기쁜 마음에 혈흔이 묻은 팬티를 구멍이 날 만큼 뚫어지게 들여다보았다. 하지만 그것으로 끝이었다. 그럼, 지금 이 나이에 임신은 아니고…… 그러니까 폐경? 오, 맙소사. 폐경이라니.

하긴 얼마 전 회식 자리에서 얼굴이 발갛게 달아올라 난감했던 적이 있었다. 달아오른 뺨을 어쩔 줄 몰라 한참을 화장실에서 나오지 못했다.

저번엔 건조대에서 빨래를 걷어와 핑크색 생리팬티와 크림색 생리팬티를 함께 갠 적이 있다. 이들은 좀 너덜너덜하고 누래진 얼굴이었다. 나는 오랜 동반자처럼 그들의 몸을 정성껏 개켜주었다. 그리곤 속옷 서랍장에 조심스럽게 눕혀놓았던 것이다. 이제 내 생리팬티들과 결별이다.

'이정희, 넌 사망이다.' 머릿속에 그려지는 내 얼굴 위에 크게 '근조'라고 적힌 검은 리본을 양옆으로 두른다.

그러니 생리대라…… 욕실 서랍장에 쌓여 있는 그 많은 생리대를 다 쓰지도 못하고 죽게 될 게 뻔하다. 슬라이스 치즈처럼 놓여 있는 생리대 말이다.

나는 딸애에게 위스퍼를 잔뜩 넘겨주며 말한다.

"야, 빌려 간 생리대 이제 돈으로 갚아줘."

나는 눈을 내리깔고 모르는 척한다. 순간 딸애 인상이 마구 구겨진다. A4 한 장을 넘어 B4 한 장 크기 종이처럼 구겨지려 한다.

"엄마는…… 정말, 우리 엄마 맞어?"

입을 샐쭉거리며 눈을 흘긴다.

"야, 그러니까 일찍 일찍 다녀. 너 밤늦게 다니면 안 돼. 알겠지?"

내 잔소리의 마지막 문장은 언제나 똑같다. 딸애가 성적을 못 받아왔을 때도, 옷에 케첩을 흘렸을 때도, 과외 빼먹고 친구들과 피시방에 갔을 때도 잔소리의 마지막은 늘 그렇게 끝난다. "일찍 일찍 다녀. 여자가 밤늦게 다니면 안 돼."

예전에 엄마 아버지가 늘 하시던 말씀이다. 이제 딸애에 대한 나의 '필살기'가 되고 말았다.

딸애는 나를 어처구니없게 생각할 게 뻔하다.

그러나 어쩔 수 없다. 인생이란 늘 이렇게 어긋나는 것이다. 질문하는 것에 대하여 다른 대답을 던져주는 것, 의도했던 것과는 늘 다른 방식으로 흘러가는 것, 그게 인생 아닌가.

퇴근을 하고 딸애 방에 들어가 보니 딸애 침대 시트는 어김없이 붉게 핏물이 들어 있다. 붉은 꽃잎. 딸애는 아직도 생리를 성공적으로 받아내지 못하고 있다. 고등학생이 되었으면서도……

생리혈을 팬티에 흘리지 않고 생리대 위로 잘 받아내는 게 인생을 잘 받아내는 거다. 안 그러면 인생은 어김없이 우리에게 토마토케첩 같은 오점을 흘리고 만다.

칠칠맞기는…… 가시나. 나는 혀를 찬다. 책상 아래 흘러내린 추리닝 엉덩이 쪽에 동그랗게 피 얼룩이 번져 있다. 나는 다시 한번 혀를 찬다.

추리닝을 세탁기 아래 빨래 바구니로 가져왔다. 얼룩 부분만 물에 흠뻑 묻히고 세탁비누를 문지른 뒤 세게 비비기 시작했다. 붉은 얼룩은 문지르면 문지를수록 희미해지는 듯하더니 점점 더 퍼졌다. 문지르면 문지를수록 얼룩은 더 큰 얼룩을 만들었다.

나는 문득 혜주를 떠올렸다.

나에게도 딸애와 같은 십대 때가 있었다. 추리닝에 묻은 생리혈을 어찌할지 몰라 당황해하고 생리대를 찾지 못해 여기저기를 뛰어다니던 시절.

1979년 10월.

한국은 국가적으로든 내 개인사적으로든 새로운 역사의 전환을 맞고 있었다. 오랫동안 장기 집권을 해온 '그분'이 돌아가신 해이기도 하지만 당시 나는 팽팽한 성장호르몬이 맹렬하게 허벅지로 올라오던 여고 2학년 시절을 보내고 있었다. 바야흐로 선진 한국 80년대를 맞기 위해서인지 그분이 돌아가셨다. 칠판 위 제일 높은 곳 그

분의 사진도 다른 분의 사진으로 교체되었다. 그 옆에 태극기가 걸려 있었다.

물론 나에게도 변화는 있었다. 남자의 성기가 궁금했고 남고(男高) 아이들 코밑에 난 거뭇한 수염이 신기했다. 남자와 여자가 만나 애를 낳는다는 것도 궁금했고 우리 엄마 아버지가 아직도 성교를 하는지도 궁금했다.

젖망울이 밋밋한 가슴을 밀치고 봉긋하게 솟아오르는 여고 2학년. 그렇다. 나에게 평범한 세상은 사라져버린 것이다. 세상은 휘장 너머 새로운 세계를 휙 하고 나에게 보여주는 듯했다.

오, 신이시여. 드디어 나에게도 햇빛이 조금씩 그 너머의 세계를 비춰주기 시작한 것입니까?

그러나 내가 알고 싶은 세계는 쉽게 모습을 드러내지 않았다. 그나마 미장원에서 〈선데이 서울〉과 〈야담과 실화〉를 훔쳐보는 것이 다였다. 그중에서도 특히 좋아한 코너는 '사건 실화' '충격!' 뭐 이렇게 시작하는 코너였다.

〈선데이 서울〉에는 경향 각지에서 '고민 남'과 '고민 녀'의 편지들이 소개되곤 했다. 이들은 모두 검은 테이프로 눈을 가리고 있다. 긴 생머리에 미니스커트를 입은 여자는 눈에 검은 테이프를 붙이고 말한다.

"그 남자와 등산을 갔는데…… 그 남자가 내 젖가슴을……."

나는 와락 하고 책장을 덮는다. 미장원의 누군가가 나를 지켜보는 것만 같다. 온몸이 간지러워지기 시작한다.

생은 아주 조금씩만 비밀을 나에게 허용하는 듯했다.

남자들은 청춘의 방랑을 멋있는 객기처럼 주절거린다. 뭐, 그런 거 있지 않은가.

'내 나이 열여덟. 그 시절의 난 매일 카프카의 소설을 읽고 초콜릿 맛이 나는 장미를 피우고 친구의 하숙방에서 포르노를 보며 수음을 했다.'

뭐 이렇게 시작하는 숱한 이야기들. 그러나 나의 십대는 청결하고 위생적으로 관리되었다. 미장원에서 몰래 훔쳐보는 〈선데이 서울〉이 다였으니 말이다.

물론 변하지 않은 것도 있다. 1979년, 한국에는 자본주의의 상징, 패스트푸드점 롯데리아가 처음 문을 열었다. 빨간 롯데리아 유니폼을 입고 모자를 쓴 직원들이 재빠르게 햄버거를 포장해 전해주는 모습이 티브이에 나왔다. 하지만 남쪽 조그만 도시에 살고 있던 우리에겐 떡볶이와 순대가 여전히 최고였다. 교련 시간에 소총을 쏘는 훈련이 계속되었고, 수류탄 던지는 훈련도 계속되었다. 국민교육헌장을 여전히 달달달 외워 경시대회에 나갔고, 담임은 언제나 "공부 못하면 니들은 인간도 아닌 기라—"로 우리를 달달달 볶았다. 〈성문종합영어〉 단어를 모나미 볼펜으로 연습장에 '황칠'을 해가며 외웠고, 〈수학의 정석〉 문제를 깨알같이 빡빡하게 풀며 연습장을 채웠다. 그리고 채운 연습장을 꼰대에게 검사 맡았다.

세상은 더럽게도 바뀌어주지 않았다.

그러나 영어 단어와 수학 공식을 '박 터져라' 외우다가도 여자와 남자의 몸속에 있는 난자와 정자 이야기는 늘 온 신경을 곤두서게 했다. 그러면서 자루처럼 불룩한 아랫배와 이두박근처럼 튀어나온 종아리를 보면 한숨이 절로 나왔다.

　누구나 비슷하겠지만 이십대에 이십대만큼, 삼십대에 삼십대만큼의 무게와 질대로 혼돈이 반복된다. 나의 십대도 그렇게 십대 마지막의 혼돈 안에서 출렁거렸다. 허벅지로 올라오는 성장호르몬의 무게와 〈성문종합영어〉의 양으로.

　그 시절, 롤러스케이트가 있었고 비틀즈가 있었다. 사람들은 고고장에서 디스코를 추기 시작했고, 맹인 가수 이용복의 '왜 절 낳으셨나요'를 절규하듯 따라 불렀다.

　그리고 혜주, 혜주가 있었다.

　그리고 그 사건이 있었다.

　짧고도 빛났던 생의 한때.

　이불을 펴고 잠이 들고, 이불을 개켜 쌓아 올리면 걸어온 꿈길을 다 정리할 수 있을까.

　그것이 인생일까.

Part I

말 괄 량 이 의
시 대

1

　"남자가 한번 사정할 때 대략 3억 마리의 정충이 나온다. 그렇지만 그 정자를 받아들이는 난자는 단 하나뿐이다."

　교련은 칠판에 올챙이 모양의 정자를 그리기 시작한다. 수많은 정자들은 꼬리를 달고 난자를 향해 맹렬히 질주한다. 정자는 짙푸른 칠판 위에서 해파리처럼 넘실거린다. 순간 교련의 침이 내 책상 위 하얀 공책 위에 튄다. 에이, 뭐야. 더럽게……

　"에, 초파리 집단에서 교미를 많이 한 암컷 초파리는 교미를 적게 한 초파리와 비슷하게 알을 낳는다. 그렇지만 교미를 많이 한 수컷 초파리는 교미를 적게 한 수컷 초파리보다 훨씬 더 많은 자손을 번식시킨다."

　아니 뭐라고? 젠장, 그건 너무 불공평하다. 그러니까 암컷은 수태 기간 동안 어떤 수컷도 만날 수 없지만 수컷은 또 다른 암컷을 찾아다닌다는 거 아냐. 3억 마리나 되는 정충이 아깝다는 거 아냐. 단 하나의 난자만 만나는 것이 아쉽다는 거겠지.

그래도 그렇지, 여자들이 그 난자 하나 만들려고 매달 달거리하는데……. 달거리하면서 쓰는 생리대 값만 해도 얼만데…….

"에, 또, 그러니까……."

이번에 칠판에서 교탁으로 몸을 휙 돌리는 순간이다. 교련의 중간머리 가발이 한번 공중에 짧게 떴다 가라앉는다. 본인도 놀랐나 보다.

"흠흠."

교련답지 않게 씩 웃으며 말을 잇는다.

"그래서 남자들이 허리 잘록한 여자를 좋아한다는 거 아이가. 허리 잘록하다는 것이 단순히 보기 좋기 때문이 아닌 기라. 문화생태학적이고 본능적인 욕구의 산물인 기라. 허리가 잘록하다는 건 다른 남자의 애를 임신하지 않은 증거가 되거든. 그러니까 내 정충을 심을 수 있는 영토를 발견했다…… 뭐 그런 기라."

"꺄악! 어머, 웬일이고?"

교실 안에 떠나갈 듯한 비명과 웃음이 터져 나왔다. 책상을 손바닥으로 두들기고 의자가 꽈당하고 뒤로 넘어지는 애도 있었다. 애들은 가발이 공중에 떴다 가라앉은 것 때문에 넘어가는 것인지 몸속에 난자가 몸 어딘가를 간지럽혀 웃는 것인지 알 수가 없다.

하여간 내숭이다.

평소 때 교련을 복도에서 만날라치면 이리저리 몸 피할 곳 찾기

급하다. 교련은 장정 팔뚝만 한 나무 몽둥이를 지휘봉처럼 들고 다닌다. 얼룩덜룩한 개구리 무늬 군복에다 모자에다, 나는 우리가 같이 달거리를 하는 여자라는 것이 의심스럽곤 하다. 군대식 걸음으로 팔을 휘저으면 몽둥이도 따라 공기를 휘저었다. 아이들은 조심조심 교련의 곁을 지나면서 기어가는 목소리로 "충, 성" 하고 손을 옆머리께에 착 붙인다. 교련은 "충! 성!" 하고 더 큰 소리로 호령한다. 교련은 아마 자신의 호령을 스스로 대견스럽게 느끼는 것 같다.

사실을 말하자면 아이들은 교련이 젤 싫다 어쩐다 하면서도 성교육 시간을 기다리는 게 틀림없다. 애경이는 옆반 성교육 시간에 남자성기를 그려 보여주었다니 어쩌니 말하면서 호들갑을 떨곤 한다. 그러면 어김없이 반 아이들은 애경이한테 일제히 호기심 어린 눈빛으로 달려든다. 아예 교시를 듣는 신자들의 눈빛이다. 꼬락서니하고는…….

나로 말할 것 같으면 뼈대 깊은 진성 이씨 집안의 여자다. 여자는 자고로 어른에게 순종해야 한다. 제 몸가짐의 품위를 지켜야 하는 법이다. 조신하게 걸어야 하며 몸을 너무 뒤뚱거려서도 안 된다. 여자는 다리를 벌리고 앉으면 안 된다. 가랑이를 붙여서 앉아야 한다. 찬데 앉으면 안된다. 애 못 낳는다 등등……. 나는 계통발생학적으로 양반집 규수의 획득형질을 지니고 있는 몸이다.

그때 종이 요란하게 울렸다.

교련 시간, 성교육 시간이 돌아온 것이다.

교련은 히죽 웃으며 허리 어쩌구 저쩌구 한 이야기가 스스로도 재미있다 생각한 것 같다. 좀 더 의기양양해진 모습으로 어깨를 으쓱한다. 하긴 자신의 허리도 잘록하다 이거겠지. 어쩨 마흔도 안 되었는데 교련 얼굴은 팔자 주름이 진하다. 저래서 시집갈 수 있을까. 팔자 주름 옆에는 곰보 자국 같은 흉터가 있다. 사열 때 구령을 외칠 때마다 곰보 자국도 함께 구령을 하곤 한다.

어쩌면 교련은 잘록하다고 생각하는 자신의 허리를 축으로 팽이처럼 교단 위를 빙그르르 돌고 싶었는지 모른다. 〈바람과 함께 사라지다〉의 스칼렛 오하라라도 된 기분으로 말이다.

아니 그건 그렇다치더라도…… 아무리 그래도 3억 마리 정충은 너무했다. 나는 육이오전쟁 때 중공군처럼 진군해 오는 수많은 정자들을 생각한다. 몸이 스멀거린다.

왜 여자는 남자를 갈구하는 것인가. 우리 오빠를 생각하면 남자들이란 뻔하고도 뻔하다. 여드름이 잔뜩 난 볼살을 실룩거리며 뭐든 게걸스럽게 먹어치우질 않나 발에서 나는 땀 냄새는 어떻고……. 왜 그렇게 씻길 싫어하는지 차라리 혀로 자기 발바닥을 핥는 고양이가 낫다. 더럽고 냄새나고 능글대면서 추근대고 잠잘 때 천장이 무너져라 코 고는 이상한 종. 그런데도 여자는 왜 남자를 갈구하나. 남자 외에 사랑할 제3의 종이 없기 때문이다. 화성인들이 지구에 오면 어떨지 몰라도.

아닌 게 아니라 몸이 정말 스멀거린다.

실은 아랫배 쪽이 영 신경이 쓰이는 게 아니다. 나는 아랫배를 당기며 더욱 힘을 준다. 아침에 언니가 아껴 입는 코르셋을 몰래 입고 와서일 게다. 고3이라고는 하지만 언니는 왕성하게 먹어대는 식욕과 다이어트 사이를 열심히 왕복하고 있는 중이시다. 그 노랭이가 돈을 아끼고 아끼더니 비너스 흰색 코르셋을 살 줄은 몰랐다. 코르셋을 사가지고 온 날 얼마나 자랑을 하던지……. 그렇지만 코르셋을 입은 언니의 모습이라니. 나는 '우리의 돼지'가 그렇게 변하는 모습을 믿을 수가 없었다. 여기서 '우리'라는 작은 따옴표 안에 연년생으로 있는 쌍둥이 언니와 오빠, 그리고 내가 들어간다.

로보트 태권V도 그렇게 멋있게 변신을 할 수는 없을 거다. 놀랍게도 그 튼튼한 삼겹살이 거짓말처럼 쏙 들어간 것이다. 이건 20세기의 마법이다.

오 신이시여! 저에게 코르셋을 주시옵소서.

이 금색 코르셋이 네 코르셋이냐.

아닙니다.

저 은색 코르셋이 네 코르셋이냐.

아닙니다. 제 것은 흰색 코르셋입니다.

오, 착한 소녀야. 이 코르셋 3종 세트를 다 주겠다.

뭐, 이런 식으로 필름이 돌아간다면 얼마나 좋으랴. 언니는 자기 애기의 살갗이 손 탈까 봐 안절부절하는 산모처럼 내 손이 닿지도 못하게 했다.

그러나 뭐, 아시다시피 자라나는 청소년에게 코르셋은 썩 좋은 속옷은 아니다. 청소년은 뼈를 키우고 살을 찌워 조국과 민족의 무궁한 영광을 위해 충성을 다해야 한다. 그러나 나는 기운차게 허벅지에서부터 올라오는 성장호르몬이 오늘만은 좀 나를 가만히 내버려뒀으면 하고 바란다. 오늘이 바로 디데이인 것이다. 나는 코르셋을 두른 내 스칼렛 오하라를 쓰다듬어본다. 숨쉴 때마다 스칼렛 오하라가 얼굴을 접었다 폈다 한다. 오 장한 나의 아랫배, 스칼렛 오하라. 오늘 너만 믿는다. 더욱 숨을 조심스럽게 쉬어본다.

교련 시간이 끝나가고 있다. 칠판 위에는 여전히 3억 마리 정자가 돌진하고 있다. 육이오 때 중공군처럼.

2

내 나이 방년 18세. 계란 반 판을 조금 넘는 나이. 한없이 '소녀'가 융기하고 있는 나이다.

이름은 이정희. 쌍꺼풀 없는 눈에 뭉뚝한 코, 야무지게 다문 입술, 나는 친근한 한국 아이의 전형적인 얼굴을 가지고 있다. 혈통은 북방계쯤 될까. 흑도무림의 자객처럼 벌겋게 단 사철 속에 손을 쑥쑥 집어넣어 단련하지는 않지만 모나미 볼펜을 한번 잡았다 하면 하루 종일이라도 뱅글뱅글 돌릴 수 있는 손놀림도 있었다. 엄지와 집게 사이에 볼펜을 끼고 앞으로도 하루종일, 뒤로도 하루종일 돌릴 수 있다. 돌리는 것은 볼펜이 아니어도 괜찮다. 샤프부터 시작해서 나무 젓가락, 스테인리스 젓가락, 길고 가늘어서 엄지와 검지 위에 얹힐 수만 있다면 교탁도 백금녀*도 돌리라면 돌릴 수 있었다.

어릴 때는 '박치기왕' 레슬러 김일**을 좋아했다. 김일이 〈소년동 아일보〉〈소년중앙〉에 나오는 우리의 '영원한 원수' 일본 레슬러들을 물리쳐주길 간절히 기도했다. '이마로 빡' 한 방 먹일 때마다 어 금니가 간지러울 만큼 기분이 좋았다. 나의 기도는 프로레슬링이 쇼라는 것을 알게 되기까지 계속되었다.

빨간 벽돌색 계몽사 세계 명작 문고판을 뗄 무렵, 퀴리 부인도, 괴도 뤼팽도 셜록 홈즈도 더 이상 나의 우상이 아니었다. 몽테크리스토 백작처럼 어느 낯선 섬에 억울하게 갇혀 있다 안개가 내린 런던의 거리에서 멋진 복수를 하는, 뭔가 극적인 삶을 원했다. 뭔가 극적인 것이 나를 구원해주길 원했다. 나는 제발 전쟁이라도 일어나서 내가 죽치고 있는 이 따분한 세상을 발칵 뒤집어 놓아주기를 열렬하게 빌었던 것이다.

하나님은 세상을 발칵 뒤집어주진 않으셨다. 대신 나에게 남자를 만나게 해주는 축복을 주셨다. 아멘. 할렐루야.

"언주야, 가시나야. 그래, 계고 머스마들 꼭 나온다 캤재?"

"그라머, 이 언니가 누꼬. 나만 믿어라 안 캤나."

나에게도 이렇게 극적인 순간이 올 줄 알았다. 오, D데이.

---

* 몸무게 150킬로그램이 넘던 여자 코미디언. 1950~60년대 '서영춘과 백금녀의 만담' 으로 큰 인기를 누림.

** 1957년 역도산 체육관 문하생으로 레슬링에 입문. 1963년에서 1972년까지 극동 헤비급 챔피언·올 아시아 헤비급 챔피언. 세계 헤비급 챔피언을 석권하며 전성기를 구가.

"동성로는 너무 복잡하고 또 후리가리한테 걸리면 안 될 끼고……. 해서 이 언니가 조—쪽에 할매집 뒤에 미자빵집으로 잡아 안 놨나…… 근데 나 괜찮나?"

언주는 눈동자를 반짝거리며 입가에 살짝 힘을 주고 웃어 보였다. 하야, 지가 무슨 정윤희*라고…….

"나는, 나는…… 나는 어떻노."

은자가 코를 벌름거리며 한쪽 눈은 내리깔고 한쪽 눈은 치켜뜬 채 나름 폼을 잡는다.

"아, 근데 문디 가시나. 니도 코르셋 했나."

나는 편편해진 은자의 아랫배를 내려다봤다. 아랫배에 두둑한 삼겹살을 키우고 있던 은자가 웬일로 오늘 몸매 된다 했더니…….

"흐흥, 엄마 거 화장 하는 것도 몰래 했다 아이가."

"내 참, 문디 가시나들하고는……. 왠 분 냄샌가 했다."

"난 벤또도 안 묵었다."

현희는 한 술 더 떴다.

현희는 굵은 검은 테 안경을 코끝에서 눈께로 다시 밀어 올리며 말한다.

하여간 가시나들 때문에 내 '가다'가 안 선다.

---

* 1970년대 최고의 미인 배우. 대표작으로 〈앵무새 몸으로 울었다〉 〈사랑하는 사람아〉 〈사랑의 찬가〉가 있음.

계성고 애들도 '가다' 세우느라 애 좀 쓴 것 같다. 하얀 와이셔츠 카라에 빳빳하게 풀을 세게 먹인 것 같다. 계성고 특유의 푸른 교복 바지…… 줄 선 것 좀 봐라.

미자빵집에 들어섰을 때 계고 애들은 이미 자리를 잡고 앉아 있다. 주선자인 언주와 계고 남학생이 서로 아는 체하며 손을 든다. 나와 은자와 현희는 수줍은 듯 고개를 숙이고 쪼르르 언주를 따라 들어간다. 맞선을 보듯 자리에 조용히 앉는다.

이상하게 머릿속에는 낮에 교련이 그려준 정자가 요동을 치고 있다. 나는 아랫입술을 질끈 문다. 쌍꺼풀 없는 눈을 좀 더 커 보이게 하기 위해 눈에 힘을 준다.

"자 자, 이쪽은 계성고 2학년 5반 제 친구들이구예. 그쪽은?"

"내가 소개할게예. 정화여고 2학년 8반 친구들입니다."

주선자들은 각자 아무렇지 않게 이쪽과 저쪽을 소개한다. 계고 애들은 인사를 시키자 모두 후닥닥 고(高) 자가 쓰인 모자를 벗었다.

언주 년. 언제 계성고 남자애를 알게 됐지? 나는 비로소 고개를 빼꼼히 든다. 눈을 가늘게 떠 계고 아이들을 하나하나 뜯어본다. 계성고 애들은 모두 수줍은지 고개를 숙이고 있다. 짜─식들.

사실 껄렁껄렁한 남학생들은 교복 위 단추 하나는 풀어 제치고 모자는 눌러쓰고 다닌다. 스타일로 봐서 완전 쑥맥들이다.

주문한 앙금빵과 칠성사이다가 나왔다. 다른 애들은 대체로 말없이 빵을 집어 먹었다. 주선자들끼리만 열심히 뭐라 뭐라 이야기를 한다.

그러고 보니…… 계성고 주선자 남자애…… 괜찮다. 이조 백자처럼 귀티 나는 하얀 피부, 오똑한 콧날. 말투도 매너 있고 목소리는 더 부드럽고. 흠흠 쓸 만한데.

침이 꼴딱 넘어가는 소리를 숨기려 앞에 놓인 칠성사이다를 한 모금 마신다. 나는 이 따끔따끔한 달콤함이 좋다.

"이제 분위기도 무르익었으니까 소지품 꺼내 파트너 정합시더. 남학생 쪽에서 소지품 꺼내지예."

남자애들은 구석진 다른 탁자로 가선 이쪽으로 등을 돌리고 한참 키득댄다. 소지품을 모으는 듯하다. 나는 쌍꺼풀이 없는 눈을 더 크게 떠 주선자가 무얼 꺼내는가 눈에 불을 켰다. 주선자가 소지품을 모아 공책 위에 올려 가지고 온다. 다른 남자애들도 헤헤 하는 표정으로 머리를 긁적긁적 긁으며 제자리로 온다.

소지품은 이런 것이었다. 손수건, 샤프, 성냥, 필통.

앵? 성냥?

이조 백자의 얼굴을 보니 성냥을 내려다보고 있다.

나는 순간 필이 꽂힌다. 내 마음에 불을 당기는군.

사실 고교 땐 모든 불량기가 마음속 우상이 아니던가. 나는 요이 땅, 할 것도 없이 바로 손을 냅다 뻗었다. 이조 백자! 너는 내 거다.

아, 그런데 한발 늦었다. 언주 년이 잽싸게 성냥을 가로챘다. 이조 백자의 얼굴에 잠시 미소가 인다.

순식간의 일이다. 이럴 수가. 갑자기 나는 망연자실해져서 어찌할지 모른다. 계성고 남자애들은 여전히 헤헤거리며 자신의 소지품에 눈길을 내리꽂고 있다. 간택을 기다리는 궁녀들처럼. 은자와 현희가 각각 손수건과 샤프를 짚는다. 손수건과 샤프는 성은을 입은 듯 입을 헤벌린다.

나는 침을 다시 한번 꿀꺽 삼키며 칠성사이다를 마셨다. 따끔한 것이 혀 주변 부드러운 조직을 공격한다. 달콤함이 통증과 따끔한 것과 함께 있다는 것은 슬픈 역설이다.

나 보기가 역겨워

가실 때에는

말없이 고이 보내 드리 오리다

영변(寧邊)에 약산(藥山)

진달래꽃

아름 따다 가실 길에 뿌리오리다

머릿속에 왜 갑자기 김소월의 '진달래꽃'이 떠올랐는지 모르겠다. 나는 눈물을 머금는다. 머리통이 사각 필통같이 길쭉하게 생긴 애랑 파트너가 되어야 할 운명이었다. 사각 필통은 거무티티한 얼굴에 붉은 잇몸을 드러내고 웃는다.

오, 신이시여…… 이것이 정녕, 나의 운명이란 말입니까. 신이시여, 적어도 나는 뼈대 깊은 진성 이씨 집안의 규수로서…….

그런데 순간이었다. 내가 한참 눈을 내리깔고 마음속으로 중얼중얼하고 있는데 "뿌우웅—뿌웅". 참을 때까지 참다 견딜 수 없다는 듯 나오는 방귀 소리였다. 괄약근의 힘은 참으로 무력해 보였다. 끝내 가스의 힘을 이기지 못했다.

계성고 애들과 우리 반 애들 모두 놀란 표정으로 서로를 두리번거렸다. 독가스에 코를 잡고 모두 양 미간을 찌푸렸다. 그러나 아무도 누구인지 알 수 없다는 표정이다. 갑자기 은자가 빨개진 얼굴로 자리에서 벌떡 일어났다. 은자는 냅다 도망치듯 문으로 달아났다. 계성고 파트너 손수건인지 샤프인지는 아직도 사태 파악 못했다는 표정이다. 도망가는 은자 뒷모습만을 멍한 표정으로 본다.

말하자면 이런 것이다. 은자의 얼굴은 빨간 홍당무가 되었고 나머지 남아 있던 얼굴들은 하얀 잿빛이 되었다. 이 완벽한 대조.

'아기다리 고기다리 던 미팅'은 이렇게 허무하게 끝이 나는 것인가. 영화 〈고교얄개〉에서 이승현*이 소리 높여 외치던 '아기다리 고기다리 던 데이트—'. 하긴 오히려 잘된 일일지도 모르지. 사각필통…… '허걱'이다.

아무리 그래도 인간의 몸이란 정말 너무 하잘것없다. 아무리 조신을 다 떨고 갑옷처럼 코르셋을 둘러도 저 방정맞고 눈치 없는 괄약근이 복부에 찬 것을 배출시키는 바엔 재간이 없다. 심지어 괄약근은 의지와 상관없이 제 스스로 부풀고 수축한다. 몸은 정신의 고상함과는 끔찍할 만큼 다른 것이다.

하긴 그렇지 않는가. 내 몸은 내 의지와는 상관없이 방귀를 뀐다.

---

* 주연으로서 당시 최고의 인기를 끌던 하이틴 스타.

트림을 한다. 땀을 흘린다. 격렬한 소리들을 낸다. 그렇기 때문에 다른 사람과 한 침대에 누우려면 위신 따위는 포기해야 한다. 그럼 어떻게 나의 왕자님과 한 침대에서 잠을 잘 수 있지? 갑자기 눈앞이 아득해진다.

누가 방귀를 뀌고 싶었느냐고요. 트림을 하고 싶었겠냐구요. 하소연해봤자 소용없다. 기껏 정신은 몸에 볼모로 잡혀 있는 격이니……. 괄약근은 우리 신체 중에서 가장 지각 없고 난폭한 신체 기관인 것이다.

은자가 달아나고 난 자리에 방귀 냄새와 화장품 냄새가 은은하게 섞였다. 우리는 직감적으로 공기의 회전을 느낀다.

사인을 보내지 않았는데도 우리는 동시에 일어난다. 어떻게 남자애들과 인사를 하고 헤어졌는지 모르겠다.

"야, 소은자 이 가스나. 이렇게 일을 망쳐놓고 혼자 도망가믄 어떡하노?"

언주는 몹시 화가 난 모양이다. 언주는 그 큰 눈을 흘기며 입술을 샐쭉거린다. 그 모양을 보니 괜히 안심이 된다.

"어떡하노. 니가 많이 애썼는데……."

위로를 잔뜩 씌운 떡볶이 접시 같은 멘트 한번 쏜다.

그러나…… 너의 패배는 나의 기쁨.

이조 백자는 안전하다.

속으로 쾌재를 부른다. 나는 뼈대 깊은 진성 이씨 여자가 아닌가.

3

뼈대 깊은 진성 이씨라. 아버지는 언제나 여자는 참해야 한다고 말씀하신다. 엄마는 언제나 여자 팔자 '뒤웅박 팔자'라고 말씀하신다. '뒤웅박'이 뭔지는 모르겠지만⋯⋯.

'자고로 진성 이씨 여자는 몸가짐 제대로 하고 남편 잘 섬기는 현모양처다.'

엄마는 늘 말씀하신다. 하긴 언니면 몰라도 나 정도면 조신한 여학생쯤 되지 않겠는가? 연희 언니는 일요일이면 짙은 청색 추리닝 바지에 헐렁한 줄무늬 남방을 입고 대낮까지 자기 일쑤다. 대낮까지 세수도 하지 않는다. 늦게 찬장에서 식은 밥을 꺼내 김치와 비벼 먹고는 '정희야, 니 뭐 하는데' 하고 다가오는 폼이란. 수세미 같은 머리를 벅벅 긁으며 하품을 할라치면 입에서 냄새가 장난 아니다.

나는 언니와 확연히 다르다. 엄마에게 혼나가며 아버지 세숫물로 데워놓은 큰 냄비 더운물을 대야에 몰래 퍼와 이틀에 한 번은 꼭 머리를 감는다. 엄마 화장대 앞에서 로션과 화장수 바르는 일도 잊지 않는다. 하얀 교복 깃은 반들반들해지도록 다려가지고 입고 다녔다.

어린 나이에도 나는 인생이 별거 아니라고 생각한 것 같다. 혹은 인생은 확실한 것이어야 한다고 생각한 것도 같다. 삶은 모호하여 결코 해독해낼 수 없는 책처럼 느껴지기도 했지만 내가 살아가는 순간들의 느낌과 사유를 분명하게 챙기며 살아간다는 확신도 있었다.

빨리 어른이 되고 싶기도 했고 이미 인생 다 살아버린 애처럼 사는 게 시큰둥하기도 했다. 인생이 걸어가야 할 미지의 길처럼 보이기도 했지만 막막한 우물처럼 느껴지기도 했다. 모호한 기대와 어떤 설명할 수 없는 막막함이 활시위의 긴장처럼 내 온몸의 신경을 팽팽하게 당기고 있었다.

아무려나, 링컨은 다음과 같이 말한 바 있다.

> 내가 오르는 길이 아무리 험난한 길일지라도 이 길이 절벽이 아니기에 나는 이 길을 헤쳐 나갈 수 있다

나는 책상 위에 위인이 남긴 명언을 바라본다.
무명 씨의 또 다른 명언도 있다.

> 조국이 부르면 나는 간다

잔다르크와 같은 애국 구호다.
잔다르크까지는 아니어도 국기에 대한 맹세를 하면서 나는 늘 애국심이라는 것이 가슴 밑바닥에서 끓어오르는 것을 느낀다. 그것이 '조국 근대화'라는 것과 어떤 연관이 있는지 모르겠지만……. 여하간 조국 근대화를 위해 우리 청소년들도 앞장서야 하는 것이다.
그런데도 엄마와 아버지는 아들 둘은 꼭 보아야겠다고 딸을 넷씩

이나 낳았다. '둘만 낳아 잘 기르자' 가족계획에 따르는 것이 '조국 근대화'를 앞당기는 일임에도 불구하고 말이다.

처음에는 뭐, 성적이 괜찮았다. 엄마는 시집오자마자 언니와 오빠 이란성쌍둥이를 낳은 것이다. 그래도 진성 이씨 집안에서 '쌍둥이'는 좀 이물스러운 것이라 여긴 것 같다.

"어머, 어떻게 남자 여자 쌍둥인교? 남자애가 잘되려면 여자 쌍둥이 하나는 어디로 보내야 한답디더."

엄마는 마음이 급해졌다. 연년생으로 나를 낳았다. 엄마는 자라탕을 먹었다 한다. 삼신할미를 모시는 무당을 찾았다. 부적을 써 베갯잇에 넣고 자기도 했다 한다. 그리고 다시 한참을 있다 딸, 그리고 딸을 낳았다.

성적표로 치면 '미, 양, 가, 가' 정도랄까.

엄마는 경북 지방에서도 유명한 경북여고를 나온 것을 언제나 자랑스럽게 생각했다. 이 대단한 엘리트 여성의 자존심을 건드린 것은 외숙모였다. 외숙모는 엄마와 상주여중 동창이다. 외숙모와 엄마는 결혼을 하자마자 경쟁이라도 하는 듯 애를 낳기 시작했다. 외숙모는 딸, 아들, 아들, 딸, 그럭저럭 중간은 간다. 엄마는 상주여중에 있을 때 자기가 외숙모보다 공부를 훨씬 잘했다는 것을 늘상 말한다. 특히 외숙모가 아들 이야기를 할 때마다…… 그러나.

왕년의 기억을 더듬는다고 현재의 성적이 회복되는 것은 아니다. 엄마는 아무래도 아랫입술을 깨물며 다짐한 것 같다. 엄마는 딸이라도 잘 키워보자 생각한 것 같다.

엄마의 보상 심리 때문에 우리 다섯 모두를 대구에서 유명한 사립 국민학교에 넣었다. 넣는 데 성공한다. 순전히 뒷구멍으로 다……. 나는 뒷구멍으로 들어갔다는 것을 확실히 기억한다. 지역에서 유명한 사립 국민학교. 경쟁이 세기로 또한 유명하다.

큰 강당에 학부모와 아이들을 모아놓고 제비를 뽑았다. 사람들이 많아 키가 작은 나는 나보다 키 큰 어른들 틈에서 숨이 답답하고 더워 죽을 지경이었다. 오줌을 쌀 것도 같았다. 강단 위에서 마이크를 잡은 아저씨가 병에서 쪽지를 뽑아 이름을 불렀다. 내 옆에 서 있던 자주색 돔바*를 입은 남자애 엄마가 호들갑을 떨며 대답을 했다. 내 앞에 곤색 비로드를 입은 애 엄마도 큰 소리로 대답을 하고 앞으로 나갔다. 이곳저곳에서 사람들이 대답을 하고 손을 번쩍번쩍 들었다.

강단 위 아저씨는 내 이름을 끝내 부르지 않았다. 엄마는 또 예의 아랫입술을 질끈 깨물었던 것 같다. 내 손을 휘익 하고 잡아 끌고는 강당을 빠져나왔다.

그리고 얼마가 지나 나는 그 사립 국민학교 입학식장에 있었다. 그러니 뒷구멍이 틀림이 없다.

지금도 기억나는데 국민학교 입학실 날이었다. 담임이 엄마 손을 잡고 있는 나를 유심히 내려다보았다. 키가 작아 보이는군요. 엄마는 기분이 상했다. 그렇지만 아주 다부진 아입니더. 나는 엄마 손

---

* '반코트'의 일본어.

을 더 꼭 잡았다. 쌍꺼풀 없는 눈을 더 크게 뜨려고 애를 썼다. 내가 생각해도 눈빛이 반짝반짝하게. 아무려나, 엄마와 나는 언제나 잘 어울리는 파트너였다.

우리의 공조 관계가 깨진 것은 다음 사건이 있고부터였다.

엄마는 학교에 올 때 가끔 내가 수업이 끝나는 걸 기다렸다 집에 같이 돌아오곤 했다.

어느 날 택시를 탔을 때 일이다.

"저, 달성동 갑시더."

"예? 달성동 어디예?"

"달성동 쪽으로 가면 가르쳐드릴게예."

엄마가 머뭇거리자 나는 엄마와 아저씨 쪽을 번갈아 보면서 말했다.

"저 아저씨, 달성동 자갈마당이라예."

순간 엄마가 나를 얄미운 듯한 눈빛으로 째려보았다.

"뭐? 자갈마당?"

아저씨가 이상한 웃음을 흘리자 엄마는 잔뜩 화가 난 목소리다.

"뭐 그리 웃십니꺼. 자갈마당이 뭐 어쨌다고."

"아니요, 아니 저, 그게 아니고……."

아저씨가 말을 더듬었다. 그러더니 거울로 뒷 자석에 탄 우리 모녀를 힐끔거렸다.

"자갈마당이라, 손님 이상하게 생각할지 모르겠는데예. 자갈마당에 있는 언니들은 좀 그렇지만서두 미군에게 몸 파는 우리 언니들은 애국자인 기라예. 그 언니들이 벌어들이는 달러가 우리나라 경제 발전에 큰 도움을 준다 아닙니꺼. 우리나라가 가난하니까예. 그러니까 그 언니들을 '양공주', '유엔마담'이라고 손가락질하면 안 된다 아입니꺼."

아저씨는 마치 '민족 주체성'을 가진 애국자처럼 준엄한 표정으로 훈시하듯 말했다.

"지금 애도 있는데 무슨 소리 하는 깁니꺼?"

엄마가 버럭 소리를 질렀다. 택시 기사는 그제서야 어깨를 움찔했다.

"그게 무슨 말이 되는 소립니꺼? 기사 양반이 원, 세상에…… 하늘이 노할 소리하네."

엄마는 기분이 몹시 상했다. 나는 양공주니 유엔마담이니 하는 말이 무슨 말인지 모르겠지만 뭔가 잘못된 거란 생각이 들었다. 엄마는 아랫입술을 질끈 깨물었다. 입술을 아프게 할 만큼 화가 났다는 뜻이다.

그러고 한참이 지나고 나서 알았다. '자갈마당'이 우리가 살던 그 지방에서 유명한 사창가라는 것을, 나중에서야 알았다. 알고, 처음으로 부끄러움을 느꼈다.

사실 달성동 근처에는 이렇다 할 만한 것이 하나도 없었다. 학교가 있는 것도 아니고 큰 성당이나 병원 하나도 없었다.

잘 모르는 어른이 '니 어디 사노?' 하고 물으면 동아극장 근처예, 달성공원 근처예, 이렇게도 말할 수 없었다. 동아극장을 지날 때면 지린내와 담배 냄새가 엉켜 언제나 역한 냄새가 떠나질 않았다. 극장 주변엔 늘 깡패들이 어슬렁거렸다. 달성공원에라도 가려 하면 사창가 언니들이 있는 거리를 통과해야만 했다.

4

　지금 생각해보면,

　동네에 대해 딱히 뭐라 말할 것도 없다. 버스를 내려 집으로 돌아갈 때쯤이면 자갈마당 시장 근처 노점상들이 길거리에 죽 앉아 이것저것을 보자기에 내놓곤 했다. 저녁 무렵이면 칸델라 불을 밝히고 구루마 위에서 멍게와 해삼, 번데기와 고디를 팔았다. 옷핀 고치로 해삼을 초고추장에 찍어 먹으면 딱 좋았다. 꼬들꼬들한 것이 입 속으로 넘어가면 새콤달콤 초장 맛이 아주 그만이다. 옷핀으로 고디를 빼 먹는 맛도 짭짜름한 게 일품이다.

　그 옆에는 빨간 다라이 위에 나무판대기를 올려놓고 붉은 팥죽을 팔았다. 팥죽 한 그릇요 하고 시키면 팥죽 아줌마는 곤로에서 물을 끓이고 그 위에 식은 팥 앙금을 넣어 단박에 모락모락 김이 나는 팥죽 한 그릇을 내놓곤 했다. 친구랑 둘이 앉아 먹을라치면 당장 뜨거운 팥죽에 입천장을 데이고 만다.

　시장 쪽으로 꺾어 들지 않고 길을 건너 똑바로 걸어가면 철길이 나왔다. 철길 너머는 시꺼먼 굴뚝들이 있는 공장 지대였다. 공장지

대로 올라가면 늘 공기가 매캐했다. 검은 기름 덩어리들이 여기저기 땅바닥에 어둠처럼 웅크리고 있었다. 땅을 밟을 때마다 바닥에 떠 있는 검은 기름이 하얀 운동화에 묻어나곤 했다.

이 동네에 살게 된 것은 섬유 공장 공장장을 하는 아버지 덕분이었다. 우리 가족은 당시 질기고도 신기한 화학 섬유 나일론이 한창 인기를 구가하던 섬유 도시 북쪽 공장 지대에 살았다. 비가 오면 늘 하수구 물이 넘쳐 진창이 되곤 했다.

집으로 들어오는 시장통에는 오리를 키우는 술주정뱅이 아저씨가 산다. 아저씨는 낮에도 막걸리로 벌게진 얼굴을 하고 방 한 칸 딸린 가게 터 마루에 앉아 부채를 부치고 있곤 한다. 그 옆에는 닭집이 있다. 열여덟에 시골 밀밭에서 닭집 아저씨가 쓰러뜨리는 바람에 어쩔 수 없어 시집오게 되었다는 닭집 아줌마 가족이 산다. 닭집을 지나갈 때면 언제나 닭 비린내와 함께 누런 털이 날리곤 했다.

여인네들 머리카락 사러 다니는 아저씨가 있었고 하꼬방에 살면서 칼국수를 밀어 세끼를 때우는 우식이네도 있었다. 빨랫줄에 걸린 옷가지 훔쳐가는 좀도둑들, 자전거 도둑들이 있었고 겨울 나무 판자를 엮고 철사를 구부려 썰매를 타는 넓은 개울이 있었다. 밤 12시만 되면 통행금지로 사람들은 급히 뛰어다녔고 순경은 장발과 미니스커트를 쫓아다녔다.

어물전과 청과전, 국밥집과 쌀집을 지나면 솜이불 가게와 약방이 있고 가게 끼고 도는 골목 끝에 기와집인 우리집이 있다. 골목 끝에까지 가끔 넝마주이들이 어슬렁거리며 돌아다녔다. 엄마는 어릴 적 내가 떼를 쓰고 울 때면 "으흥, 넝마가 우는 애 잡아간다아—"
하고 나를 놀래켜 울음을 그치게 했다.

집 정원에는 줄장미, 수선화, 제비꽃이 피어 있었다. 여름철이면
꽃들이 속씨를 터뜨리며 세상으로 번져가고 벌과 나비는 달콤한
향을 싣고 날아다녔다. 보라색, 흰색 제비꽃이 봉긋하고 빨간 줄장
미가 넝쿨진 마당을 지나면 옅은 회색 페인트로 칠해진 나무 쪽문
이 나왔다. 쪽문을 열고 나가면 바로 공장이었다.

우리는 수완이 좋은 아버지 덕분에 공장 옆집에 살고 있었다. 마
당에는 장독대와 수돗가가 있었다. 수돗가에 빨래판과 양은대야가
놓여 있고 옆에 바케쓰와 다이얼 비누가 덕지덕지 묻은 비눗갑이
뒹굴었다. 장독대에는 크고 작은 항아리들이 옹기종기 모여 있었고
된장 통에는 구더기들이 바글바글하곤 했다.

공장 쪽문을 열고 들어가면 메리야스 공장이었다. 판매부에는
내의를 담은 납작하고 네모난 상자들이 천장까지 쌓여 있었다. 나
는 곧잘 공장 쪽문을 통해 공장 언니들과 어울리곤 했다. 내복 상
자를 접는 포장부 언니들을 돕기도 했다. 공장 오빠들은 천장에 연
결된 굵은 줄을 내려 쓰윽쓰윽 아이롱*을 했다. 아이롱을 할 때마
다 뿜어져 나오는 하얀 연기를 보면 멀미가 일기도 했다.

공장 언니들과 친해진 것은 초등학교 시절, 기레빠시**를 주우러

---

* '다림질'의 일본어.
** '자투리'의 일본어.

가면서였다. 인형 옷을 만들기 위해 기레빠시가 필요했다. 언니들은 재단사 오빠가 쓱 하고 잘라낸 쓸 만한 헝겊 뭉텅이를 버리지 않고 있었다. 빤쓰와 란닝구와 내복을 만들고 남은 천들이라 색이라야 뻔했다. 질감도 늘어지는 면이라 행주나 걸레감이었다. 하지만 나는 인형의 금발 머리를 쓰다듬으면 기레빠시를 이리저리 대보고 다시 자르고 오리며 옷을 만들어 입혔다. 사실 바느질엔 젬병이었다. 고등학교 시절 가정탱이는 늘 내 것을 학생들 앞에서 흔들며 이렇게 하면 다시 해야 한대이 하고 설법을 했다.

엄마는 내가 공장에 드나드는 것을 질색했다. 공장 지대에서 여자애를 키우기가 얼마나 힘든지 아냐고 울면서 모진 매도 때렸다. 나는 울지 않았다. 엄마의 매도 나의 공장 출입을 막을 수는 없었다.

쪽문만 열고 들어가면 형형색색 헝겊들의 세계가 있었다. 어른의 세상이 갖고 있는 비릿한 냄새가, 정념의 세상이, 비의로 가득찬 채 그곳에 있었다. 공장 언니들이 수군거리는 비밀들을 들으며 때로 나는 공범 의식에 시달렸다. 실 가닥이 날리는 텁텁하고 진득한 공기 속에 늘 은밀한 것들이 번졌다.

언니들의 이야기는 불온하고 감미로웠다. 연애와 사내에 대한 연민과 피곤한 세상살이 이야기. 언니들의 얼굴에 늘 알 수 없는 피로와 설레임이 공존했다.

그리고 다시 쪽문을 나오면 장미 넝쿨이 있는 우리 집이었다. 정원에는 붓꽃과 라일락이 한창 꽃을 피워 올리느라 숨가빠했고 장독 안에는 구더기가 맹렬하게 꿈틀거리며 생의 한때를 건너고 있었다. 소녀들은 첫 생리혈이 묻은 속옷을 물끄러미 쳐다보며 여자가 되어가고 있었고, 소년들은 이불 속에서 몰래 정액을 뿜어내며 남자가 되어가고 있었다.

'Boys, be ambitious!' 소년들이여, 야망을 가져라. 책상 위에 써놓은 명구를 보면서 소년들은 야망이 뭔지 모르지만 품어야겠다고 생각했고, 소녀들은 우린 무얼 품어야 하나 혼란스러워했다.

밤 깊을 때 가끔 이웃집 어딘가에서 동네 아줌마의 비명 소리가 들리기도 했다. 우리는 무심하게 또 그러려니 했고 동네 아저씨는 곧잘 '여자가 맞을 짓을 했으니 맞겠지' 했다.

5

여자가 맞을 짓을 한다고 해도 꼭 이래야 하나?

수학은 칠판에 함수 그래프 몇 개를 그린다.

"오늘 몇 일이고?"

"17일예."

"아, 그라믄 17번 27번 37번 47번 57번 나와라. 칠판 왼쪽에서부터 순서대로 풀어라."

각 7번들이 의자에서 일어난다. 그중에 언주도 있다. 언주는 교복 앞섶을 밑으로 당기고 예의 단정한 옷매무새를 차린다.

"자 자, 나머지는 각자 공책에 풀도록!"

수학은 지휘봉을 탁탁 교탁 위에 때린다.

함수는 아무래도 모르겠다. 이차함수, 분수함수……. 정말 머리가 띵하다.

변수 x와 y사이에 x의 값이 정해지면 y값이 그에 따라 정해지는 관계, 그럴 때 y는 x의 함수다. 여기서 x, y는 성염색체와 상관없는 x y다.

언주만 빼고 27번, 37번 이하 7번들이 모두 칠판 앞에 서서 머리를 긁고 있다. 언주는 분필로 칠판 위에 똑똑 소리를 내가며 $y=f(x)$를 써가고 있다.

"이 문제를 언주밖에 푸는 사람이 없는 기가? 응?"

수학탱이는 화난 목소리로 짖었다. 언주는 교단에서 내려가게 한다.

"나머지는 칠판을 향해 서!"

하더니 27번부터 차례로 흰 교복 상의 등쪽에서 브래지어 끈을 억세게 잡고는 새총처럼 짝짝 당긴다. 탄력이 붙은 브래지어 끈은 등짝을 짝짝 때렸다. 교실에 있던 반 아이들은 모두 놀란다. 다른 반에서 수학탱이가 그렇게 한다는 이야기만 듣던 터였다.

"샘요. 차라리 손바닥 때려주이소."

47번이 약간 겁에 질려 말한다.

"함수도 못 푸는 주제에 말도 많다. 함수 그래프 그리고 함수식 푸는 거 내가 몇 번 가르쳐줬노. 이것도 못하는 놈들은 새총 맞아도 싸다 싸."

흰 교복 브라우스 상의 안에 등짝이 벌겋게 부어오르는 것이 비쳤다.

짝, 짝, 짝.

등짝 세례가 끝나고 27번 이하 7번들이 모두 등짝만큼 벌겋게 된 얼굴로 돌아서서 제자리로 갔다. 수업 종이 울렸다.

아무리 그래도, 설사 내가 함수에 대해 잘 모른다고 해도 함수 그래프와 브래지어 끈이 어떤 함수관계가 있는지 모르겠다.

수학탱이가 나가자 아이들은 모두 7번들한테로 모여들었다. 아이들이 자리로 모여들자 7번들은 모두 기다렸다는 듯 책상에 얼굴을 박고 울기 시작했다. 팔로 얼굴을 감쌌다. 얼굴을 책상 위로 숙이자 벌겋게 된 등짝이 흰 상의 위로 비친다. 새총 자국이 붉은 실뱀 감아놓은 것 같다.

그래서 여자 팔자는 뒤웅박 팔자인가? 나는 그 뜻도 모르는 뒤웅박을 아무 곳에나 갖다 붙여본다. 그리고 무언가 슬픈 운명이 담겨 있을 듯한 그 뒤웅박의 박 모양을 머릿속으로 상상해보았다.

"하여간 수학탱이 저질이다. 어떻게 남자 선생이 여학생 브래지어 끈에 손대고 그럴 수가 있나. 안 그렇나?"

언주가 양 갈래로 질근 묶은 머리를 흔들면서 흥분해 있다. 하긴 수학 문제 잘 풀어 자기만 면죄부를 받은 게 미안하겠지. 자기위안이 필요하겠지.

"그러게 말이대이."

현희도 까만 안경테를 코끝에서 위로 치켜올리며 눈동자를 굴린다.

"해도 해도 너무하다. 이건 인권침해다. 아이가?"

내가 좀 유식한 소리한다. 적어도 나는 신문 정도는 읽는 여고생이다.

하여간,

아드레날린 장난 아니게 분비되는 날이다.

아닌 말로 브래지어를 새총처럼 사용하라고 여자에게 채운 것은 아니지 않는가. 새총으로 쓸 거리들은 얼마든지 많다. 긴 플라스틱 자의 끝을 잡고 뒤로 확 잡아당겼다 놓으면 얼마나 따가운가. 긴 자도 얼마든지 반동을 이용하면 새총의 역할을 감당한다. 또 출석부는 어떤가. 긴 사각의 출석부도 잘만 하면 새총처럼 사용할 수 있다.

브래지어를 새총으로 사용한다는 것은 잘못된 사용법이란 것을 말하고 싶다. 그러니까 브래지어에 대한 '매뉴얼'을 꼰대가 잘못 알고 있음에 틀림없다.

사실을 말하자면…….

브래지어에 대하여 나는 할 말이 많다. 젖망울이 란닝구를 밀치고 봉긋하게 솟아오를 무렵부터 나는 남자아이들을 똑바로 쳐다볼 수가 없었다.

엄마는 내게 학생용 브래지어를 사주었다. 흰색 민무늬 브래지어. 패드가 들어 있어 가슴을 보호해주는, 언니와 같은 브래지어였다. 그래도 어딘가 닿을 때마다 젖망울은 성장통으로 욱신거렸다. 언니는 넉살 좋게 웃으며 말하는 것이다.

'아이구, 가시나. 요 가슴 좀 보래이' 하고 놀려대며 가슴을 툭 치곤 했다. 그때마다 나는 자지러질 듯 아팠다. 처음 브래지어를 찼을 때 그 답답함이란. 아, 이제부터 갑갑한 '여자의 일생'으로 진입하게 되었구나.

한숨이 절로 났다. 아이고 내 팔자야. 여자의 팔자는 브래지어를 하고부터 시작되는 게 아닐까. 브래지어는 가슴의 조그만 둔덕을 철갑처럼 꼭 눌러주었다. 누군가 뒤에서 꼭 가슴을 끌어안고 있는 듯이.

"언니야, 잘 때도 해야 하나."

"문디 가시나, 잘 땐 풀고 자면 되지."

우리 동네 순덕이네 할매는 쭈글쭈글 축 처진 젖가슴이 다 보이는 누래진 하얀 란닝구를 입고 다닌다. 바짝 마른 젖이 가슴에 착 붙어 한때 그 자리에 연하고도 붉은 탐스러운 젖가슴이 있었다고는 상상도 할 수 없을 정도다.

할매는 언제나 아무렇지 않게 하얀 란닝구를 입고 젖을 약간씩 출렁거리며 순덕이를 업고 골목을 어슬렁거렸다. 아래로 축 처진 젖가슴은 오래된 나무에 매달려 있는 수분 빠진 수세미 열매 같았다. 할매가 순덕이를 업고 이리저리 몸을 흔들 때마다 가슴도 따라 움직였다. 오른쪽으로 몸을 기울이면 바로 한 템포를 사이에 두고 젖은 오른쪽으로 쏠렸다. 다시 왼쪽으로 몸을 기울이면 딱 한 템포 늦게 젖이 왼쪽으로 쏠렸다. 그러니까 발을 한 발씩 옮겨놓을 때마다 젖이 오른쪽 왼쪽 왔다 갔다 했다. 어떨 땐 시장통까지 나올 때도 있었다.

'이건 얼만교? 저건? 아이고 오늘 고등어 물이 좋구마.'

이런저런 오지랖을 떨 때도 란닝구 속 비쩍 마른 젖가슴이 약간 씩 출렁거렸다. 수분 빠진 수세미처럼…….

아무렴. 그래도 아무도 뭐라 그러지 않았다. 문제는 이제 내가 할 매가 될 때까지 이 갑갑하게 죄는 스판 브래지어를 하고 다녀야 한 다는 것이다.

여름 교복을 입을 때 브래지어 윤곽이 굴곡을 드러내며 조심스 럽게 비친다. 은밀한 속내를 드러내는 듯 창피하다. 나는 아침마다 거울 앞에서 등 뒤를 비추어보며 안절부절 못하곤 했던 것이다.

그러니까……,

수학탱이는 해도 해도 너무 했다. 브래지어의 시대사를 몰라도 한참 모른다. 여자의 일생을 안다면 이러면 안 되는 거다.

언주와 현희, 은자와 나는 다 함께 입을 삐죽거리며 수학탱이를 성토했다. 분이 안 풀려 씩씩거렸다. 그때 갑자기 언주가 표정을 진 작에 바꾸더니 "실은 나 할 이야기가 있는데……." 나직하게 목소 리를 낮춘다. 열을 한참 내던 참인지라 좀 뜨악하다. 현희는 무슨 재밌는 거리를 발견한 듯 눈을 반짝인다.

"뭔데 가시나야. 빨리 말해라. 뭐……."

언주는 약간 상기된 표정으로 입을 뗀다.

"저기, 저번에 우리 계고 머스마들하고 미팅할 때 있잖아. 그때 주선자 갸 말인데. 갸가 만나자 카더라. 아마 정식으로 사귀자 할 것 같다."

"꺄악⋯⋯."

은자와 현희는 모두 약속이라도 한 듯 책상을 두드렸다. 마치 자신이 프러포즈를 받은 사람인 양 도취된 표정으로 서로를 두들기며 다시 한바탕 비명을 질렀다.

"야, 가시나 좋겠다."

나는 학예회 날 학교를 찾아 그다지 우습지 않은 얘기에도 크게 웃어대는 학부모처럼 웃어 보였다. 나의 우정을 과시했다.

언주는 양 갈래 중 한쪽 머리 묶음을 만지작거리며 말한다.

"뭐가. 뭐 그냥, 그렇지 뭐⋯⋯."

공부 좀 한다는 애들 특유의 자신감이 얼굴 가득 번진다. 좀 머뭇거리다 나를 보며 말한다.

"으응, 있잖아. 그때 니 파트너였던 아가 너도 같이 나왔으면 좋겠다 카대. 그래서 넷이 같이 보자고⋯⋯."

아, 그 사각 필통⋯⋯, 아무리 그래도 그건 아니다. 사각 필통은 진성 이씨 집안의 규수가 만나기엔 떨어져도 너무 한참 떨어진다. 절대로, 절대로 안 된다. 넘볼 나무를 넘봐야지.

"아⋯⋯ 그―래? 뭐, 정― 그렇다면 할 수 없지, 뭐."

내 입에서는 내가 생각지도 못한 대답이 튀어나온다.

오, 이정희 지금 뭐 하는 거야?

에이, 그래, 이왕 이렇게 된 거. 이 기회에 계성고. 이조 백자를 만나는 거다.

그에게 보여주리라. 나의 매력을. 기다려라. 이조 백자! 내가 간다!

6

그러나 전국모의고사라는 관문이 우리를 기다리고 있었다. 우리는 계성고 애들 만나는 날을 모의고사 끝나는 날 토요일로 잡았다.

2학기 들어 처음 치는 모의고사였다. 정화여고는 이미 이 지역 도시에서 충분한 명성을 누리고 있던 터였다. 전통이라고는 없는 신설 여고였다. 하지만 교장과 선생 모두 젊었고 젊은 만큼 의욕과 패기가 넘쳤다. 전통을 만들어야 했고 무에서 유를 만들어내야 할 판이었다. 그래서인지 초기 졸업생 선배 중에 예비고사 수석이 나왔고 그다음 해 차석이 나왔다. 수석과 차석 선배 이름은 교문 위 플래카드 위에 걸렸다. 태극기처럼 바람에 날렸다.

'축 제6회 졸업 윤영미 서울대 법대 입학.'

'축 제6회 졸업 김선향 서울대 의대 입학.'

교장과 교감 이하 담탱이와 과목 담당들은 입이 닳도록 수석과 차석의 이름을 말했다. 동해물과 백두산이 마르고 닳도록 우리는 수석과 차석의 이름을 들었다. 그래도 담탱이의 입이 닳아 없어지지 않았고 우리의 귀가 닳아 사라지지도 않았다.

우리 모두가 수석이나 차석이 될 수는 없다. 수석과 차석이 될 누군가를 위해 그 나머지가 필요한 것이 아니겠는가.

그러나 나로 말할 것 같으면.

나는 시험을 찬양한다. 시험을 즐긴다. 오, 카타르시스여. 내가 외운 모든 것을 모두 답안지에 빼곡하고 깨끗하게 담아놓고 나오는, 그리하여 시험보고 나서 마침내 머릿속이 하얗게 정리되는 배설 행위라니. 정말 후련하다. 아픔 뒤에는 언제나 영광이 기다리고 있을 터. 어느 정도의 가학적 슬로건이 나에게 더할 나위 없이 효율적이기도 했다.

나는 내가 통과할 문을 손으로 열듯 오른손으로 덜컥 문을 열어젖힌다.

"야! 가시나야. 노크도 안 하고……."

"잉?"

변소에 우리 오빠가 다리를 쪼그리고 앉아 있다.

"빨리 문 안 닫고 뭐하노……. 니 에티켓이란 것도 모르나."

"으으. 미안, 미안."

나는 후닥닥 변소 문을 꽝 닫는다. 푸른 나무 문이 제 몸통 속으로 들어가는 동시에 암모니아 냄새가 확 끼친다. 나는 얼른 마당을 가로질러 마루턱에 앉아 생물 노트를 읽는다.

"정희야, 정희야."

오빠 목소리가 터져나간다. 마루턱에서 나도 오빠 목소리만큼 크게 대답한다.

"와? 와 그라는데."

"변소에 종이가 떨어졌대이. 휴지 좀 갖다도."

나는 양은 물주전자가 놓인 쟁반 위에 있던 두루마리 휴지를 찾는다. 휴지가 안 보인다. 안방으로 들어가 벽에 걸려 있던 일일 달력을 본다. 습자지 재질로 매일 한 장씩 뜯는 일일 달력이 오늘 날짜다. 좀 망설이다 오늘 내일 모레, 세 장을 북북북 찢었다. 3일 치 시간이 찢겨나갔다.

오빠는 변소 나무 문을 빼꼼히 열어놓고 있다. 나는 한 손으로 코를 막고 한 손으로 달력 종이를 쑥 집어넣어준다. 다시 암모니아 냄새가 훅 하고 끼친다.

나는 변소 앞 장독대 시멘트 난간에 걸터앉았다. 여자는 차가운 곳에 절대로 앉아서는 안 된다고 엄마가 말씀하셨다. 하지만 어쩔 수 없다. 그러고는 기다렸다. 빨리 철썩 하고 똥 떨어지는 소리가 들리기를. 그러나 똥 떨어지는 소리는 들리질 않고 온몸의 힘을 끌어모으는 오빠의 처절한 소리만이 들려왔다.

"으으으, 니…… 이, 모…… 의…… 고사가?"

온몸의 신경이 괄약근의 힘으로 모이는 순간 목소리는 몇 번씩 끊어지다 이어지고 다시 끊어지다 이어진다.

"그래."

"지금, 뭐…… 으으으…… 공부하는데……."

"응 생물."

"으으으으…… 그라믄…… 내가 공부시켜줄까. 내가 으으으으,

문제 내줄까……."

"됐다. 그냥 빨리 누고 나온나."

"아이…… 다……. 으으으으, 식물이 광합성 작용할 때 말이다……."

"됐다 안 카나. 빨리 똥이나 집중해서 싸라."

내참 기가 막혀.

누구나 똥을 누는 시간에는 철학자가 되어야 한다. 물론 나는 철학이 뭔지는 모르겠지만 똥을 눌 때만큼 정신을 모아야 할 때는 없다. 온몸의 신경세포를 하나로, 하나의 지점으로 몰두하는 이 몰입의 순간. 나는 이 순간을 가장 순수한 영혼의 순간이라 부르고 싶다. 그렇게 하여 우주가 보이고 세계와 내가 하나가 되는 것이 아니겠는가. 왜 아니겠는가.

일테면 이런 것이다. 아침 첫 햇살을 받으며 아버지가 눈 똥이 김을 모락모락 내고 있을 때 그 위에 깔끔한 엄마의 똥이 얹힌다. 그 위에 소담스럽고 예쁜 내 똥이, 그 위에 찰랑거리는 언니의 똥이 그리고 묵직한 오빠의 똥이 차례로 얹힌다. 그리고 국민학생짜리 아래 두 동생들의 똥이 수시로 섞일 것이다. 똥은 그러니까 민주적이다. 변소 똥간에서 우리 가족은 모두 하나가 된다.

그건 그렇다 치더라도……,

오빠는 똥을 멋진 폼으로 누어야 한다. 괜히 똥폼 잡지 말고.

지금 똥을 누고 있는 오빠는 한참 중국 무협 영화에 빠져 있는 몸이시다. 무사들은 똥 누는 것도 공법에 의해 속사포처럼 날려야 하는 게 아닌가. 오빠는 이미 한국에서 용팔이 박노식*과 장동휘**를 섭렵했다. 중국 배우 왕우와 이소룡의 무술은 날마다 영화로 전수받고 있었다. 주판알이 무기가 되어 탄지공(彈指孔)처럼 튀어 나가는 장면을 날마다 연습하고 젓가락 통의 와리바시***를 적에게 날리는 공법을 열심히 연마했다. 그러다 엄마의 주판알을 다 깨먹고 와리바시를 모두 요절냈다. 엄마는 장마철 개 패듯 오빠를 팼는데 내가 보기엔 평생 맞을 매의 반을 다 맞은 것 같기도 했다.

그러고는 오빠는 왕우를 미련 없이 버렸다. 대신 이소룡의 쌍절곤 연습에 몰입했다.

"끼이아랴— 까."

까마귀 울음소리 같은 괴조음을 지르며 오른발을 높이 들어 사선으로 휙 하고 재빨리 차고 내린다. 오른손으로 콧날을 이쪽저쪽 쓰윽 훑는다.

그리곤 쌍절곤을 양 옆구리 사이로 요리조리 돌리며 괴조음을 지른다. 때로 양 귀 뒤로 돌리고 양 옆구리 뒤로 돌리다 제 몸통을 이리저리 얻어맞기도 한다. 국민학교 운동회 땐 곤봉을 돌리다 곤봉에 자기 뒤통수를 얻어맞더니 이번엔 쌍절곤이다. 오빠는 애써

---

* 1960~70년대를 대표하는 액션배우. 〈마도로스 박〉〈메밀꽃 필 무렵〉〈돌아온 팔도 사나이〉〈운전수 용팔이〉 등에 출연.
** 1950~80년대를 대표하는 액션배우. 〈돌아오지 않는 해병〉〈팔도 사나이〉〈만무방〉 등에 출연.
*** '나무젓가락'의 일본어.

아픈 걸 참아가며 쌍절곤 돌리기에 열중했다.

그러나 그 이후가 문제다. 오빠는 눈을 위로 치켜뜨며 상대방을 쏘아보다 그 다음 윗 눈썹을 아래 위로 올렸다 내렸다 하면서 자신의 인상 쓰기에 집중한다.

그러면 순간 우리의 이소룡은 어딘가로 사라지고 한국의 희극배우 이기동*이 되고 만다. 오빠가 짙은 눈썹의 이소룡처럼 다리를 휙 돌려차고 쌍절곤을 휘두르고 괴조음을 질러대도 언제나 언니와 나의 밥이다. 우린 오빠를 보며 늘 쿡쿡거리며 웃어댄다. 오빠는 이소룡의 카리스마가 아니라 땅딸이 이기동의 난리법석이다.

이소룡이 이기동이 되듯 사실 오빠는 진작부터 '삼천포'였다.

오빠가 태어났을 때 엄마는 사주란 걸 보러 갔다.

엄마가 지방에서도 유명한 명문 여고 출신이고 현대 의학의 발전상을 높이 평가하는 사람 중의 하나면서도 말이다. 엄마는 당시 처음 한국에 소개되고 있던 제왕절개란 것을 하고 싶었단다. 물론 할머니의 만류로 제 뜻을 쉽게 펴지 못했단다.

이번에 엄마는 쌍둥이 언니와 오빠의 사주를 보러 사주쟁이를 찾아갔다. 엄마는 여전히 부적과 현대 의학 사이를 오갔다. 그러면서 여기에서의 낭패를 저기에 보완하고 저기에서의 희망을 여기서의 실패와 조금씩 나눠 가지려 했다. 양장 원피스에 양산을 쓰고 하얀 고무신을 신는 그런 격이었다.

---

* 1970년대 유명 코미디언. 배삼룡과의 콤비로 인기를 끌었다.

오빠의 사주를 본 사주쟁이는 말했다.

"제왕의 운세를 타고나……"

하긴 '제왕절개'를 하려다 만 아이가 아닌가. 여기까지 이야기가 나오는 순간 엄마는

"정말입니꺼. 제왕, 정말……."

엄마는 기뻐 입을 다물 수가 없었다고 한다. 그 순간 사주쟁이는 헛기침을 했다.

"흠흠, 아니……."

"……."

"제왕이 되려다 참모가 될 운세야. 말하자면 용이 되려다 뱀이 되는 형세야. 사주가 그래. 뭐 그렇다고 너무 실망하지는 말고……."

그래서인지 오빠는 언제나 방을 기어다니는 것 같다. 책상에 앉는 꼴을 본 적이 없다. 학교에서 돌아오면 방바닥을 거의 껴안고 지낸다. 벌렁 누워 있거나 엎드려 방바닥을 안고 있다. 베개에 한쪽 팔을 기대고 비스듬히 앉아 있거나 배 아니면 등을 방바닥에 깔고 있다. 오빠가 유일하게 짊어지고 있는 것은 방바닥과 얼굴에 가득 난 여드름이었다.

오빠는 굳이 직립하지 않아도 방바닥에 구근을 박고 대지의 삶을 사는 데 충분한 자양분을 제공받았다. 새우깡을 와작와작 씹어 먹으며 무협 만화 10권을 하루만에 해치우기도 했다.

그야말로 용이 되려다 뱀이 된 너구리였다.

실제로 오빠가 부산스럽게 움직이는 것을 본 적이 거의 없다. 심

지어 이런 일도 있었다. 오빠가 고등학교 2학년 때 수학여행을 갔을 때 일이다. 전체 학생이 단체로 묵던 여관에서 아침에 변소를 갔다 오니 글쎄, 대절 버스가 떠나고 없더란다. 그것도 오빠 가방까지 버스에 싣고서 말이다. 그 당시 오빠에게 있는 돈이라곤 호주머니 속 몇 푼의 동전이 다였다.

오빠는 어떻게 해야 하나 고민했다고 한다. 그러다 공중전화로 우리집에 전화를 했고 마침 전화를 내가 받게 되었다.

오빠는 그 예의 낙천적이고 평온한 목소리로.

"그래. 엄마는, 잘 있재?"

오빠는 마치 멀리 과거 시험이라도 보러 간 선비처럼 가족의 안부들을 다 물었다. 뭐, 말하자면 이런 거다. 진성 이씨 집안의 유일한 남자 상속자로서 출타 동안 집안의 사정을 두루 살핀다는 거였다.

"아부지도……?"

"응."

나는 오빠가 갑자기 어른스러워졌다는 생각을 했다. 그리고는 우리는 이런 이야기도 했다.

"정희야, 오빠가 여기에 와서 텔레비전을 못 봤는데…… 헐크 이번 편은 어떻게 됐노?"

〈원더우먼〉도 있었지만 오빠는 〈두 얼굴의 사나이〉 초록색 '헐크'에게 더 빠져 있었다. 멀쩡한 빌 빅스비(Bill Bixby)가 고통스럽거나 화만 나면 분노의 헐크로 변하는 과정, 여기서 중요한 것은 헐크가 몸집이 커지면서 옷을 찢는 장면이다. 사뭇 인상적이다. 인간이 짐승 같은 괴물로 변하는 과정. 그건 인간 속에 숨겨진 진짜 모습이 드러나는 순간 같기도 했다.

오빠와 나는 한참 헐크 이야기를 했다. 그리고 양념으로 원더우먼 이야기도 잠깐 한 것 같다. 공중전화에 동전이 떨어지는 듯한 소리가 또 났다.

"그런데 정희야, 엄마는 어디 갔나?"

"응, 오늘 계추 모임이라고 갔는데…… 와 그라는데……."

"뭐?"

전화로 잠시 침묵이 흘렀다. 오빠답지 않은 좀 심각한 목소리였다.

"와, 무슨 일 있나?"

그제서야 나는 오빠가 지금 여관 앞에서 공중전화로 남은 동전을 집어넣으며 자신을 두고 가버린 버스를 탓하며 집으로 돌아갈 구조 요청을 하고 있다는 사실을 알게 되었다.

까무라치는 줄 알았다. 내참, 그렇게 급한 상황에서 가족들 안부 인사는 뭐며, 헐크와 원더우먼의 안부는 또 뭐냔 말이다.

"뭐라고? 그럼 빨리 학교로 전화해서 다음 행선지를 찾던가 어떻게 해야 할게 아이가."

"그렇재."

이 천하태평을 보며 갑자기 내가 헐크로 변해야 될 것 같았다. 윗옷을 부지직 찢으며 땅땅 가슴을 치며 절규해야 될 것 같았다.

오빠는 늘 이렇게 삼천포다.

7

"정희야, 공장에 가서 아버지 저녁 드시라 해라."

생물 노트에 줄을 치며 외우고 있는데 엄마가 심부름을 시킨다. 나는 "예" 하고 대답하고 쪽문을 열고 공장 마당으로 건너온다.

저녁 때 또 잔업이 있나 보다. 공장 마당 너머 변소 앞에서 시다 3번 언니를 만났다.

사위가 이미 어둑어둑해지고 있다. 어두웠지만 시다 3번 언니가 변소 앞에서 줄을 서서 단팥빵 먹는 것이 보였다.

"야, 정희야."

언니가 말하지 않아도 단팥빵이 저녁거리인 줄 안다.

"언니야, 잔업 있나?"

"응, 날짜 맞추려면 잔업해야 한다 카네."

빵을 우적거리고 급히 삼킨다. 한 손에 우유가 들려 있다.

시다 3번 언니는 말을 잇는다.

"근데 정희야…… 나 내일 미싱 일 하게 될 기다."

언니 목소리에 오랜만에 싱싱하고 상쾌한 바람이 분다. 변소 줄 순서가 다 되었다.

"야, 정희야, 잠깐, 변소 볼일 보고……."

다른 공장은 변소 가려면 적어도 2, 30분이나 기다려야 한다는데 그래도 우리 공장은 줄을 조금만 서면 된다. 공장에는 나무 문으로 만든 변소가 다섯 개가 있고 남자와 여자가 함께 쓰게 되어 있다. 나무 문은 기름때가 묻어 언제나 번질거린다.

들어간 지 얼마 안 되었는데 시다 언니가 후닥닥 변소 문을 열고 나온다. 언니는 상기된 얼굴이다.

"미싱 일이 시다 일보다 훨씬 재미있을 기다. 드르륵 드르륵 미싱 소리가 얼마나 신나게 들리는지. 공장 안에 시다 애들이 모두 나를 부러워하는 것 같대이. 나 이제 미싱사 되는 기다. 뭐, 그래 봤자 요 꼬*쟁이지만 시다 하는 거보다는 백번 낫다 아이가."

"정말이가. 좋겠네."

"그라문, 시골집에 돈도 보내줄 수 있고…… 앞으로 딱 3년만 다닐 기다. 돈은 한 푼도 안 쓰고 월급 타는 대로 시골에 동생들 공부시키는 데 부칠 기다. 누가 날 구두쇠라 욕해도 좋다."

갑자기 초가을의 저녁 공기가 부드럽게 손끝에 와닿는 것 같다. 바람이 언니의 단발머리에 살짝 붙어 머리카락 갈기를 잎새처럼 흔든다. 저녁 바람이 기분 좋게 살랑거린다.

언니는 신이 나서 말한다. 말하면서도 콧구멍을 후빈다.

시다 3번 언니는 내가 볼 때마다 콧구멍을 후빈다. 미싱 5번 언니가 추접다 추접다 해도 자꾸만 코를 후빈다.

저번에 작업장에 올라갔을 때였다.

나는 간혹 기레빠시를 주우러 공장 작업장 2층에 올라가곤 했다. 2층은 호떡집에 불난 것처럼 시다 언니와 미싱 언니 들이 바빴다.

---

* '니트'의 일본어

"야, 말대* 좀 갖고 오고…… 야, 시다야 코 좀 그만 후비거래. 원단 추접어진다."

미싱 5번 언니가 말했다. 머리에 하얀 실밥이 앉아 있다. 머리가 다 센 노인 같다. 윤 계장 아저씨는 시다 언니와 미싱 언니들을 번호로 부른다.

"야, 3번아, 5번아."

뭐 이런 식이다.

일렬로 된 작업장에 미싱 1번부터 나란히 2번 3번 4번 등 줄지어 미싱을 돌렸다. 그 아래 시다 언니들이 미싱 아래 앉아 실밥을 정리했다.

2층 작업장에 올라오면 언제나 미싱 돌아가는 소리에 귀가 멍멍해진다. 큰 홀에 수많은 미싱들이 줄지어 돌아가고 그 아래 원단 더미와 옷 무더기가 쌓여 있다. 낮은 천장에서 선풍기가 돌아가지만 언니들 얼굴은 땀과 실밥이 엉켜 있다. 옷 먼지와 실밥 때문에 바로 앞에 있는 사람도 희뿌옇게 보였다. 실밥 먼지가 눈송이만 하다. 이곳은 언제나 덥구나…….

시다 3번 언니는 나를 반기다가 미싱 언니한테 말했다.

"먼지 땜에 코따대가 자꾸 생기는데 우짭니꺼."

시다 언니는 그러면서도 니혼바리 아래 앉아서 열심히 실밥을 뜯었다. 다시 재단한 걸 날라다 주고 미싱한 옷을 차곡차곡 쌓아 실

---

* 원단을 말아놓는 긴 나무 막대.

밥을 정리했다. 나염한 옷감에서 나는 염료 냄새인지 콧속이 매워졌다.

"정희야, 오늘은 재단한 모양이 좀 그래서 기레빠시 가져갈 수 있을지 모르겠대이. 오늘 너무 정신도 없고, 재단사 오빠가 오늘도 야근해야 한다 카네."

형광등 불에 비친 시다 3번 언니 얼굴 위에 형광등 하얀 불빛이 톱밥처럼 튀었다. 언니의 옅은 청색 작업복 위로 재단감이 두두둑하고 떨어졌다.

"내수 오다가 밀렸다 안 카나. 오야 오기 전에 빨리 가보거래이."

시다 언니는 윤기 없는 단발머리를 흔들며 급히 말했다.

나는 시다 3번 언니가 처음 공장에 왔을 때를 기억한다. 언니 아버지는 부산 근처 부두 노동자였는데 허리를 다쳐 제대로 일을 하지 못하게 되었다 한다. 동생들 학비를 대고 생활비를 대야 했기에 언니는 어디든 일을 찾아 나섰다 한다.

언니는 첫 출근을 정말 많이 기다렸다 했다.

"그전에는 목재소에 있었는데 그 바로 옆에 방직공장이 있었대이. 7층 건물의 하얀 기숙사가 있고 봄이 오면 온갖 꽃들이 피었다. 흰색 담에 장미가 너무 예뻤대이. 파란 잔디밭에서 점심시간이면 축구를 하고 테니스 코트에서 테니스를 치고 몇씩 짝을 지어 잔디밭에 앉아 있는 모습이 꼭 영화의 한 장면 같았다. 우리 공장은 내가 전봇대에 붙어 있는 모집 공고 보고 인사과에 서류 냈다 아이가. 취업 연령이 안 될 거 같아서 사촌 언니 주민증에다 내 사진 붙여 다리미로 눌러 붙였다. 나 돈 많이 벌어 시골 동생들 공부시킬 기다."

그렇게 해서 언니는 우리 공장에 훈련생이 되었다. 시다 3번 언니는 지금도 자기 이름이 아닌 자신의 사촌 언니 이름이 출근기록부에 적혀 있다 했다. 시골에서 보니까 도시에만 갔다 오면 피부가 뽀얗고 속옷, 동생들 옷 같은 거 팍팍 보내오고 편지도 오고 해서 너무 좋아 보였단다. 처음에 서류를 내러 공장에 왔는데 회사의 시설과 규모를 보고 깜짝 놀랐단다. 태극기가 펄럭이고 있고 작지만 깨끗한 사무실에다 은행나무들에다……. 저렇게 크고 좋은 회사에 나 같은 것이 들어갈 수 있을까 잔뜩 겁을 집어먹었다 했다. 그러곤 우리 공장에 들어와 기숙사에 용케 들어간 게 정말 다행이라고 말했다. 기숙사에 못 들어간 다른 공장 언니들은 햇빛 한 줄기 안 들어오는 달동네 컴컴한 골방에서 자취하는데.

"야, 3번아 뭐 하노. 빨리 재단 쪽에 안 올라가고. 아직도 먹고 있나. 12시간 밤낮 맞교대라는 거 모르나. 오늘 시아게도 니라는 거 알재?"

공장 마당에 나온 윤 계장 아저씨가 시다 3번 언니한테 소리친다.

아버지는 사무실에서 때로 노 과장 아저씨나 윤 계장 아저씨한테도 소리를 지른다. 아버지가 개가 아니듯 노 과장 아저씨나 윤 계장 아저씨도 개가 아니다. 그런데 아버지가 소리를 지른 날엔 노 과장 아저씨도 윤 계장 아저씨도 소리를 지른다. 따라 지른다.

"으— 3번아, 빨리 움직이라, 잉?"

윤 계장 아저씨가 또 소리를 지른다. 그러고는 나를 보며 말하는 것이다.

"둘째 아가씨, 집으로 들어가이소."

윤 계장 아저씨는 날 꼭 '둘째 아가씨'라 불렀다.

시다 3번 언니가 단팥빵을 거의 다 먹어가는데 아버지가 공장 판매부에서 나오는 게 보인다.

"아버지, 엄마가 저녁 드시래요."

아버지는 말씀 없이 횡하니 쪽문으로 향하신다. 아버지에게는 언제나 은단 냄새가 난다.

시다 언니에게 눈짓을 보내고 나도 얼른 집으로 들어온다. '둘째 아가씨'는 쪽문을 열고 집으로 돌아온다.

오늘 밤엔 나도 잔업을 해야 한다.

내일은 전국모의고사가 있는 날이다.

8

2학기 들어 처음 치는 전국모의고사다.

담탱이는 아침부터 눈을 부라렸다. "고2, 2학기는 거의 고3이다" 라고 뻥을 쳐댔다. 2학기 들어 처음 치는 모의고사니 전국 석차가 다 나온다고 공갈이다. 정화여고 선배들의 빛난 전통을 너희 어깨로 이어가야 한다는 둥 어쩐다는 둥.

아닌 게 아니라 조금 긴장이 되기도 한다. 시험지를 보는 시간엔 교실 나무 문이 삐거덕거리는 소리마저 신경에 거슬렸다. 고요한 교실에 침묵이 흐른다. 시험지 넘기는 소리만이 고요를 확인시키듯 조금씩 들린다. 스윽 스윽 스윽 스윽…… 고요한 산속에서 귀신이 칼 가는 소리 같다.

국영수사기가……. 전 과목을 어떻게 머릿속에 차곡차곡 쟁여두다 다시 각 시간에 맞춰 차례로 끄집어낼 수 있는가. 이건 거의 불가능하다.

"시험 잘 봤나?"

언주다.

"잘 봤지. 내 눈이 얼만데. 1.5다. 시험지 글씨 정말 잘 보이대."

나는 너스레를 떤다.

언주는 콧방귀도 안 낀다.

"아이구 가스나, 잘 봤으면서 또 내숭이네."

언주가 나를 떠보려는 걸 안다. 사실 말이 나왔으니 말이지 언주와 나는 쨉이 안 된다. 언주는 우리 반에서 상위권 5퍼센트에 속하는 우등생이다. 언주가 대학생 과외를 받고 있다는 것을 알고 있다. 나는 내색하지 않는다. 언주 참고서는 학교 수업보다 훨씬 앞서 진도가 나가고 있다. 줄이 쳐져 있거나 어떤 곳은 문제까지 풀어놓았다. 언주는 재미로 혼자 해본 거라 한다. 재미? 재미는 무슨 재미…….

한국 고등학생들을 괴롭히는 3대 '구라'가 있다.

첫째, "어머, 저는요, 학원에 가거나 과외 한 번 받은 적이 없어요.

그냥 학교 수업만 열심히 들었어요……."(가증스러운 것)

기자의 말: 네, 지금까지 전국 수석의 말이었습니다.

둘째, "공부, 공부요? 공부는 너무 재미있고 즐거운 것이지요.(웃음)"(흉물스러운 것)

기자의 말: "네, 지금까지 《세상에서 공부가 제일 만만해요》 저자 장건방 군의 말이었습니다."

셋째, "공부요? 다 잘할 필요 있나요. 한 가지만 열심히 잘하면 되죠."(그 한 가지 잘하기가 쉬운가)

기자의 말: 네, 노는 것과 일하는 것이 구분되지 않은 신세대의 말이었습니다.

역시 공부하는 것은 즐거운 것이 아니다. 외우고 외우면 못 외울 리 있을까마는 사람이 제 아니 외우고 보캐뷸러리만 어렵다 하더라. 정말 그런가.

나도 나름 머리가 똑똑하다고 생각하는 사람 중의 하나다. 내가 태어나 첫돌이 되던 날 나는 많은 일가친척들 앞에서 돌잡이를 하게 되었다. 나는 돌잡이 상에서 '붓'을 잡는 것으로 진성 이씨 집안의 양반 혈통임을 증명해 보였다. 역시 '줄기세포'는 있는 것이다.

나는 말을 시작하면서 곧바로 한글을 깨쳐 다시 한번 진성 이씨 집안의 위력을 과시했다. 외숙모와 친척들은 예의상 놀라는 척했고 나는 더 신이 나 계몽사 빨간 책을 줄줄 소리 내 읽어 내려갔다. 무슨 뜻인지도 몰랐지만 내가 신동임에는 틀림없다는 확신이 들었다.

국민학교에 들어가서 아버지는 나를 손님들 앞으로 불러내 세계 각국의 수도 이름 외우기를 시키기도 했다. 몽고는 울란바토르, 인도는 뉴델리, 스리랑카는 콜롬보……, 이 세상에 수도 이름을 외울 나라는 얼마든지 많았다. 나는 듣도 보도 못한 나라들의 수도 이름을 외우는 것으로 손님들의 기염을 토하게 했다. 터키는 앙카라, 이란은 테헤란, 필리핀은 마닐라…….

불행인지 다행인지 시간이 지나면서 신동은 평범한 아이였다는 것이 조금씩 드러났다. 손님들 앞에서 수도 이름을 자꾸만 까먹는 일이 발생했다. 수도 이름 외에도 외워야 할 것들이 너무 많았다. 나는 머리가 복잡했다. 구구단을 외워야 했고 줄기 식물, 뿌리 식물을 외워야 했다. 아버지는 손님들이 와도 더 이상 나를 불러 세우지 않았다.

학교 성적이 늘 반에서 10등 안팎을 왔다 갔다 하자 엄마는 외숙모에게 이렇게 말했다.

"아유, 애가 머리는 좋은데 공부를 안 하잖아. 공부만 하면 전체 수석은 맡아놓은 당상인데."

외숙모도 더 이상 대꾸하지 않았다. 외사촌들도 신통치는 않았던 게다.

우리 학교에서 전체 수석은 언제나 조에서였다.

"야, 정희야. 아 나. 예서 갸는 시험이면 일주일 동안 머리도 안 감는단다. 머리 위에 개기름이 얼마나 번질거리는 줄 아나. 아유, 추접어서. 그리고 애리*에 비듬은 어떻고⋯⋯? 진짜 웃긴다 아이가. 그런데도 꼰대들은 예서만 예뻐 죽잖아."

유리창 문턱 위로 흰 실내화를 벗고 올라가 호호거리며 창문을 닦던 현희가 입을 샐죽거린다. 사실 우리 분단이 오늘 유리창 청소 당번이다. 예서도 우리 분단이다. 하지만 담탱이는 청소 때마다 늘 예서를 교무실로 불러간다.

그래도 나는 오늘만큼은 열심히 유리창을 닦는다.

누가 뭐라든, 오늘은, 유리창처럼 맑고 깨끗한 이조 백자를 만나는 날이다.

아기다리 고기다리 던 미팅이다.

9

레슬링이 쇼고 김일도 먹고살기 위해 쇼를 해야 한다는 것을 알게 되자 나는 어른이 된 기분이었다. 누구나 먹고살기 위해서라는 이유 하나쯤은 주머니칼처럼 가지고 다닌다. 호랑이 가운을 휘익 바람에 넘기며 김일이 사각의 링 펜스를 넘어올 때, 관중들의 환호를 받으며 호랑이 가운을 코치에게 휙 던질 때, 철창 매치를 하다 극본에 짜여진 대로 머리에 피를 내고 괴로워할 때, 인생은 먹고살

---

* '옷깃'의 일본어.

기 위한 어떤 쇼라는 생각을 했다.

그렇다. 쇼.

여성이 남성의 마음을 사기 위해서는 주도면밀한 준비가 필요하다. 머리부터 발끝까지 자신의 몸 여기저기를 살펴야 한다. 여성 몸의 시작은 속옷 입기에서부터 시작한다. 언니 말에 의하면 밖으로 보이는 옷보다 속옷이 여자의 스타일을 결정한다는 것이다. 폼 나는 멋진 속옷을 입고 있으면 이상한 자신감으로 마음이 당당해진다나 어쩐다나.

나야 알 수가 없다. 여고 2학년, 나의 소망은 오직 끈 란닝구 입어보는 것, 그것뿐이다. 교실에서 보면 하얀 하복 속에 끈 란닝구를 입고 온 애들이 가끔 있었다. 멋 부리거나 소위 놀아본 애들이었다. 흰 교복 상의에 비치는 등 어깨끈이 부러웠다. 하지만 입을 용기는 없었다. 끈 란닝구는 학교에서 금지된 속옷이다. 가정탱이한테 들키면 '직사게' 얻어맞는다.

나는 오히려 당당해진 내 아랫배를 내려다본다. 코르셋 딱 조여오는 당기는 맛이 괜찮다. 울룩불룩 예의 없이 튀어나온 여기저기 배꼽 아래 살집을 균형있게 재분배해준다. 널 위해 준비했어. 판판해진 내 아랫배.

이뿐이랴.

거울에서 표정 연기를 연습하는 것은 기본이다.

놀란 표정, "어머—" 소리치며 눈을 토끼 눈같이 뜨고 눈썹을 깜박인다.

웃는 표정, 입으로 손을 가리고 다소곳하게 호호호 한다.

연민을 자아내는 슬픈 표정, 눈을 내리깔고 힘없는 표정으로 어느 한곳을 응시한다.

쇼를 위해서는 사실 갖은 노력이 필요하다. 모든 가능성과 변수에 대비해야 한다.

급할 때 하드코어 기술도 보여줘야 한다. 레슬링에서 스파이크나 서브미션 기술에서 내상을 입어 피를 토하는 경우가 있다. 이럴 때는 혀를 깨물거나 입속에 숨겨두었던 캡슐(?)을 깨물어 피가 나오게 한다. 결정적인 순간엔 피를 보는 것도 나쁘지 않다. 영화에서 청순가련형들은 가끔 코피를 흘리거나 하면서 창백한 그들의 병세를 드러낸다.

그중에서도 남성을 약하게 만드는 가장 중요한 전략은 '눈물' 연기다. 상대방을 뚫어져라 쳐다보다 눈 가장자리부터 서서히 눈물이 고여간다. 마침내 가득 고인 눈물을 눈 옹달샘이 담아낼 수 없다는 듯이 눈 바깥으로 물을 방류한다. 이때 중요한 것은 콧날부터 서서히 붉어지면서 눈자위가 붉어져가는 홍조 연기다. 실제 영화배우들이 눈물 연기를 한답시고 하지만 콧날이 전혀 붉어지지 않은 채 눈에서 눈물만 주르륵 흘린다. 이건 전혀 감동이 없다.

두 번째 경우 아예 눈을 내리깔고 고개를 약간 숙인 채 흑흑흑 한다. 이 연기에는 소리란 옵션이 들어간다. 여기서도 좀 진지함을 더하기 위해 콧물을 글썽거려 풀 정도의 고난도가 필요하다.

하지만 눈물이야말로 결정적일 때 딱 한 번 써먹는 매뉴얼이란 것을 잊어서는 안 된다.

나는 순정 만화의 여주인공 캔디같이 눈을 한번 크게 떠본다. 번—쩍, 아, 눈에 너무 힘을 주었다. 눈 주위 근육이 아파온다.

언주가 말해준 곳은 시내 동성로 동아백화점 근처 조그만 분식점이었다. 분식집 안에는 왼쪽 오른쪽으로 각각 4인용 나무 탁자와 의자가 일렬로 놓여 있다. 좁고 긴 분식점이다.

언주는 이미 와 있다. 바다색 판타롱 바지에 스포츠 카라의 핑크 티셔츠. 머리에 물을 바른 건지 침을 바른 건지 아니면 이도저도 아닌 참기름을 바른 건지 윤기가 난다.

완전 '임예진'풍이다. 지가 무슨 명랑청순형이라고…… 거기에다 언주는 학구적인 척 청소년잡지 〈학원〉을 꺼내 읽고 있다. 아니, 읽고 있는 시늉을 한다.

"응, 정희야. 여기다. 여기……."

좁은 분식점에서도 언주는 반가운 척 오른손을 쳐든다.

"가시나, 멋 좀 냈네. 근데 이 꽃무늬 치마 꼭 월남치마 잘라놓은 것 같다. 엄마 거 잘라서 만들었재?"

언주가 먼저 헤드락을 해온다.

"웃기지 마라, 가시나야, 이거 엄마가 도깨비시장에서 미제라고 사온 기다."

미제는 무슨, 나는 맷집으로 헤드락을 가볍게 푼다.

언주한테는 '미제'라고 하면 된다. 언주는 미제라면 뻑간다. 미제 뿐이랴. 일제라 해도 뻑간다. 언주는 내 미제 도시락 가방, 일제 세이코 시계를 늘 부러운 듯 힐끔거린다.

그러나 언주가 뻐기는 것도 있다. 언주는 나보다 반 석차가 더 잘 나온다. 그것 때문에 늘 나를 제 아랫사람 보듯 하는 것도 안다. 하지만 가게 판매대에 붙은 가격표같이 사람을 볼 수는 없다. 우리는 청과물상의 사과나 콩나물이 아니다. 삼양라면이나 크라운산도도 아니다. 우리는 사람이다. 이름과 발가락과 상처도 갖고 있는 사람.

더욱이 내가 누구인가. 나는 X염색체와 Y염색체로 이루어진 세상 사람들뿐만 아니라 개나 고양이의 일생에 대해서도 고민하는 충분히 사색 깊은 아이다. 칸트, 헤겔까지는 모른다. 하지만 헤르만 헤세의 소설을 읽고 윤동주의 시를 공책에 베껴 쓰기도 한다. 생의 우수에 젖는 (척해보는) 좀 더 진화된 여고생이다.

그래서 사실 속으로는 언주가 측은해 보일 때도 있다.

"계고 아——들은……"

말이 끝나기 무섭게 계성고 남자애들이 들어온다.

나는 침을 꼴딱 삼킨다.

"좀 늦었지예."

만면에 미소다. 급히 왔는지 이마에 땀이 송글송글 맺혀 있다. 이조 백자와 사각 필통.

둘이 만나서 온 것일까. 사복을 맞춰 입고 오기로 약속한 것일까. 둘 다 청바지에 줄무늬 남방이다. '풋——' 하고 웃음이 나온다. 이조 백자 얼굴이 더 돋보인다.

"아니, 아니라예. 우리도 금방 왔어예."

내가 손사래를 치며 웃는다. 언주는 가만히 있는데 내가 과장되게 오버한다는 생각이 든다. 민망스럽다. 웃음을 갑자기 멈춘다.

흰 앞치마를 두르고 있는, 아랫배가 몇 겹으로 접힌 주인 아줌마가 떡볶이와 떡라면을 차례로 가져왔다.

우리는 문교부에 대한 성토를 하듯 전국모의고사에 대한 이야기부터 시작한다. 문제의 난이도에서 문제가 많다는 둥, 수학은 학력을 측정하기엔 문제가 골고루 출제되지 않았다는 둥. 한참을 이야기하다 보니 우리가 꽤 심도 깊은 교육평가원처럼 보인다는 생각이 들었다. 결론은 언제나 '주입식 한국 교육 정말 문제가 많다' 혹은 '우리는 한국 교육 입시의 희생자다'로 끝날 것이 뻔했다. 하지만 성토는 한참 계속된다. 성토를 하는 것으로 왠지 세상의 반대편에서 동지가 된 기분이었다.

양념으로 각 학교 담탱이와 과목탱이들에 대한 몇 가지 별명들을 불러대며 욕을 했다. 그러고 나니 비로소 자신들의 정체성을 다시 찾은 사람들처럼 왠지 안심이 찾아왔다.

누구나 청소년기를 거치는 것이겠지만 이 시절에는 다 그렇다. 어른들에 대하여 욕하는 것을 고해성사처럼 하는 시절이다. 욕을 해야 시원하고 다시 그 욕의 힘으로 어른들의 규칙에 따르고 따르는 척해주는 거다. 입시라고 억압하는 적당한 불행이 적절하게 세상에 대하여 욕해줄 수 있는 자기 근거가 되기도 했다.

"근데…… 느거 학교는 〈문학의 밤〉 안 하나?"

기욱이가 말한다. 이조 백자의 이름은 기욱, 이기욱이란다.

"응, 아니."

이미 말을 튼 언주가 대답한다.

"느거 학교는 〈문학의 밤〉 하나?"

나도 말을 트며 끼어든다.

"이번 가을에 〈문학의 밤〉 하는데 내 시 낭송한다."

"진짜가, 니 시도 쓰나? 문예반이가?"

언주와 나는 동시에 놀라며 감탄한다. 감탄하는 척하는 것이 아니라 진짜 감탄한다.

"응응. 나는 있재, 거기서 음악 담당이다."

갑자기 사각 필통이 끼어든다. 아니, 누가 너한테 물어봤나. 여드름 잔뜩 낀 얼굴을 하고 사각 필통이 헤헤 웃는다.

그제서야 기욱이는 씩 웃으며 고개를 끄덕인다.

기욱이 뺨이 약간 불그레해진다. 짜아식, 정말 귀엽다.

"니들 그때 같이 올래? 티켓 줄게."

"뭐, 정말이가? 티켓까지? 진짜재."

나는 내 역할의 연기를 잊은 채 거의 환호를 터뜨린다. 다시 목소리를 다소곳하게 낮춘다. 다시 내 연기에 집중한다.

"그래, 한번 가보지 뭐. 언주야, 같이 가면 되겠네."

나는 양 갈래로 묶은 머리 한쪽을 손으로 쓸어내리며 슬쩍 옆에 앉은 언주를 본다.

언주는 좋지 뭐, 하고 말한다. 하지만 기욱이가 자기만을 초대하지 않는다는 것 때문인지 어떤 일 때문인지 좀 알 수 없는 표정을 짓는다. 사각 필통만 좋아라 헤헤거린다. 저 띨띨이는 어떻게 할 수 없나.

나는 이조 백자와 기차를 타고 멀리멀리 가는 것을 상상한다. 그의 따스한 눈길이 나를 쳐다보면 나는 다소곳하게 눈을 내려깔고 미소 짓는다. 창밖에는 무관심한 듯한 햇빛마저 축복으로 비치는 봄날이다. 그러면서 '간혹 우리의 생이 릴케처럼 좀 슬프지 않니?' 라고 감상적으로 묻고는 왠지 모를 감동에 스스로 벅차하는 모습도 상상한다. 그러면 이조 백자는 옆에 내려진 내 손을 부드럽게 잡을지도 모를 일이다.

아니면 이런 모습은 어떤가. 나는 나풀거리는 원피스에 양 갈래 머리를 하고 기차에 타고 있다. 창밖의 풍경을 보며 우리는 이야기를 나눈다. 따스한 봄날, 우리는 너무 졸리다. 서로의 머리를 대고 잔다. 그런데 내가 연기에 너무 몰입하는 바람에 진짜 잠이 든다. 나는 자면서 나도 모르게 입이 벌어진다. 턱 밑으로 침이 흐른다.

아악, 안 돼. 이건 그림이, 안 된다.

이런 고려는 가능하겠다. 우리는 기차를 함께 타고 간다. 가끔 열차가 충돌하는 사고가 일어날 수도 있는 것이다. 우리가 타고 가는 객차가 거대한 보리 들판을 지나가다 갑자기 진로 이탈을 하며 들판에 내동댕이쳐진다. 그 혼란한 와중에 나는 기욱이를 안전한 곳으로 부축하여 데리고 간다. 나는 앰뷸런스가 오기까지 기욱이를 나무 그늘에서 정성껏 돌본다. 기욱이는 나이팅게일과 같은 나의 정성에 탄복한다.

상상의 가장 큰 장점은 지불 비용이 들지 않고 얼마든지 행복할 수 있다는 거다.

조금 먹는다고 하긴 했는데 떡볶이 먹느라 물을 너무 많이 마셨나 보다.

치마가 아무래도 너무 낀다. 나는 조심스럽게 호크를 풀었다 다시 채운다. 호크를 채우면 허리를 꽉 조이던 배가 더 나와보인다. 그래도 호크를 풀고 있을 수는 없다. 코르셋이 있는데 괜찮겠지…….

그런데 순간의 일이다. 더 이상 뱃살의 힘을 견딜 수 없다는 듯 갑자기 호크가 트특 하고 소리를 냈다. 궤도 이탈을 하더니 떼구르르 분식점 시멘트 바닥에 떨어졌다.

'아이고머니나.'

나는 속으로 외쳤다. 그러나 이럴 때 내색을 하면 안 된다. 기술이 필요하다. 나는 유연하다.

나는 레슬러들이 자신의 허벅지를 손바닥으로 내리쳐서 '짝' 소리를 내는 것처럼 박수를 '짝' 치고는,

"엄머, 손수건이 떨어졌네?"

하고 바닥으로 몸을 숙여 호크 단추를 찾는다. 순간, 한 박자 늦게 사각 필통도 탁자 밑으로 고개를 쑥 들이민다. 이쪽을 보고야 만다.

뭐꼬, 또. 계속 방해 작전이다. 정말이지 김일에게 반칙을 가하는

금발의 브러시처럼 사각 필통의 이마를 물어뜯고 싶어진다. 사각 필통 머리 때문인지 호크 단추가 눈에 보이질 않는다. 호크를 찾다 헐크로 변할 지경이다.

그러나 초록 괴물로 변하려는 순간 나는 다시 한번 이 연기의 중요성을 인식했다. 프로레슬링이란 팬들을 즐겁게 하기 위해 자신의 몸을 희생하는 스포츠다. 허리춤을 잡고 아랫배를 최대한 오므린다. 호크 찾기를 포기한다. 다시 윗몸을 일으켜 허리를 꼿꼿하게 펴고 앉는다.

"인생 사는 거 참 힘들지 않나?"

난데없는 나의 인생 타령에 한참 대화에 열을 올리고 있던 언주와 기욱이가 나를 쳐다본다. 나는 식탁 위에 물 한 컵을 왈칵 들이마신다.

기욱이가 언주를 먼저 알아버렸지만, 언주가 기욱이 앞에서 발랄한 지성으로 자신을 저렇게 치장하고 있지만, 나도 최소한 인간적 존엄을 지키고 싶다. 벌어지는 치마 허리를 왼손으로 움켜쥔다. 엉거주춤하며 일어난다. 임시방편으로 쓸 옷핀도 없다. 나는 링 밖으로 도망치는 레슬러처럼 몸을 일으켰다.

살포시 눈길을 내리깔고 말한다. 아버지 때문에 집에 일찍 들어가야 한다고. 엄격한 집안이어서 여자로서의 절도와 품위를 지켜야 하다고. 규수 연기를 다시 한번 해 보인다.

하는 수 없다는 듯 약간은 아쉽다는 듯 모두 일어난다.

계산대로 나오는데 갑자기 사각 필통이 간만에 멋진 멘트를 날렸다.

"오늘, 내가 기마이 쓴다."

10

토요일이어서인지 아버지가 일찍 집에 와 계신다.

"가시나, 지금 몇 신데…… 일찍 일찍 안 들어오고. 해 떨어지면 당장 들어와야재."

한다. 나는 왠지 맥이 빠진 목소리로 "예"라고 말하고 언니와 같이 쓰는 건너방으로 건너간다.

"시험은 잘 봤나?"

"으응? 시험? 그냥……"

"응? 니 인상이 와 그렇노. 시험 망쳤구나."

"……"

나는 정말이지 시험을 망친 사람처럼 울고 싶어졌다. 나는 내 책상으로 달려가 고개를 파묻는다. 기욱이와 언주의 얼굴이 차례로 스쳐 지나간다. 그리고 호크 단추를 찾기 위해 탁자 아래로 고갤 숙였을 때 그 사각 필통의 머리가 다시 떠오른다.

정말 쪽팔리는 하루였다.

"가시나, 2학년 2학기 정말 중요하대이. 고3 올라가면 장난 아닌 기라. 전국 석차 나오고 갈 수 있는 대학 목록 나오고 하면 정말 죽을 맞이다. 그러니까 2학년 2학기부터 성적 신경 쓰면서 기초 국영수 단디해야 하는 기라. 아나?"

언니의 끝도 없이 주절대는 말에 정말 죽을 맛이다. 제발, 좀 조용해주면 안 되나.

언니는 자신에게 해야 할 말을 나에게 속사포처럼 날린다.

"암기 과목은 나중에 해도 되지만 국영수는 미리미리……"

뭐 언제나 듣는 다 아는 장단이다.

사람들은 모두 제각각 자기들의 거울을 가지고 있다. 흔히 낙담에 빠진 상대를 달랜다 하지만 정작은 인생이 허무하다는 것을 진작에 알아버린 자신을 달래는 것이다. 자기를 들여다보는 것이 두려워 상대를 들여다보는 것이다. 자기에게 하고 싶은 다짐을 상대에게 하고 있는지도 모른다.

나는 언니의 거울인 셈이다. 언니는 고2 때의 자신을 보고 있는 것이다.

아니, 어쩌면 내가 맞닥뜨린 모든 것들이 다 나를 둘러싼 거울일지 모른다. 나는 그 제각각에게 나를 투사하여 조신하고 지성적인 나를 연기하고 싶은지 모른다.

그렇다면 사랑이란 것만큼 명료하고 맑은 거울이 어디 있을까. 사랑이란 깔대기를 통과하면서 자신의 모습이 서서히 여과되어 나타나기 시작하니 말이다.

휴, 그러니 기욱이를 생각하면 할수록 기가 죽고 쪽이 팔린다. 기욱이라는 거울에 비친 나를 자꾸만 그려본다. 팔린 쪽 빨리 찾아와야 할텐데…….

갑자기 아버지가 마루에서 언니를 부른다.

"연희야, 니 성적 이래 가지고 어떻게 대학 가겠노."

아닌 게 아니라 언니는 나라는 거울에 자신을 들여다본 게 틀림
없었다. 역시 성적표가 나왔구나.

아버지는 역정이 잔뜩 난 목소리다.

"성적이 이게 뭐꼬, 중간도 못 가면 대학 갈 필요도 없다. 이럴 줄
알았으면 여상 보낼 걸 그랬다. 취직했다 시집갈 돈 벌어 시집이나
가는 게 낫다. 이것도 성적이라고 받아 오나. 느거 엄마가 여자도 대
학 나와야 한다고 하도 그래서 인문계 보냈더니, 여자는 그냥 밥 잘
짓고 자식 잘 낳고 부모 봉양 잘하는 기 최고다. 괜히 니 엄마 말 듣
고 인문계 보냈더니 공부는 안 하고, 니가 뭐가 부족하다고 공부
안 하노. 먹을 게 부족하나, 책이 부족하나."

아버지의 카랑카랑한 고함 소리가 커지고 있다.

그러고 나서 아버지의 자수성가 역사가 또 시작된다. 내가 클 때
는, 이렇게 각설하고 시작하는 이야기는 한국 민족사의 역경을 딛
고 일어나는 처절한 의지의 한국인 역사 그 자체다.

자수성가의 역사가 시작되면 또 한 시간은 족히 꿇어앉아 있어
야 한다. 나는 건넌방에서 마음 졸이며 듣고 있다. 연희 언니는 엄
청 쫄아 있는 게 틀림없다.

"그만하세요. 다음에 열심히 하면 되겠지예."

엄마가 구원투수처럼 속구를 던진다. 조금만 더 있었다면 아버지는 성질에 못 이겨 회초리 열 개를 부러트릴 정도로 언니를 때릴 기세였다.

"그런데 봉수 머스마는 성적표도 안 갖고 오고, 어디 갔노?"

아버지는 연희 언니에게 핏대를 올리다 갑자기 다락에 감춰둔 꿀단지가 생각난 듯 하나밖에 없는 아들을 생각해낸다. 보나 마나 어딘가 멀찌감치 숨어 있을 게 뻔하다.

아버지는 열 살도 되지 않은 채 할아버지를 잃었단다. 아버지의 아버지는 술을 좋아하셔서 읍내에서 밤늦게 술을 드시고 오다 논두렁에 발을 헛디뎌 아래로 굴렀단다. 지금은 의학이 그나마 발달해 고치고도 남을 병이었을테지만 당시로서는 역부족. 결국 할아버지는 자리보전 한 달 만에 돌아가셨다 한다. 세상 살림에는 생전에도 무지한 할머니 때문에 할아버지가 돌아가시자마자 친척들이 몰려들어 그나마 있던 논밭 뙈기들마저 가로챘단다. 덕분에 아버지는 학교 문턱도 제대로 다녀보지도 못하고 한글만 겨우 익혀 압록강을 넘어 만주로 건너갔다. 열두 살 나이에 탄광촌에서 하루 한 끼씩만을 먹으며 석탄을 캤고 십대 후반에는 공사판에서 돌을 날랐단다. 그때도 옥수수빵 한 조각으로 하루를 견뎠단다. 서울역에서 지게 지는 일을 하고 역 근처 노무자들 숙소에서 빈대와 벼룩에 물리며 새우잠을 자기도 했단다. 그쯤까지 이야기했을 때 아버지는 지금도 어깨가 욱신거리는 게 그때 지게 일 때문이라고 말하는 것을 잊지 않으신다.

그러다 당시 나일론이 유행해 시장 바닥에 넓은 포대기를 펴놓고 좌판을 시작했다. 어느 날, 시장 공중변소를 다녀오고 나니 매대 위 포대기에 넓게 펼쳐놓은 나일론 양말이며 옷들이 다 사라지고 없더 란다. 잠시 물건을 맡겨둔 동업자 친구가 싸서 도망쳐버린 뒤였다.

자수성가형들이 대개 그러하듯 아버지는 사람을 잘 믿지 못한 다. 오직 자신의 머리와 의지와 신념을 믿곤 했다. 아버지와 엄마는 동네 사람들에게 인심을 잃지 않기 위해 음식도 돌리고 간혹 오는 넝마주이와 다리를 저는 상이용사들도 살폈다.

두 분은 충분히 검소한 편이셨다. 삶에게 아부하는 거다.

매대 위에 펼쳐놓은 포대기처럼 언제 어떻게 누구가 삶을 싸 짊 어지고 사라질지 모를 일이었다. 다시 한번 그 번잡한 시장 바닥에 서 황망하게 홀로 남겨지지 않으려는 안간힘이자 경계심이었다.

삶의 함정에 빠지게 되면 그것으로 끝이다. 무엇보다 여자에게는 더욱 그렇게 보인다. 여자의 몸에는 입동의 살얼음처럼 처녀막이 덮 혀 있다고 한다. 코르셋이 아니라 처녀막 말이다. 깨지지 않게 조 심조심 살아가야 한다. 엄마는 늘 말씀하신다. 자전거를 타서도 안 된다. 차가운 데 앉아서도 안 된다. 엄마는 귀에 딱지가 앉도록 말 씀하신다.

나는 잘 모르겠다. 처녀막이 나를 보호해주는 막인지, 나를 가로 막고 있는 막인지.

그러나 함정에 빠지는 순간 결코 올라올 수 없는 막막한 우물에 갇히게 될지도 모른다.

이 변덕스러운 삶이 어떤 방식으로 뒤통수를 치고 달아날지 모를 일이기에 나도 나의 뒤통수를 잘 관리해야 한다.

그런데?

"딱!"

언니는 우리 방으로 건너오자마자 내 뒷통수를 후려치고야 만다.

"뭐꼬, 지금, 니 아버지한테 야단맞은 거 나한테 화풀이하나?"

나는 소리를 버럭 지르면서 뒤를 돌아본다. 그렇잖아도 팔린 쪽을 어떻게 되찾아올까 생각하고 있던 차였다. 오늘은 정말 '박터지게' 재수 없는 날이다.

"쩡희야, 가시나야, 그러니까 니도 내 꼴 나지 말고 잘하라 이기다. 알겠나? 고2 2학기는 고3이나 마찬가진 기라."

언니는 아버지 엄마 앞에서 팔린 쪽을 나한테서 되찾으려 한다. 괜히 더 심술이다.

"아유, 그래도 진짜…… 어휴, 정말."

나는 이유없이 언니한테 맞은 게 분해 말이 나오질 않는다. 나는 쌍거풀 없는 눈이 찢어지게 언니를 흘겨봤다.

어릴 적에 아버지가 공장 작업장 2층을 구경시켜준다고 데려가 주신 적이 있었다. 그때는 겨울이어서인지 빨간 내복이 재봉틀 위에 쌓여 있는 폼이 따뜻하게 느껴졌다. 미싱 언니들은 한결같이 고개를 푹 숙이고 미싱 발판을 열심히 밟았다. 아버지는 어린 딸에게 뭔가 '폼'을 잡고 싶으셨던 것 같다. 미싱대가 1번부터 일렬로 쭉 연결된 사이를 통과할 때 아버지는 꼭 사열을 하는 사단장 같은 얼굴을 한다.

하긴 아버지는 집에서도 간혹 사단장이 되곤 한다. 엄마에게 빽소리를 지르기도 하고 엄마가 떠온 발 씻겨주는 양은 대야를 안방 장판 위에 냅다 발로 차 쏟기도 했다.

발 씻을 물 대야를 엎어버리는 것은 아무래도 유전이다. 내가 국민학교 3학년이 될 때까지 살아계셨던 할머니도 가끔 엄마가 들고 간 밥상을 엎고 하셨다. 나는 아무리 그래도 왜 어른들은 화가 나면 물 대야를 뒤엎고 차린 밥상을 뒤엎는지 알 수가 없었다. 마음을 뒤집었다. 뭐 그런 뜻일까. '나 뒤집힌다' 뭐 그쯤 될 것 같다. 그래도 아버지는 늘상 말씀하신다.

"난 뒤끝은 없는 사람이다."

이미 다른 사람한테 화풀이로 다 쏟아버렸는데 뒤끝이 있으면 이상한 거다.

어릴 때는 아버지에게 자주 매를 맞았다. 어디를 어떻게 맞았는지 기억나진 않는다. 하지만 전체적으로 골고루 알맞게 잘 맞았던 것 같다. 머리채도 몇 번 잡혔는데 왜 무엇 때문에 잡혔는지 도통 기억나질 않는다. 다만 나중에 잡혔던 자리에서 머리카락이 한 움큼 빠졌던 기억이 난다.

지금 다시 기억해보니 생각나는 사건이 있다. 그래, 그 사건.

아주 어릴 적 국민학교 고학년 시절이었던 것 같다. 한번은 골목에서 동네 애들하고 '오캐바닥'을 하고 있었다. 땅바닥에 석판으로 네모 칸을 그리고 그 위에서 편편한 돌을 발로 차가며 한 바퀴를 도는 놀이였다. 한참 열심히 오캐바닥을 하고 있는데 언니가 겁에 질린 표정으로 집에 빨리 들어오라 했다. 오빠 호주머니에서 돈이 없어진 사건이 벌어진 것이다.

국민학교 1학년 때 친구집에 갔다가 예쁜 인형을 몰래 훔쳐 나온 일이 있긴 했다. 나는 얼른 인형을 내 가방에 넣어 친구 집에서 나가려 했지만 인형이 없어졌다고 우는 친구 때문에 친구 엄마는 놀러 온 모든 친구들의 가방 검사를 해야겠다 말했다. 없어진 인형이 내 가방에서 나왔다. 나는 얼굴이 빨갛게 되어 고개를 푹 숙이고 있었다. 하지만 친구 엄마는 아무 일 없었다는 듯 집에 가보라 했다. 더 창피했다. 내가 가고 나서 친구 엄마는 친구에게 말할 게 뻔하다.

"다시는 갸랑 놀지 마라. 도둑질이나 하고……."

철들고 그런 따위 일에는 흥미가 없어졌다. 앞에서 말했지만 나는 조숙한 편이다.

그런데 이번에는 좀 다르다. 아버지가 몽둥이를 들고 오빠 돈을 나와 언니 중에서 누가 훔쳐 갔는지 대라고 했다. 언니와 나는 돌아가면서 맞았다. 언니를 때리면 언니는 내가 가져갔을 거라고 말하고, 나를 때리면 나는 언니가 가져갔을 거라고 말했다. 언니가 말하면 내가 맞았고 내가 말하면 언니가 맞았다. 엎드려뻗쳐 자세를 하고 엉덩이를 맞다 보면 누런 장판 바닥에 눈물 콧물이 범벅이 되어 뚝뚝 떨어졌다. 피가 머리로 몰려 아파왔다. 몸을 버팅기고 있는 다리와 팔에 힘이 빠지면서 엉덩이가 자꾸만 위로 치켜 올라갔다. 그러다 힘이 빠진 다리가 나중에는 아주 바들바들 떨리기 시작했다. 그러면서 온몸 전체가 떨리기 시작했다.

지금 생각해보면 언니에게 정말 미안하다. 당시 어린 나는 그 순간만을 벗어나야겠다는 생각밖에 없었다. 순간을 모면하기 위해 언니에게 혐의를 씌웠다.

사실은 언니도 나도 함께 거짓말을 하고 있다는 것을 서로 알고 있었다. 서로 몽둥이로 맞지 않기 위해 상대방에게 그리했다는 것을……

아주 나중에서야 돈을 훔쳐 간 범인을 찾아냈다. 벽과 벽 사이 창문으로 접해 있던 이웃집 남자애가 창문을 타넘고 들어와선 오빠 방에서 돈을 훔쳤다. 아니 훔쳤다고 자백을 했다.

나는 사실 그 자백마저도 별로 믿을 수는 없었다. 아버지와 오빠의 의기양양해하는 표정과 그 남자애의 '쫄아' 있는 표정을 보면서 더더욱 믿음이 가질 않았다. 그러나 사건이 해결되었으니 나는 다시 오캐바닥을 할 수 있게 되었다.

그리고, 오캐바닥을 할 때마다 오랫동안 언니가 생각났다.

연희 언니가 좀 철이 없긴 했지만 시험 점수와 아버지에게 혼이 났던 일이 충격은 충격이었나 보다. 자면서 자꾸만 조금씩 신음 소리 비슷한 잠꼬대를 한다.

오늘은 참 기묘한 날이다. 레슬링에서 박치기 왕 김일도 생각나고 기욱이, 언주 그리고 어릴 적 연희 언니와 오빠 돈을 훔쳐 갔다는 옆집 사는 남자애도 생각난다.

나는 문득 어둠 속에서 조그맣게 눈을 떴다. 한밤중 잠에서 깨면 물속 같은 고요가 불현듯 무서워지곤 한다. 대체 내가 누구인지조차 알 수 없어 잠들기 전의 나를 기억해내려 애쓰곤 한다. 어둠이 익숙하지 않아 한참 사위를 살피다 차츰 이 낯설고 이상한 곳을 조금씩 받아들이기 시작한다. 잠이 들고 잠에서 깨어나는 그 사이 이음새에서 나는 늘 지독한 두려움을 느낀다. 이 세계의 비현실적인 느낌에 혼돈스러운 아이처럼 서 있곤 하는 것이다.

목이 마르다. 자리에서 일어나 마루로 나가려 방문을 연다.

마루에서 갑자기 인기척 소리가 났다.

어스름한 어둠 속에 놀라 안방 쪽을 보니 아버지다. 아버지는 파자마 바지에 반팔 소매 란닝구를 입고 엉거주춤하게 웅크리고 있다. 자세히 보니 안방 앞쪽에 내어놓은 놋요강에 무릎을 꿇고 오줌을 누고 있다. 무릎을 꿇고 엉덩이를 세워 놋요강에 오줌을…….

"으응?"

얼어붙은 듯 그 자리에 서고 만다. 나는 거기서 처음 남자의 물건을 본 듯했다. 너무 놀라 재빨리 방으로 돌아와 문을 닫아버린다. 가슴이 아직도 뛴다. 아버지가 나를 봤을까. 아니 아버지는 보지 못한 듯하다. 아니 못 본 척하는 건지 모른다.

오줌을 누던 아버지의 옆모습이 다시 눈앞에 스쳐 지난다. 큰 자루 같은 것이 그렇게 매달려 있다니. 놀랍다. 내가 상상하는 남자의 성기는 갓난아이의 고추가 다였는데…… 어른이 되면 그렇게 큰 자루가 되는 거구나.

아버지가 무릎을 꿇고 있는 모습이 더 놀랍다. 아버지도 무릎을 꿇을 때가 있다. 기도하는 것도 아닌데. 그것도 놋요강에게……. 여자처럼 편하게 앉아 오줌을 눌 수 없다니 남자들의 삶도 만만치 않겠다. 어쩌면 저 자루는 거추장스러운 것일지도 모른다. 저렇게 무릎까지 꿇고 신줏단지 모시듯 해야 하니…….

나는 놀란 숨을 고르고 살금살금 잠자리로 돌아온다. 곤한 듯 고른 언니의 숨소리가 규칙적으로 들린다. 이제 좀 잠이 깊이 들었나 보다.

밖에 사철나무 그림자가 창문에 비쳐온다. 며칠 새 갑자기 철이 드는 애들처럼 마당 앞에 단풍나무는 색이 금세 붉어지고 있다.

우주가 걸어가는 발걸음 소리가 조금씩 잦아진다.

깊은 새벽이다.

Part II

환 상 속 에
그 대 가 있 다

혜주,
혜주가 우리 집 옆으로 이사 오던 그해
초가을의 오후를 잊을 수 없다.
하지만 아무리 생각해도
혜주의 얼굴이 잘 기억나질 않는다.

내가 기억하고 있는 것은
우리들이 나누었던 말일까.
혜주의 숨결이나 내음 같은 것일까.

ㅇ ㅇ ㅇ

박정희 대통령 각하께서 서거하셨습니다.
10월 26일 저녁 7시 40분경 서울 종로구 궁정동 중앙정보부 안가에서
중앙정보부장 김재규가 박정희 대통령 각하를 시해했습니다.

1

"야, 줄 좀 똑바로 잡아!"

나는 뺨을 후려치듯 순이에게 말을 갈긴다. 순이는 나의 앙칼진 칼날에 베인 듯 놀란 얼굴로 내 쪽을 본다. 일요일 오후 해가 한창이다. 도로변 이사 트럭에서 사람들이 짐을 내리고 있었던 것이다. 순이는 커다랗게 겁먹은 눈으로 등에 업고 있던 두 살박이 동생을 다시 추스려 업었다. 오른손으로 기저귀 푸대에 감싼 젖먹이 아이 엉덩이를, 왼손으로는 검정 고무줄을 팽팽하게 당긴 다음 허리께에 바짝 갖다댄다. 그러는 바람에 업혀 있던 아이의 커다란 머리가 덜컹하고 순이의 등허리에서 불쑥 솟아올랐다가 다시 내려간다.

"뭔 구경 날 일이라도 났나? 고무줄이나 잘 잡아!"

거칠대로 거칠어진 나의 입은 계속해서 순이를 구박한다. 그러나 차도 변으로 눈길을 돌린 나는 검정 고무줄에 걸려 있던 나의 허벅

지를 허공에서 땅바닥으로 내려놓지 않을 수 없었다.

가을 햇살 한 움큼의 빛 속에 단정하게 양 갈래로 윤기 나는 머리를 묶은 여학생이 서 있다. 하얀 티와 곤색 플레어스커트를 입은 여학생이 짐을 내리고 있다. 여학생 옆에는 똑같이 살결이 하얗고 손눈썹이 긴 남학생이 짐을 나르고 있다. 오뚝 선 콧날이라든지 이마가 동그스름하고 반듯하게 자리잡고 있는 모습으로 봐서 그들은 남매임에 틀림이 없다. 날렵한 몇몇 인부들이 있었다. 하지만 여학생은 열십자로 싼 자신의 책들을 힘겹게 나르고 있다.

그런데 갑자기 골목 입구에서 책들이 쏟아졌다. 열십자 나일론 끈의 터진 네 귀 사이로 책은 힘주어 탈주를 시도한다. 잘 쌌다고 생각하던 사념들이 어느 순간 둑이 터져 쏟아지듯.

순간 흩어진 책들을 줍는 손은 그 여학생의 손이 아니다. 순진한 오빠, 우리 오빠다. 어디서 갑자기 나타난 것일까. 붉은 여드름 돌기가 가득한 얼굴로 오빠는 청춘의 대열에 끼어 있는 몸이라는 것을 과시한다.

"이사 오시는가 보네. 제가 거들어드릴게예."

아이구, 저런 저런 천치. 숫기없는 척하면서도 이럴 때 나서곤 하는 짓궂은 오빠다. 여학생은 수줍은 듯 얼굴을 붉히며 책을 주우려던 허리를 펴고 미소를 띤다. 여학생은 이마에 땀을 훔친다. 그 환한 얼굴이 따스한 가을 햇살에 더욱 하얗게 빛난다.

혜주라 했다. 창백할 만큼 하얗고 명민한 눈빛을 가진 얼굴이다. 휴일이면 세수도 하지 않고 눈꼽을 후비면서 가자미눈을 한 우리 언니는 약간은 멍청한 표정으로 그 풍경을 보고 있었을 거다. 그러니까 잠이 덜 깬 듯 그러면서 신기한 듯 하여간 여러 가지 표정으로 말이다.

혜주와 친해지게 된 것은 서울에서 전학 온 조신한 여학생에 대한 호기심도 있었지만 덜렁대기 일쑤인 언니가 가사 숙제로 나온 수예품 재료를 학교에 두고 왔기 때문이다.

"아이쿠 정희야, 내 색실하고 바늘 쌈지를 학교에 두고 왔는가 봐. 이거, 수놓는 거 완성하는 거 내일까지 숙젠데⋯⋯."

거참, 고3이 무슨 수예를 한다고. 아무래도 언니는 숙제를 핑계로 누군가에게 선물을 줄 요량인 게 분명하다. 하여간 철들려면 한참이다. 나한테도 색실은 없다. 바느질에 젬병이라 어디에 있는지조차 모른다.

언니는 콧대를 높인다고 빨래집게를 코에 꽂고 있다. 언니는 코맹맹이 소리로 소리를 질러댄다. 내게는 언니의 소리가 애교를 떠는 기생 애랑이의 소리가 아니라 돼지우리를 뒤지는 돼지의 둔탁한 소리로 들린다. 코에 집게를 꽂고 방 구석구석과 책가방을 뒤집어 이리저리 찾는 꼴이라니. 나는 다시 한번 우리가 자매간이라는 천륜을 저주했다. 가족이라는 끈은 어처구니없는 제도와 감상으로 엮어진 얼마나 서글픈 형벌인가.

"언니야, 정 없으면 옆집에 이사 온 혜주 있잖아. 갸한테 빌리면 되겠구만."

"아, 맞다 맞다. 내가 왜 그 생각을 못했노."

갑자기 희색이 돌고 있는 우리 돼지.

"그런데, 이사 오긴 했지만 별로 이야기해본 사이도 아니고……."

사실 혜주는 마침이라고 해야 할지 공교롭다고 해야 할지 정화여고 2학년 8반 우리 반으로 전학 왔다. 새로 전학 온 애에 대한 호기심도 있었지만 혜주는 조용한 편이라 아이들에게 큰 관심의 대상이 되지는 않았다. 쉬는 시간, 혜주는 언주처럼 〈성문종합영어〉 단어를 외는 것이 아니라 늘 무슨 책을 읽고 있었다.

나는 심드렁하게 멘트 하나 날린다.

"그러니까 이번 기회에 친해지면 되겠구만."

무언가 골똘히 생각하는 우리의 사색적인 돼지.

"정희야, 그러지 말고 니 나랑 같이 혜주네 집에 가보자. 니 걔랑 같은 반이라면서?"

나쁠 것도 없었다. 세상에 있는 여러 가지 인간상들을 분류하고 분석해내는 것은 내 삶을 감전시킬 만한 흥밋거리 중의 하나니까.

혜주가 말갛게 씻긴 얼굴로 대문을 열어주었을 때 연희 언니는 그제서야 약간의 면구스러움을 느꼈을 것이다. 그도 그럴 것이 혜주는 그 곤색 플레어스커트에 햇살 속에서 빛이 나는 직모 단발을 손수건으로 묶은 단정한 사제 같은 모습이었다. 우리 언니야 당연히 면 추리닝에다 양말도 신지 않은 채 빨간 고무 쓰레빠를 질질 끌고 있었다.

아직 사루비아가 마당 정원에 가득 피어 있다. 신발장 위에 혜주의 하얀 운동화 끈이라니. 순결한 심장처럼 깨끗해 보인다.

"여기가 니 방이가?"

연희 언니를 다시 한번 주눅들게 한 것은 혜주 방에 들어서자마자 들려오는 비틀즈의 노래였다. 아마 내 기억에 비틀즈의 노래는 'Hey Jude' 였던 것 같다. 'Jude'를 부르는 폴 매카트니의 목소리. 가사를 다 모르지만 아마 그 곡의 주제는 '간절함'일 것이다. 혜주의 눈빛이 그렇게 보인다. 삶의 어느 지대를 누비고 있는 간절한 시선 같은 거.

"햐야, 혜주야. 니 시도 쓰나?"

언니가 희멀건 눈을 해가지고 혜주를 쳐다본다. 벽에 혜주의 커다란 시화가 액자에 걸려 있었다.

"으응, 조금…… 문예반에 있었어."

아닌 게 아니라 시집과 소설집들이 책장에 가득하다.

헤르만 헤세의 산문집 《날아올라라, 영혼이여》, 릴케 시집 《가을》, 박인환의 《목마와 숙녀》 그리고 전혜린의 《그리고 아무 말도 하지 않았다》와 루이제 린저의 《생의 한 가운데》 같은 책들이 빼곡하다.

언니는 약간 멍한 표정으로 방을 둘러보고 있었음에 틀림없다.

하긴 나야 이런 책쯤이야 여학생의 현학적 폼 정도로 숙지하고 있던 바다. 중학교 때 교복 치마 입고 담을 타 넘어 떡볶이를 사 먹고 다녔지만 학교 도서관에서 책 빌려 읽는 것도 꽤나 열심이었다.

여하간 문학 소녀 취향이 물씬 풍기는 방이다.

언니의 수예 숙제를 어떻게 했는지 기억이 나질 않는다. 다만 그날 이후로 언니는 하루가 멀다 하고 혜주네 집으로 놀러 갔다. 생전

에 읽지 않던 시집들을 간혹 읽으며 폼을 잡아가고 있었다. 고3이
저래도 되나?

"야야, 정희야, 이 부분 너무 멋있지 않나? 한 잔의, 술을 마시고,
우리는, 버지니아 울프의 생애와, 목마를 타고 떠난 숙녀의, 옷자락
을 이야기한다. 목마는, 주인을 버리고, 거저 방울 소리만 울리며,
가을 속으로 떠났다."

숙고하기 시작한다는 것은 데카탕의 시작인지도 모른다. 그러나
시를 읽는 언니의 모습이라니.

추리닝 차림으로 벌렁 누워 한쪽 다리를 꼬고 건들거리며 언니
는 양팔로 하늘을 향해 시집을 들어 올린 채 시를 읽어내려 간다.
언니는 버스 차장처럼 목소리를 최대한 가녀리게 하고 공명을 잔뜩
넣었다. 언니는 뚱뚱한 몸을 압박하듯 죄는 드레스를 입고 갖은 교
양 섞인 웃음을 지으며 부채를 살랑거리고 있는 18세기 프랑스 귀
부인 흉내를 냈다. 적어도 콧구멍을 벌렁거리며 거울이나 보고 냉
장고 문을 쉴새 없이 열고 닫으며 괴물같이 음식을 먹어대는 언니
의 과거 모습과는 분명히 다르다.

"정희야, 혜주 갸 백일장에서 상도 많이 타고 공부도 꽤 잘하나
보대. 갸 굉장하지? 처음 갸 만났을 때부터 예상은 했지만서두. 벌
써 정화여고 문예반 '알암'에 들었다대. 학교에서 꼰대들이 많이 좋
아한다더라."

갑자기 약간의 울화가 치민다. 꼭 서울에서 오고 얼굴 하얗고 공
부 좀 한다면 꼰대들은 사죽을 못 쓴다니까. 꼰대들 아니랄까 봐.

누군 공부할 줄 몰라서 안 하는 게 아니다. 공부도 중요하지만 인생에 대한 진지한 탐구, 뭐 이런 게 더 중요한 것이 아니겠는가. 즉 삶에 대한 사색, 고민 뭐 이런 게 필요하단 이 말씀이다. 〈별이 빛나는 밤에〉 라디오 DJ 박원홍은 말한다. 청춘 때의 사색은 인생에서 가장 아름다운 정신의 자유로움이라고. 나는 당분간 청춘의 사색에 좀 더 빠져보고자 하는 것이다.

"갸 혜주, 곧 시화전 한다 카던데 가봐야 할 끼라."

얄팍하게 썬 오이를 얼굴 가득 붙이고 누운 언니는 남은 오이를 와작와작 씹으며 말한다. 그 말이 끝나자 언니의 출렁거리는 위장에서 꾸르륵거리며 트림이 올라온다. SF 영화에 나오는 외계인의 목구멍에서 흘러나오는 기괴한 소리 같다.

"언니, 혜주 시 너무 비현실적이지 않나? 슬픔이나 추억 같은 말, 사랑 같은 말들 다 모두 삶에서 허위 같은 거 아이가?"

나는 도스토옙스키 소설에 대하여 쓴 이병주의 독서록을 뒤적이며 말을 잇는다.

"사는 게 뭐 그런 감상인 줄 알지 모르겠지만 오히려 사람들은 서로 너무 배신하고 짓밟고 하잖아? 그거 가리려고 멋있게 사랑, 추억 운운하는 거잖아. 남자들이 여자 애 배게 하고 버리는 것도 다 그런 거 아이가? 달콤한 말들이나 가슴 떨리게 하는 시도 너무 감상적이어서 오히려 가짜 같다."

"아이구, 니 잘났다. 그래, 정희야 니는 세상 꼭 그렇게 냉정하게만 보냐. 니 똑똑한 거 아는데, 혜주 갸는 정신이 정말 순수한 아이란 말이다. 접시같이 발랑 되바라진 너 같은 애랑 아예 처음부터 차원이 다르다 이 말씀이다."

2

정화여고에 문예반 '알암'은 알밤의 고어라고 한다. 혜주는 전학 온 지 얼마 되지도 않았는데 알암에서 하는 가을시화전에 참가하는 모양이다. 방과 후에도 문예반 서클 방에 남아 이런저런 준비를 하는 듯했다.

시화전을 끝낸 시화 액자는 간혹 학교 복도 벽에 차례로 걸리곤 한다. 내가 보기엔 대체로 시시껄렁이다. 십대 말의 인생이 시시껄렁이어서인지 일테면 이렇다. 소월이나 만해의 시를 흉내내거나 박목월 시를 흉내 낸 것. 아니면 감상적으로 윤동주와 박인환의 시를 흉내 내는 것. 이도 저도 아니면 십대의 막연한 추상을 끝까지 밀어붙이기라도 하는 듯 도통 무슨 말인지 전혀 알아들을 수 없다. 난해한 중언부언이다. 박원홍이 라디오에서 읊어주는 편지 내용만도 못한 싸구려 감상도 있다.

그러나 나는 왜 알암 애들이 관념적이고 전혀 알아들을 수도 없는, 심지어 자기 자신조차도 알 수 없는 시를 쓰고 또 시화전에 출품하는지 곧 알게 되었다.

시화전은 YMCA 복도에서 한다고 했다. 언주와 현희, 은자와 나는 학교 수업을 파하고 반월당으로 가는 버스를 탔다.

"혜주, 갸 뭐꼬? 전학온 지 얼마 됐다고 시화전에 시까지 출품하고……"

현희가 한마디 했다.

"그건 그렇지만 우리는 또 뭐꼬? 국어탱이가 이번 정화여고 시화전에 가서 시 읽고 감상문 써내는 숙제 내는 건 또 뭐꼬?"

언주가 입이 나온 채 뿌루퉁해 있다. 시화전 때문에 학원 시간 뺏기기 때문인가?

하여간 언주 년, 자기가 어느 학원을 다니는지도 말해주지도 않으면서.

"국어탱이가 문예반 담당교사 아이가? 뭐 잘됐지 뭐, 이번에 혜주 가시나 시 어떻게 쓰나 한번 보자. 하도 폼을 잡아슬라문에……"

나는 벼른 듯 중얼거린다.

우리는 어느새 하얀 상의 블라우스를 벗고 검은 동복을 입고 있었다.

시월이다. 햇살이 시내 거리 포플러 나뭇잎에 부딪치며 눈을 찌른다. 잎사귀들마다 반사 빛을 뿜어낸다. 반짝이는 손거울 같다. 조금씩 색이 바랜 나뭇잎은 길바닥에 풍요로운 깃털처럼 뒹군다. 약한 바람만 불어도 마음이 햇살 속에서 날려갈 것 같다. 이런 날에는 나무가 제 뿌리를 그러쥐듯 마음을 잘 잡고 있어야 한다.

반월당 사거리에서 내려 길을 건넌다. YMCA 건물은 낡고 붉은 벽돌 건물이다. 푸른 담쟁이넝쿨이 건물을 감싸고 있다. 2층으로 올라 가는 통로는 좁고 어둡다. 마치 긴 회랑을 지나는 듯 계단을 오른다. 계단을 다 오르자 깜짝 놀란다.

'오마, 이렇게 많은 남학생들이……'

시화전에 남학생들이 온다는 건 알았지만 아예, 버글버글하다. 가슴이 뛰기 시작한다. 현희와 은자 년도 모두 갑자기 얼굴에 홍조가 번지며 미소가 번진다. 가시나들 쪼개기는……. 언주는 범생이 다운 건지 프로다운 건지 아무렇지 않다는 표정을 짓는다. 나도 아주 담담한 표정을 지어본다. 지어보려 애쓴다.

뭐, 별거 아니네 하는 듯. 그렇게 나는 좀 더 자신감 있게 걸음을 옮긴다. 누군가 나의 멋진 걸음걸이를 보고 있다는 듯 허리를 꼿꼿하게 세우고 고개를 턱 아래로 약간 숙인다. 눈을 내리깔고 일직선으로 걸어본다. 옆에 걸어가던 은자가 갑자기 발을 삐끗하며 넘어지려다 일어난다. 나는 은자를 홀낏 쳐다보다 다시 앞을 주시하며 걸음을 옮긴다.

'은자 가시나, 갑자기 흉내낸다고 하루아침에 조신한 숙녀가 되는 줄 아나.'

2층 복도가 시작하는 입구 쪽에 알암 애들이 서 있고 탁자 위에 방명록, 사인펜, 팸플릿, 〈알암 5회 시묶음집〉이 놓여 있다. 그리고 내가 좋아하는 칠성사이다와 코코낫 빠다볼, 크라운산도도 접시에 담겨 있다. 그러나 지금 이런 과자 부스러기가 눈에 들어오는 게 아니다. 얼마 만에, 정말 얼마 만에 보는 남자애들인가. 가슴이 다듬이 방망이처럼 뛴다.

"너희들 왔니?"

데스크 앞에 문예반 담당 김화순 선생님이다. 늘 화사하게 웃는 모습.

"예, 샘. 저희 반 혜주가 시화전이라서예."

군이 여기 온 이유를 설명할 필요가 없는데 갑자기 우리는 인과 관계를 잘 설명해내는 논리적 학생이 된다.

"저, 여기 방명록에 이름 좀예……"

우리의 행진을 막은 이는 탁자에 앉아 있는 알밤 애다. 머리 모양으로 봐서 1학년짜리다. 정화여고에서 1학년은 단발을 하고, 2학년은 양 갈래로 묶고, 3학년은 양 갈래로 머리를 땋게 한다. 방명록, 좋─지. 나는 뭔가 중요한 문화 행사에 공식적으로 초대받은 귀빈이 된 기분이다. 방명록에 이름이란 걸 남기는 건 처음이니까. 나는 품위 있고 멋진 세로 필체로 '이 정 희' 진성 이씨에게 부여받은 이름을 쓴다.

팸플릿과 시 모음집을 받아들고 복도 처음부터 걸려 있는 시화 액자를 들여다보기 시작한다. 복도는 좁은 데다 초가을 늦더위에 짙은 곤색 동복까지 입고 있던 터라 땀이 비질비질 나려 했다. 좁은 통로 속에 검은 동복 교복을 입고 검은 모자를 쓴 남학생, 아직 동복으로 채 바뀌지 않은 학교인지 하복을 입고 있는 남학생과 여학생들이 섞여 있었다. 세일러복 상의를 걸친 여자애들과 교패를 모자에 단 남자애들. 칼라의 모양새와 색깔만으로도 어느 학교를 다니는지 알 수 있다. 복도를 지나가기에도 번잡할 만큼 북새통이다. 한낮인데도 복도는 조금 어둡다. 간간히 오렌지빛 조명등이 켜져 있어 운치는 난다.

나는 비로소 후회란 걸 했다. 알암 문예반에 들어갔어야 하는데…… . 문득 가슴을 치고 통곡하고 싶다. 1학년 신입생으로 들어갔을 때 머리를 양 갈래로 묶은 알암 회장 언니가 교실마다 돌아다니며 문예반에 들어오라 선전하고 다녔다. 내 또래보단 좀 더 안다고 생각하는 조로가 문제긴 문제였다. 나는 흥, 하고 알은 체도 안 했던 것이다.

알암 애들은 시내 다른 학교 문예반 애들과 꽤 알은 체했다. 남학생들 교복 모자에 달린 학교 명패 이름이 달라질 때마다 알암 애들은 사교 파티의 안주인처럼 인사를 하고 호들갑을 떨었다. 정말 비위가 상한다.

시야 내가 생각했던 대로다. 십대의 전리품처럼 막연한 슬픔, 추상적이고 난해한 풍경들이다. 그런데도 난리다. 시화 액자마다에 사탕이며 장미 송이, 국화 꽃다발, 편지 쪽지 사각으로 접어둔 것, 이건 숫제 연애방을 차려라 차려…… 하는 소리가 절로 목구멍에서 나왔다.

사실 말이지, 십대 때 입시라는 명목으로 이성 간의 만남을 금하는 것은 천륜을 거스르는 짓이다. 한참 성장호르몬이 허벅살을 뚫고 올라오는 시절이 아닌가. 가랑잎이 굴러도 까르르 하고 웃는 것은 인생의 발정기이기 때문이다. 봄날 새들이 지저귀는 것처럼 여름 날 벌레들이 우는 것처럼 말이다. 자연의 생장 법칙을 억제하여도 이팔청춘의 호르몬은 자꾸만 이성을 향해 질주하게 되어 있다. 이 것이 자연의 법칙인 걸 어쩌랴.

교복이라는 무인 감시망을 벗고 정기적으로 공인하에 만날 수 있는 곳은 교회다. 은자는 교회에 가면 남학생을 마음껏 볼 수 있다고 한 적이 있다. 남학생들과 스스럼없이 어울릴 수 있는 곳이라면 무인도라도 찾아갈 수 있을 것 같았다. 이팔청춘의 욕망이 한시도 쉴 날 없이 전투가 계속되던 시절, 나는 교회에 나가볼까 하는 생각도 했던 것이다.

그러니까 나의 실존은 여기에 있다. 교복과 살갗 사이. 내 몸을 둘러싸고 있는 교복과 교복에 감금된 나의 몸. 양자의 틈 사이에 열여덟 이팔청춘의 실존이 깃들어 있다.

그러나 시화전에 오고 보니 교복이란 감독자의 시선 아래서 오히려 연애의 긴장을 누릴 것도 같다는 생각이 든다. 어른들은 공책에 뭔가를 끄적거리거나 책이란 걸 읽고 있으면 다 공부하고 있다고 생각한다. 어린 시절 닥치는 대로 내가 책을 읽고 있을 때 엄마와 아버지는 매우 흐뭇한 표정으로 나를 지켜보곤 하셨다. 사실 그 책이 어떤 책이지도 모른 채 말이다. 덕분에 고우영 만화, 《괴도 루팡》 같은 추리물, 여성지 등 닥치는 대로 읽긴 했다.

어른들의 약점은 바로 그것이다. '문학반 활동=책읽기=공부' 이런 등식이 성립한다. 그러나 이면에 '문학반 활동=시화전=남학생과의 접촉', 이 양 갈래의 코드가 성립한다. 나는 시집 팸플릿을 고상하게 말아서 들고 심각하고 진지한 표정으로 팸플릿과 시화 액자를 번갈아 본다. 눈을 가늘게 뜨고 사유에 잠기는 지적 여성처럼. 지적 여성은 나의 컨셉인 데다 나의 특기는 연기가 아닌가.

이 모든 것은 본능과 내 실존에 충실한 정직한 요구다. 성호르몬 말이다.

교복 입은 남학생들은 끼리끼리 몰려와 어느 액자 앞에 선다. 이 시를 쓴 여학생을 만나고 싶다고 메인테이블에 요청을 한다. 알암 애들은 기다렸다는 듯이 자신의 시에 대한 요청이 올 때마다 간택받은 모양으로 걸어 나간다. 얼마나 지적이고 우아한 연출인가. 시집을 들고 고뇌에 잠긴 듯 이야기하는 남학생과 여학생. 공부(혹은 문학)야말로 연애를 위한 가장 훌륭한 매개물이자 장식물이다.

나는 시화전에 와서 비로소 큰 통찰을 얻은 기분이 든다. 시내의 각 학교 남학생들이 연못에 물고기처럼 모여 있는 것을 보니 교복 안에서 가슴이 다시 벌렁거린다. 가슴이 마구 타전을 해온다. "흠흠." 나는 애써 나를 진정시킨다. 시화 액자 속 시를 읽는다.

"이 시 너무 어렵다. 뭔 말 하는 기고?"

현희는 검은 뿔테 안경을 눈 중앙으로 밀어 올리며 말한다.

'가시나야, 지금 시가 어렵고 안 어렵고가 중요한 게 아니다. 시를 사이에 두고 남자와 여자가 무슨 이야기를 만들어내느냐가 오늘의 미션이지.' 속으로 중얼거린다.

"그러게 말이다. 도통 무슨 말인지 잘 모르겠네."

나는 심드렁한 척한다.

"응, 나는 알 것도 같은데⋯⋯."

언주가 갑자기 나선다. 목소리에 힘이 들어가 있다.

"어둠의 칠흑 속에 담긴 고뇌를 건져내⋯⋯ 네 얼굴을 씻겨주고 싶다⋯⋯. 고뇌는 즉 고통이니까 고통을 통해 다시 거듭난다는 의미 아이가. 그러니깐 고통을 씻고 다시 너를 해맑게 새로 태어나게 해주겠다 뭐 그런 뜻이 아니겠나."

잘난 척하기는⋯⋯. 언제나 이런 식이다.

응? 그런데 이 시를 쓴 사람 이름이 박혜주, 혜주다.

아닌 게 아니라 복도 입구에서 몇 명의 남학생 무리와 함께 이쪽으로 오고 있다.

"어머, 너희들 왔구나. 언제 왔니?"

상냥한 서울 말씨. 서울 말씨는 라일락 향기 같다. 부드럽게 몸을 나긋나긋하게 만든다. 기분이 나쁘다. 혜주는 남학생들 몇하고 자신의 시화 액자 앞에서 시에 대한 이야기를 주고받을 모양이다.

"으응, 좀 전에⋯⋯. 니 시 잘 쓰네."

현희가 안경 속에서 맑은 눈을 동그랗게 뜨고 혜주를 보며 말한다. 약간의 경탄을 담아서.

"아유, 뭘⋯⋯ 고맙다. 와줘서."

"이거⋯⋯. 그리고 축하한다. 시화전."

언주는 언제 준비했는지 장미 한 송이를 혜주에게 건넨다. 역시 언주다. 범생이는 다르다니까. 언제 장미를 다 샀지?

"고마워. 아, 근데, 여기 내 시에 대해 물어와서……. 좀 있다 다시 얘기하자."

혜주는 자신을 따라오던 남학생들을 돌아보며 시 액자 앞에서 미소를 띤다. 한번은 액자 쪽을 보고 다시 남학생들 쪽을 보고 번갈아 고개를 왔다 갔다 하며 이야기하기 시작한다. 고개를 왔다갔다 할 때마다 예의 윤기 나는 양 갈래 머리가 찰랑찰랑거린다. 오늘따라 혜주 얼굴이 더 하얗게 빛나 보인다.

정말, 너무한다. 웬만하면 남학생들을 우리와 슬그머니 함께 있게 해줘도 되는 거 아닌가. 적당히 소개도 해주면서 말이다. 숫제 우릴 떼어낼 생각이었나 보다.

"야, 배도 출출하고 목도 마른데 뭐 먹을 거 있나 보자."

은자가 부푼 몸을 출렁이며 배를 쓰다듬는다. 여기까지 와서 먹는 타령이다. 나는 부아가 나죽겠는데 말이다. 그렇게 배고프면 혼자 나가서 먹지…….

"그러고 보니까 그러네, 우리 저쪽 다과 테이블 쪽으로 가보자."

나는 어쩔 수 없이 어른스러운 미소를 지어 보였다.

알암 애들이 앉아 있는 테이블 옆에 다과 테이블이 놓여 있고 몇몇 남학생, 여학생들이 모여 과자를 먹으며 이야기를 나누는 것이 눈에 들어온다.

우리는 다과 테이블에 가서 과자를 집어 든다.

딸기 크림이 잔뜩 들어 있는 크라운산도와 오징어땅콩을 함께

집어 와삭거려본다. 다음엔 크래커와 초콜릿을 바른 견과류 쿠키
들을 차례로 와삭거린다.

청소년들이 과자와 탄산음료를 좋아하는 것은 당연한 일이다. 크
래커와 탄산음료야말로 감각의 제국이기 때문이다.

콜라나 사이다는 안면과 혀 신경을 자극해 따끔한 통증과 함께
시원한 상쾌함을 동시에 준다. 크래커나 쿠키는 어떤가. 씹을 때 바
삭거리는 소리와 코끝에 전해지는 인공 향신료의 고소한 냄새는 감
각의 제국을 비로소 완성시키는 것들이다.

배가 고팠는지 정신없이 입가에 과자 부스러기를 묻혀가며 크래
커와 산도를 먹어치우고 있었다.

갑자기 계단 쪽에서 한 무리의 남학생들이 올라온다. 앗, 계성고 이
기욱과 사각 필통이다. 그리고 미팅할 때 같이 있던 샤프와 손수건.

우리는 와작거리는 입들을 순간적으로 멈출 수밖에 없었다. 그
도 그럴 것이 은자가 "어머나—" 하면서 입을 재빨리 닦고 정색을
하며 동작을 멈춰버렸기 때문이다. 나는 왼손에 콜라 잔을 들고 오
른손에 적당히 뜯어진 과자 봉지를 쥐고 있던 차였다.

"어머, 기욱이네. 여기서 보네. 웬일이고? 시화전 보러 왔구나."

언주가 먼저 말문을 튼다.

"응? 언제 왔노? 니들도 문예반이가?"

"아니다. 그냥 친구가 시를 출품해서 이래저래 왔지, 뭐."

언주가 계속 우리 쪽의 대변인처럼 말을 잇는다.

나는 재빨리 입가의 크래커 부스러기를 털고 혀로 입술을 한 번

내둘러 침을 묻힌 다음 손등으로 입술을 또 한 번 쓰윽 훔쳐낸다. 손에 부스러기를 다시 털어낸 다음 오른손에 침을 묻혀 앞머리를 단정히 쓸어내린다. 그리곤 양 갈래 묶은 머리를 한 번씩 손으로 정리해 둥그렇게 만다. 현희와 은자도 교복 상의를 매만지며 크래커 부스러기를 차례로 털어낸다.

"문예반이어서 시화전 왔나?"

내 말이 끝나기 무섭게 사각 필통이 리시버 받는다.

"응, 대구 시내 고등학교 문예반 시화전은 다들 돌아가면서 다닌다 아이가. 다음 주 우리 학교 〈문학의 밤〉 행사 홍보도 할 겸."

"어머, 〈문학의 밤〉 행사를 해예. 끄윽—"

아직 말을 트지 못한 현희한테서 예상치도 못한 트림이 나왔다. 얼굴이 빨개진다. 하긴 칠성사이다와 펩시콜라를 그렇게 잔뜩 마셔 댔으니 그럴 만도 하다. 나는 트림을 할까 봐 손으로 조심스럽게 가슴을 쳤다.

"아니예, 저희는 문예반 아니구예. 기욱이랑 동문이가 문예반이라예."

샤프와 손수건이 말한다. 음, 사각 필통 이름이 동문이었지… 똥문.

YMCA 정문을 나오자 가을빛은 좀 더 진한 광채를 뿜어낸다. 공중전화 박스와 가로수 이파리, 보도블록과 시내 길거리 플래카드마다 진한 빛이 번진다. 사물의 모서리가 다 황금빛으로 변하는 것 같다. 나는 이 계절이 좋다.

유쾌한 듯 바람이 가슴 패인 동복 교복 속으로 들어오자 가슴이 시원해진다. 모두 후줄근한 땀을 뺀 탓인지 은자와 현희는 검은 교복 상의 가슴팍을 잡고 바람이 들어가도록 마구 흔든다. 여하간 폼 다 망친다. 여학생으로서 품위 말이다.

그건 그렇다 치더라도 좀 전에 기욱이가 하던 말이 자꾸만 걸린다. 알암 문예반 혜주 소문이 자자하다고. 이미 전학 오기 전부터 〈여학생〉 잡지에 시를 실은 적이 있고 전국 고교 백일장에서도 꽤 이름을 날린 여학생이라고. 또 기분이 샌다.

시화전에 혹시나 기욱이가 오지 않을까 내심 기다렸다. 그런데 혜주 이야기나 하니. 이건 뭔가, 닭 쫓던 개 지붕 쳐다보는 격인가. 죽 쒀서 개 주는 격인가.

물론 혜주가 개라거나 아니면 내가 개라는 뜻은 아니다. 하지만 왠지 억울하다는 생각이 든다. 은자가 말한다.

"우리 어디 가서 시원한 거라도 먹자. 간만에 시내까지 나왔는데……. 팥빙수 먹자……. 으응? 가시나야."

속이 타는 건 나다, 나.

"그래, 그러자." 내가 기다렸다는 듯 냉큼 답한다.

은자는 아직도 땀이 채 식지 않은 모양이다. 귀밑으로 내려온 땀을 손등으로 연신 닦아낸다. 손수건도 쓰지 않는다. 사실 말이지 은자에게 손수건이 있는지조차 의심스럽다. 하긴 은자가 손수건을 쓰는 것을 본 적이 없으니까.

3

엄마와 이모가 앞 마당 대청에서 쪽파를 다듬고 있다.

"아, 글쎄, 윤실네 말입니더. 사모님, 윤실네가 절단 났다 아입니꺼."

우리 사는 동네에서는 시집을 오면 남편의 성에 '실(室)'을 붙여서 아낙의 이름을 부른다.

"춤바람 났다 카대예. 이실네가 며칠 전 윤실네에 일숫돈 받으러 갔다 순자 아재가 윤실네 머리채 쥐면서 그런다 아입니꺼."

이모는 신이 난 듯 말을 잇는다.

몇 해 전에 엄마는 시골 먼 친척뻘 된다 하면서 이모를 데리고 왔다. 이모라 하지만 엄마와 거의 나이가 비슷해 보였다. 아니 양 볼이 쏙 들어가고 마른 폼이 어떨 땐 엄마보다 훨씬 나이가 들어 보이기도 했다. 그러나 이모는 단 한 번도 엄마를 '언니'라 부른 적이 없다. 우리는 '이모'라 불렸지만 이모는 엄마를 '사모님'이라 불렀다. 그리고 엄마도 '이모'한테 '이모'라 부른다. 이 촌수는 아무리 계산해도 잘 모르겠다.

"이모, 진짜가⋯⋯? 윤실네 우짤라고. 여자가 집안일은 안 살피고⋯⋯, 쯧."

"그러게 말입니더. 순자 아재가 한일극장 옆 궁전카바레에서 어떤 남자랑 춤추고 있는 걸 질질 끌고 왔다 카대예. 아유 망칙스러워 가지고는⋯⋯."

"하긴 윤실네가 몸은 좀 되지. 호리호리해가지고 지루박 추면 좀 될 끼라."

"그래, 사모님예, 이실네한테 들으니까, 자기는 스테이지 위에서 뱅뱅 돌아가면서 진짜 자신이 '여인'된 것 같다 캤다대예. 낯 모르는 남정네 품에 안겨 있을 때 진짜 옛날로 돌아가서 청춘을 되찾은 것 같다 캤다대예. 카바레에 그 춤꾼이 그렇게 잘 돌려준다 카대예, 뱅글뱅글."

마루 귀퉁이 쪽 앉은뱅이 책상에서 나는 〈성문핵심영어〉에서 링컨의 말을 한참 읽고 해석하고 있던 참이다.

국민의, 국민에 의한, 국민을 위한 정부는 이 땅에서 영원히 사라지지 않을 것이다.
of the people, by the people, for the people……

링컨은 영어를 참 잘 말한다. 그런데 자꾸만 내 귀는 그 '뱅글뱅글'에 담긴다.

이모는 쪽파를 다듬던 흙 묻은 손을 다시 멈추고는 신이 난 듯 침을 튀긴다.

"그라고 카바레에 할매들도 이상하게 많다 카대예. 카바레 다니면 진짜 회춘한다 아입니꺼. 누가 우리 같은 사람 여자로 봐줍니꺼."

"어허, 이모 못하는 말이 없네……."

"사모님, 말이 그렇지 저도 명절 때 시내 나갔을 때 궁전카바레 지나가는데예. '기타 부기' 노래가 흘러나오대예. 마시고 또 마시고

이 밤이 가기 전에 춤을 춥시다……. 몸이 달짝지끈해지대예. 텔레
비전에서 보니까 스테이지에 사이킨가 뭔가 하는 조명도 번쩍번쩍
돌아가고 여자를 남자가 뺑글뺑글 마구 돌리대예."

이쯤 되면 이모는 윤실이 아줌마를 부러워한다고 해야 한다.

"이 사람아, 아도 있는데 못하는 말도 없네. 춤바람은 패가망신
아닌가."

이모는 그제사 힐끗 나를 본다. 이모는 이내 예의 찡긋 웃는 표정
으로 내게 눈짓을 보낸다.

"아 참, 참. 내 정신 좀 보래이……. 정희야, 미안 미안. 공부하는
데……."

공부는 무슨— 나는 모른 척하고 계속 영문장을 소리내 읽는다.
읽는 척한다.

링컨은 스프링필드에서 연설을 계속한다.

많은 자유국가가 자유를 상실하였습니다. 우리나라에도 그런 날이
올지 모릅니다. 만일 그렇게 된다면 이 나라가 나의 자랑스러운 훈
장이 되기를 바랍니다. 내가 제일 마지막으로 도망을 쳐서가 아니
라, 결코 도망을 치는 일이 없을 것이기 때문입니다.

나는 내려온 앞머리를 뒷머리 쪽으로 정숙한 듯 얌전히 넘긴다.
오늘 연기 좀 된다.
엄마가 외할머니와 통화할 때 잠깐 들은 말로는 이모네 남편이 다

른 여자와 살림을 차려서 애들을 시골 친정에 맡기고 우리 집에 와 살게 되었다 했다. 엄마가 이모 돈을 맡아 적금도 들어준다 했다.

나이에 맞지 않게 이마 주름이 깊게 패어서 그렇지 이모 얼굴은 사실 미인에 속한다. 뚜렷하게 큰 두 눈에 까만 속눈썹 하며 자태도 호리호리한 편이라 젊었을 때 인기께나 있을 법했다. 이모는 엄마에 비해 바느질도 잘했고, 음식 솜씨도 엄마보단 나았다. 한번은 중학교 때 수예 숙제를 이모가 대신 해준 적이 있다. 사내애처럼 뛰어다녀 교복 치마 밑단이 곧잘 터지곤 했는데 그때마다 이모는 감쪽같이 감침질을 해주었다. 실을 곱게 바늘귀에 끼우는 거며 머릿기름을 쓱쓱 문질러 바느질하는 폼이 천상 여자다. 엄마는 낮에 공장 판매부에 가 있었고, 밤이면 아버지와 같이 책상에 앉아 장부 정리에 매달렸다.

"엄마, 엄마는 왜 이모처럼 바느질을 잘 못하는데?"

중학교 수예 숙제를 이모가 해주었을 때 나는 볼멘 목소리로 엄마한테 물었던 것 같다.

"아, 그건 바느질 잘하고 밥 잘 짓고 하면 공부를 영영 못하게 될 것 같애서……. 그거 잘하면 그거만 하게 될 것 같애서……. 아예, 소학교 때부터 멀리했다."

엄마는 약간 상기된 표정이다. 왠지 여자로서 정작 가야 될 길을 가지 않고 다른 길을 간 사람처럼, 소매 끝에 숨긴 카드를 들킨 노름꾼 같은 표정이다. 엄마는 사범학교를 나와서 교사가 되는 것이 꿈이었다. 여자 사범대학을 들어갔으나 외삼촌 고시 공부 뒷바라지한다고 중퇴한 터였다.

하긴 엄마 말이 맞다. 이모는 국민학교도 겨우 나왔다 했다. 읍내 국민학교까지 10리였고 보따리 짐을 싸서 학교를 걸어 다녔다 한다. 학교 다녀오기 무섭게 어린 동생을 기저귀 포대기에 업고 아궁이에 불을 해 밥을 지었다 한다. 이모의 부모는 조자룡 헌 칼 쓰듯 이모의 손과 발을 썼을 거다. 안 봐도 훤하다. 뭐, 오빠와 남동생들 때문에 학교를 그만둔 것은 엄마나 이모나 매한가지긴 하지만⋯⋯.

"호호호, 그래도 사모님, 그 궁전카바레라는 데가 어떻게 생긴 곳이길래 그러까예. 진짜 영 모르는 남정네랑 얼싸안고 춤을 출 수 있을까예?"

"고만하래두⋯⋯. 이모도 옛날에 한번 놀아봤나 봐? 양춤 좀 춰?"

엄마의 말꼬리가 약간 올라간다.

"아이고, 아니라예⋯⋯ 사모님."

놀아봤다는 말에 그제사 이모는 입을 다문다.

나도 안다면 안다. 시장통을 지나 고물상이 있는 가게, 미장원, 옷집을 지나 그리고도 한참을 가면 '벌떼과부클럽' '춘자네' 뭐, 이런 집들이 나온다. 아크릴 간판에 창문은 언제나 검은색이 칠해져 있다. 창문 너머에 어떤 음흉한 비밀들을 숨기고 있는 듯해 나는 그 비밀스러운 어둠이 궁금했다.

중학교 때 반 친구 중 논다는 애가 있었다. 그 애는 시장통 지나 고개 넘어가기 전 어디쯤에 산다 했다.

검은 핀을 앞머리에 찌르고 교복을 몸통에 따악 붙여 입었다. 교복 치마의 히프 쪽이 터질 듯했고 교복 상의의 앞단추는 더 터질 듯했다. 교복을 조이듯 해서 입으면 앞가슴은 더 부풀어 오르고 힙은 탄력받은 풍선같이 솟아난다. 우리들은 그런 애들을 '노는 애들'이라 불렀다.

논다, 놀아봤다, 라는 게 정확하게 뭔지 잘 모르겠지만 나는 〈문학의 밤〉을 가는 교양 있고 조신한 여고생이다.

4

오늘따라 쓰레기차가 엄청 시끄러운 소리를 낸다. 새벽잠을 기어이 와장창 깨뜨리고 만다.

나로 말하건대 오늘 잠을 충분히 잘 권리와 이유가 있다. 알암 시화전 다녀온 이후에 정신적 충격도 충격이려니와 오늘은 정말로 중요한 날이다. 그걸 떠나서도 십대 여학생의 상징, 발그레한 건강한 뺨을 유지하려면 무엇보다 잠을 충분히 자야 한다. 그건 미인을 위한 상식이다.

사실 골목 끝 집이라 쓰레기차가 들어오진 않지만 청소 아저씨가 손바닥 가득 잡고 흔드는 큰 종소리는 거의 유리창 깨지는 소리를 낸다. 장난 아니다.

좀 있으면 동네 아줌마들이 몰려가는 발걸음 소리가 이어질 것이다. 머리에 쓰레기통을 이고 달려가는 소리. 어릴 때 나도 엄마와 함께 쓰레기차에 쓰레기를 던진 적이 있다. 던진다는 표현이 정확하다. 쓰레기차 뒤편 짐칸 위에 청소 아저씨가 쓰레기와 함께 올라가 있고 아래에서 동네 아줌마들이 쓰레기를 탁탁 던지면 순서대로 아저씨가 받아서 쓰레기 더미 위에 쌓곤 한다. 시큼한 음식 국물이 흘러 언제나 쓰레기차 뒤편 바닥에 냄새가 진동을 했다.

그런데 오늘 새벽은 또 다른 소리가 들린다.

연희 언니. 연희 언니가 이를 간다. 드드득……. 오늘은 평소 때보다 더 심하다. 이를 갈다 다음엔 쩝쩝거리며 입술을 다신다. 꿈속에서 뭐 맛난 거라도 먹나. 하여간 내 인생에 보탬이 되는 게 없다. 인생이 갑자기 한심해지려 한다.

좀 있으려니 언니가 다리를 자기 허리춤까지 끌어올리더니 종아리를 손톱으로 벅벅 긁기 시작한다. 별의 별것 다 한다.

나는 프랭크 시나트라의 '마이 웨이'를 생각한다. 그리고 책상 위목판화 장식물에 새겨진 윤동주의 서시를 바라본다.

그리고 나한테 주어진 길을
걸어가야겠다.

오늘 밤에도 별이 바람에 스치운다.

세면대 거울에 비친 내 얼굴을 쳐다본다. 나는 내 길을 가리라. 치약을 칫솔에 짜서 치카치카 이를 닦는다. 세면대에 고개를 숙여 머리를 감는다. 다이얼 비누를 머리에 벅벅 문지른 후 물로 씻는다. 머리를 헹군 뒤 수건으로 머리를 톡톡 두드리며 팝송을 흥얼거려본다.

"영화에서 보면 말이다. 이런 데 가려면 정장에다 뭐, 꽃다발 같은 것도 가지고 가야 하지 않나."

현희가 계성고 앞 버스정류장에 내리자마자 한마디 한다.

"학생이 교복 입으면 되는 기고⋯⋯. 꽃다발은 쪼기 앞에 가서 하나 사자. 기욱이한테 줘야 하니까."

언주 년, 내 부아를 또 치밀게 한다.

계성고는 대구에서도 꽤 유명한 서문시장 옆에 있다. 서문시장은 큰 포목집이 많이 있어 어릴 적 엄마 손에 끌려 몇 번 간 적이 있다. 엄마는 옷감을 떼어 양장점에 가져가 내 옷을 맞춰준다 하면서 이집 저집 하루 날이 저물도록 내 손을 끌고 돌아다녔다. 포목집 주인이 말대에 꽂힌 옷감을 후두둑 하고 풀어내 내 몸에 착 대보고 "어떵교?" 하면 엄마는 표정 하나 바꾸지 않고 "정희야, 내려와라" 하곤 흥정을 시작하는 것이었다. "아주무이, 앞집에선 얼마에 해준다고 카던데⋯⋯" 하면서 돈을 깎고 또 깎았다. 엄마가 돈을 깎는 액수는 내가 봐도 터무니가 없어 내가 먼저 얼굴이 붉어질 정도였다. 엄마는 일단 부르는 값의 반 정도는 깎고 흥정을 시작했다. 나는 제발 엄마가 옷감을 빨리 사서 그만 집으로 갔으면 했지만 당연하게도 흥정은 곧잘 깨지기 일쑤였다. 새파랗게 굳은 표정으로 "됐다. 정희야 그만 가자" 하고 휙 돌아설 땐 내가 포목상 주인에게 미안해 얼굴을 들 수가 없을 지경이었다. 어느 날엔 동생들 하고 다함께 돌아다니느라 나중엔 동생들이 다리가 아파 울기까지 했다.

계고는 시장 입구에서 한 100미터쯤 되는 거리에 있다. 오늘이 특별한 날이어서인지 정문 옆에 꽃 파는 아줌마들이 늘어서 있다. 언주가 빨간 장미 한 다발을 냉큼 산다.

"언주야, 내가 들어줄게."

언주 손에서 나는 꽃다발을 빼앗듯 낚아챈다. 방심하고 있던 언주가 어어 하다 놀란 토끼 눈으로 나를 쳐다본다.

"으응, 뭐 그러던가."

나는 의기양양한 듯 앞으로 걸어간다.

우와, 이 많은 시선들이란. 계성고 정문을 들어서자마자 계고 교복을 입은 남학생들이 우루루 내려오고 있다. 수업이 파해 집으로 가고 있는 중인 듯하다. 어디서 이렇게 많은 남학생들이 숨어 있었단 말인가. 이렇게 많은 남학생들을 보다니 정말 나는 한 30년은 원 없이 살 수 있을 것도 같다는 생각이 든다. 아닌 게 아니라 계고 남학생들이 모두 나를 쳐다보는 것 같다.

학교 정문을 들어서니 울창한 숲과 정원이다. 푸른 담쟁이들이 오래된 붉은 벽돌 벽을 기어오르는 모습을 보니 마치 고성에 막 도착한 느낌이었다. 조그만 분수가 있는 연못도 보인다. 돌로 만든 울타리가 있고, 푸른 물이끼가 끼어 있는 오래된 연못도 있다. 연못 주위에 버드나무와 소나무가 세월이 익은 고서처럼 나란히 서 있다. 이 삶의 무대 장치가 나를 위해 준비된 듯한 생각이 든다. 교복 치마에 잡힌 주름을 탁탁 펴본다. 교복 애리를 탁탁 턴다. 발걸음을 사뿐하게 걸어본다.

계성고 강당에는 이미 사람들이 많이 차 있다. 다들 검은 교복들이라 알 수는 없지만 시내에 있는 웬만한 고등학교 문예반 학생들은 다 온 것 같다.

계성고 문학의 밤은 사실 꽤 명성이 알려져 있다고 한다. 이만한 강당을 가지고 있기도 어렵거니와 언주 말에 의하면 계고 자체가 문인 선배들을 많이 배출했다나 어떻다나.

문학이나 책에 대해 말하자면 나도 빠지지 않는다. 중학교부터 '삼중당 문고' 책을 옆에 끼고 읽었다. 한국 고전 명작부터 시작해서 세계 고전 명작, 추리물과 전기 등을 밥 먹듯이 읽어치웠다. 청소년 시기 미래의 꿈과 비전을 키우기 위해서는 물론 아니었다. 그냥 친구들이나 꼰대들이 무슨 책 읽은 적 있나 하고 물을 때 쪽팔리고 싶지 않아서였다. 적어도 나는 진성 이씨 집안의 뼈대 깊은 가문의 여자니까.

그런데 그 '쪽' 한번 유지하는 게 정말 힘들다는 것을 알았다. 《죄와 벌》을 읽을 때였다. 알아듣기 힘든 종교적·철학적 사념이 열 페이지나 넘게 나오는 것도 인내심 실험의 한계는 한계였다. 하지만 무엇보다 무슨 주인공 이름이 어떻게나 긴지 도저히 외울 수가 없었다. 나는 혀를 굴려 '라스꼴리니꼬프 라스꼴리니꼬프 라스꼴리니꼬프……' 그렇게 열 번을 읽어보았다. 열 번 정도 소리 내 읽고 나니 그제서야 '죄와 벌의 라스꼴리니꼬프' 하고 라스꼴리니꼬프

가 머릿속에 각인되었다. 나는 혀를 꼬부려 '라스꼴리니꼬프'라고
다시 한번 발음해본다.

잔잔한 배경음악이 흐르고 무대 위에 조명이 비친다.
중앙에 길게 마이크가 서 있고 사회자의 소개에 따라 교복을 입
은 남학생들이 차례로 나와 시를 낭송한다. 나는 팸플릿의 순서와
출연자들의 시 낭송을 번갈아 본다. 기욱이의 순서가 언제인지를
찾았다. 기욱이는 순서에서 한참 나중이다. 하긴 기욱이가 나오는
것을 기다리는 시간의 즐거움도 있는 법이다.
시 낭송은 음악 소리와 함께 더욱 낭랑하게 강당에 울려 퍼진다.
좌중이 조용하다. 그런데, 조용히 졸음이 몰려온다. 아주 조용
히……
아니, 이러면 안 되는데……. 아아, 이러…… 이러…… 면……
안…… 되는…… 음…… 음…… 음…….

Hey Jude
Don't make it bad
Take a sad song and make it better
Remember to let her into your heart
Then you can start to make it better

헤이, 주드

그다지 나쁘게 생각하진 마
슬픈 노래를 좋은 노래로 만들어보자고
그녀를 자네 마음으로 받아들여야 한다는 걸 기억해
그러면 넌 더 좋아질 수 있을 거야

Hey Jude
Don't be afraid
You were made to go out and get her
The minute you let her under your skin
The you begin to make it better

헤이, 주드
두려워하지 마
넌 그녀를 받아들이게 되어 있어
그녀를 너의 피부 안으로 깊이 들이는 순간
너는 더 좋아지게 될 거야

And anytime you feel the pain
Hey Jude, refrain
Don't carry the world upon your shoulders
For well you know that it's a fool
who plays it cool

By marking his world a little colder

고통이 찾아들 때면
헤이 주드, 그만두라구
이 세상의 모든 짐을 너 혼자 짊어지지 마
얼마나 바보 같은지 너도 잘 알고 있겠지
침착한 척
세상살이를 차갑게 받아들이면서

Nah-nah-nah-nah-nah-nah-nah-nah-nah.

내가 어떻게 잠에 빠지게 되었는지 알 수가 없다. 정신을 차린 것은 어디서 들리는 기타 소리 때문이었다.

무대 위에 조명을 받으면서 한 남학생이 의자에 앉아 기타를 치면서 노래를 한다. 나는 눈을 떴다.

비틀즈의 'Hey Jude'다. 우와, 내가 너무나 좋아하는 비틀즈. 폴 매카트니와 같은 청아한 저 목소리의 주인공은 도대체 누구지?

그는 꽤나 능숙하게 통기타의 삐코를 움직인다. 고개를 숙이고 있다. 나는 앞 좌석 사람들의 머리를 이리저리 헤쳤다.

"어머, 왜 이래예?"

앞자리에 앉은 여학생들이 작은 목소리로 날카롭게 말한다. 그래도 잘 보이지 않는다.

앞에 앉은 여학생들 머리 틈 사이로 고개를 밀어 넣는다. 노래의 주인공 얼굴이 보인다.

턱선이 갸름한 얼굴이다. 왠지 고독에 젖어 보이는 얼굴. 문제는 얼굴보다 목소리가 던지는 어떤 우수가 가슴 바닥에 꽂힌다.

목소리가 너무 간절해 눈물이 날 듯도 하다.

좌중에서 터질 듯한 박수 소리와 휘파람 소리가 나고 나서야 노래가 끝났다는 걸 알아챘다. 언제 노래가 끝났지? 눈가에 눈물이 찔끔 난 듯해 훔친다.

나도 따라 뒤늦게 박수를 쳤다. 힘주어 많이 많이.

박수 소리가 잦아들자 좌중에 있던 사람들이 웅성거리며 자리에서 일어나고 있다.

응? 그럼, 기욱이는?

"언주야, 기욱이는?"

"기욱이 좀 전에 낭송했잖아. 니 못 들었나?"

언주와 나 사이에는 현희와 은자가 앉아 있었다. 언주는 내가 졸았다는 것을 모르는 눈치다. 나는 입가에 묻은 침을 몰래 손등으로 훔치며 말했다.

"으응…… 맞다. 기욱이 낭송했지, 참."

강당 밖으로 나왔지만 좀 전의 흥분이 가라앉지 않는다.

밖으로 나온 사람들이 계고 문학인들을 만나 인사하느라 여기저기 모여 있다. 혜주와 알암 애들이 어느 남학생과 이야기를 나누는 게 눈에 들어왔다. 강당 기둥 옆이었다. 기둥마다 전등이 달려 있어

희고 큰 박이 열린 것처럼 환해 보였다. 아, 그 남학생이다. 폴 매카트니. 그리고 그 옆에 기욱이까지.

언주는 기욱이를 보자 주인 만난 강아지처럼 꼬리를 흔들며 기욱이 쪽으로 다가간다.

"기욱아, 오늘 너 시 잘 들었다. 시 참 좋더라."

"참, 뭘……."

기욱이가 언주의 말에 쑥스러워하자 언주는 기다렸다는 듯 "이 꽃다발 받아" 한다. 언주는 아직도 내 손에 들려 있는 꽃다발을 바라본다. 나는 기욱이에 대한 언주의 마음을 전해주는 꽃순이? 뭐, 이런 격이다.

그러나 나는 나도 모르게 혜주와 마주 보며 이야기하는 그 폴 매카트니의 가슴팍에 꽃다발을 내민다.

"오늘, 노래 정말 잘 들었어예."

어머, 미친년. 내가 지금 뭘 하는 거지?

폴 매카트니는 조금 의아스러운 표정을 짓다가 혜주와 함께 활짝 웃고 만다. 갑자기 그 뒤에 후광이 비치고 있다. 어떤 광휘가 눈앞에 지나가고 있다.

"저 주시는 겁니까…… 노래만 들었어요? 시도 낭송했는데……."

이지적인 목소리……. 한 사람이 한 사람의 매력에 사로잡히는 것은 순간이다. 순간이 운명을 결정한다. 잔인하게도.

"진이 오빠 노래도 잘하지만 시도 잘 써……. 좀 전에 들어봤겠지만……."

혜주가 거든다. 혜주는 폴 매카트니와 아주 잘 아는 사이처럼 서로를 보고 빙긋 웃는다. 눈 뜨고 못 봐주겠다.

"아— 예…… 시도 좋았구예……."

나는 애써 얼버무린다. 스스로 느껴질 정도로 어색하고 어설픈 연기다.

"참, 여기는 계성고 문학반 3학년 손진 오빠야……. 인사해. 여기는 정화여고 2학년 8반 우리 친구들……."

손진 오빠라……. 나는 얼굴을 빤히 쳐다본다. 어떤 슬픔 같은 것이 담겨 있는 듯한 맑은 눈빛이다. 진이 오빠는 웃으며 왼쪽 어깨에서 떨어지려는 기타를 한번 추슬러 어깨에 다시 올려놓는다. 자세히 보니 오빠 오른손 손톱들이 길다. 그중에서 새끼손가락 손톱에 봉숭아물이 들어 있다. 나는 히죽 웃음이 났다. 남학생이 손톱을 봉숭아물 들인 건 처음 본다. 진이 오빠가 앞머리를 쓱 하고 쓸어 올리자 새끼손톱이 혁명분자의 표식처럼 붉게 빛난다. 뜨악한 것은 기욱이와 언주였나 보다. 언주는 갑작스럽게 뺏긴 꽃다발 때문에, 기욱이는 자신에게 줄 꽃다발이 갑자기 고3 선배에게 간 것에 대하여 이러지도 저러지도 못하는 얼굴이다.

진이 오빠의 콧날은 힘차게 뻗어 있고 목덜미는 곧은 미루나무 줄기처럼 자리잡고 있다. 게다가 목소리는 더 이상 돌이킬 수 없을 만큼 달콤하다. 귓가에 마음 우물 속 두레박이 철퍼덕 하고 아래로 떨어지는 소리가 들린다.

나는 아주 사소하고 작은 것에 마음이 끌린다. 일테면 살짝 숙인 얼굴에 비친 속눈썹의 그림자나 풀잎내 같은 살냄새, 유음 발음이 들어가는 단어들에서 나는 목소리의 공명 같은 것 말이다. 진이 오빠는 독특한 구강 구조를 가지고 있음에 틀림없다. 노래할 때도 그랬지만 말을 할 때 울리는, 낮게 공명하는 목소리는 내 가슴에서 큰 종소리처럼 울렸다. 나는 가슴을 진정시킬 수가 없다.

눈에 덮이는 콩깍지는 초강력 합금처럼 질긴 데다 접착력마저 강한 것이다.

갑자기 입 안에 바삭한 센베이 과자 맛 같은 것이 느껴진다. 입 안에서 바삭바삭 소리를 내며 깨지고 침과 함께 달콤하게 녹는 센베이 과자 말이다.

한때 기욱이 때문에 열차 사고라도 났으면 했던 그 터무니없는 상상이 후회되기 시작했다. 그런 형편 없는 상상을 하다니……. 더욱이 열차 사고? 나는 사고를 가장해서라도 기욱이와 조금이라도 함께 있고 싶어 하던 내가 진짜 나였는지……. 스스로 머리를 쥐어박고 싶었다.

그러나 그것은 내 책임이 아니다. 모두 신경전달물질 탓이다. 기욱이에 대한 호감이 애정으로 바뀌는가 하더니 언제 뇌에서 도파민 분비가 감소된 것인지 알 수가 없다. 도파민 분비는 사랑의 유통기한과 일치한다. 900일, 900일만 되면 누구나 콩깍지가 자동적으로 벗겨진다고 한다. 미국 심리학 박사의 연구대로라면. 세계는 항상 변화하고 번식하려 한다. 내 마음도 변화하고 번식하려 한다. 기욱이를 손진 오빠와 완벽하게 자리 바꾸는 데 채 몇 초의 시간이 걸리지 않는다. 나는 스스로 놀란다. 호르몬의 변덕에 대해……

그래, 그렇다.

지금 내 눈에 기욱이가 전혀 보이지 않고 오직 폴 매카트니만 보인다는 것은 사실이다. 인간의 마음이 간사하다고 질타해도 어쩔 수 없다. 어차피 마음의 주인은 내가 아니니까.

사람 마음이 꼭 어제와 같으란 법은 없으니까.

마음은 제 스스로의 기류를 따라 움직이고 표류하는 천덕꾸러기니까……

혜주와 알암 애들은 손진 오빠와 기욱이, 그리고 계성고 문학반 아이들과 더 이야기를 나누는 것 같다. 언주와 현희와 은자와 나는 집로 돌아갈 수밖에 없었다. 나는 나도 모르게 마음 속으로 'Hey Jude'를 계속 흥얼거렸다. 계성고 정문 쪽 은행나무잎이 노란 입술을 팔랑거린다. 나는 갑자기 대지의 푸른 말처럼 달리고 싶어진다. 가방을 빙빙 돌리다 나는 애들에게 말한다.

"애들아, 나 먼저 간다. 뒤따라와라."

나는 계단을 내려와 정문 쪽으로 달린다. 바람이 귓구멍 속으로 들어와 윙윙 소리를 낸다. 나는 내 몸이 나는 줄 알았다. 그런데,

갑자기 몸이 꼬꾸라진다. 미끄러지며 윗몸이 아래로 푹 쓰러졌다.

어휴, 어떤 놈이 바닥에 홍시 껍질을 흘려놓았다.

미끄러지다 치마 속이 다 뒤집힐 뻔했다.

5

비틀즈 엘피판을 샀다. 무리를 한 셈이다…….

돈이 좀 모자라 오빠한테 돈을 빌려달라고 했다.

"언니야, 봉수 오빠 진짜 너무한 거 있재……. 판 사는 데 돈 빌려달라고 하니까 안면몰수하고 돈 없다고 방방 뛴다. 하나밖에 없는 동생…… 참 하나밖에 없는 것은 아니지만…… 여하간 노랭이 노랭이 저런 노랭이는 첨 본다. 내가 용돈 받으면 분명히 갚는다 했는데……."

나는 씩씩거린다.

"정희야, 그 인간은 만취가 되었어도 부모는 알아볼 인간이다. 하지만 돈 빌려달라고 하면 부모도 못 알아볼 인간이다. 알겠나……."

나는 늘 용돈이 부족했지만 언니는 어디서 돈이 생기는지 꽤 여러 장의 LP판을 가지고 있다. 프랭크 시나트라, 톰 존스, 엘비스 프레슬리, 진추하……. 연희 언니는 어릴 때부터 목소리가 허스키해서 문주란* 같은 가수 하면 되겠다는 말을 듣곤 했다. 친척들이 우리 집에 놀러왔다 아버지가 있는 데서 예의상 한 이야기였다. 하지만 언니는 정말 그렇게 믿고 있는 것 같다. 언니는 그래서인지 톰 존

---

* 1960~70년대 허스키한 목소리로 인기 있었던 가수. 히트송으로 '동숙의 노래' '돌지 않는 풍차' '남자는 여자를 귀찮게 해' 등이 있음.

스의 허스키한 목소리를 가장 좋아한다.

그러나 나는 폴 매카트니의 부드러운 목소리에 마음이 달뜬다.

"언니야, 비틀즈 노래 진짜 감미롭지 않나?"

나는 방바닥에 배를 깔고 엎드려 비틀즈 앨범 표지를 본다. 발을 까닥거리며 표지에 인쇄된 가사를 흥얼거리며 따라 부른다.

"니 갑자기 무슨 바람이 불어 판을 다 사노? 맨날 돈 아깝다고 벌벌 떠는 아가……."

"참, 내가 언제…… 내가 얼마나 교양 있고 지적인데…… 무슨 말이고?"

"내 참, 별 꼴이다."

언니는 등을 대고 누워 종아리를 한참 칠성사이다 빈 병으로 문지르고 있는 중이시다. 종아리를 가늘게 하려고 갖은 노력을 다한다. 나는 다시 한번 우리 언니가 고3이 맞나 의심이 들었다.

언니는 박하향 롯데풍선껌을 후 하고 불더니 딱 하고 한 번 터트리고 나서 말을 이었다.

"야야, 비틀즈는 무슨— 톰 존스가 최고다. 목소리가 열정이 안 있나."

나는 뒤도 안 돌아보고 비틀즈의 노래를 따라 부르고 있다.

그런데 다음 이야기에서 나는 뒤를 돌아보지 않을 수 없었다.

"정희야, 혜주 말이다. 글쎄 정화여고에도 소문이 다 났더라. 저번에 YMCA에서 하는 시화전에서 난리가 났다문서……. 갸 시가 남학생들에게 최고 인기였다 카대. 혜주 갸 인물도 그만하면 괜찮

고……. 난 몰랐는데 〈여학생〉 잡지에 혜주 시하고 사진이 실린 적
도 있고 해서 남학생들이 미리 알아보고 펜팔하자 했다는 기라."

"칫— 펜팔은 무슨……."

"아니다. 진짜로…… 하여간 갸 굉장하지 않나? 시화전 때 어떤
남학생은 가을에 수확한 무라고 짓궂게 선물까지 하더란다. 김장
해 먹으라는 기라. 정말 웃기재."

하고 언니는 천장이 떠나가게 웃어재꼈다. 언니는 혜주에게 시샘
은커녕 오히려 혜주에게 쏟아지는 남학생들의 관심이 마치 자기에
게 쏟아진다고 착각하는 것 같다. 소설 속의 B사감처럼 흥분해 있
다. 혜주에게 연애편지라도 도착하면 언니는 편지를 가슴에 꼭 싸
안고 도취되어 왈츠라도 출지 모른다. 철들려면 멀었다.

저번에 혜주네 집에 연희 언니랑 갔을 때도 그랬다.

"한 행의 시구를 얻기 위해서 우리는 인간을, 사물을, 이 세계를
관찰해야 하는 거야. 낯선 땅과 익숙하지 않은 길들 그리고 뜻밖의
사람들을 만나기도 하고 눈앞에 접근하고 있는 과거의 추억들을 다
시 체험해야 한다는 거지. 때로 우리의 체험은 진창 같은 삶에서 무
한한 상상력을 통해 깊어지지."

혜주 말에 우리 언니는 심오한 선각자의 말을 듣고 있는 우매한
중생처럼 눈빛을 반짝였다.

"물론 체험만큼 생에서 확실한 것은 없다고 나도 생각한다. 그런
데 니 생각과 시는 서로 별개처럼 보인다. 관념 속에서의 체험이 마
치 실체험인 것처럼 니는 상상하고 체험하는 것 같다. 상상 속에서

의 체험은 현실에서의 그것보다 어쩌면 더 과장되고 진지할지도 모른다. 그래서 현실에서의 그것보다 더 현실처럼 상상적 고통을 줄 수 있겠지. 그러나 어쨌든 그것은 현실에서 붕 떠 있는 추상 같은 허위라고 봐. 니 시에서는 피와 땀 냄새가 나질 않는다."

혜주는 내 말에 예의 고개를 갸웃하며 말을 잇는다.

"그러나 삶에서 희망 같은 허위도 필요한 거야."

"인간은 자신에게 완전히 정직할 수도 없다. 그래서 인간과 인간과의 완전한 합일도 이루어질 수 없다. 그런 점에서 희망은 없는지도 모른다. 그리고 솔직히 희망이 무엇인지 모르겠다."

"오히려 그렇기 때문에 삶에서의 허위가 필요한지도 몰라. 완전한 합일을 위해."

혜주 방에서 비틀즈 노래가 흘러나오고 있었다. 혜주와 나의 대화는 쉬지 않고 계속되었다. 연희 언니는 또다시 고민하고 사색하는 돼지처럼 나와 혜주를 번갈아 보고 있다. 뭔가 골똘히 생각하는 폼을 잡으면서.

"오히려 삶은 긴장하지 않으면 어느 틈에나 공격할 복병처럼 우리에게 쳐들어와. 희망이라는 것도 삶을 위한 마약 같은 거라고 봐."

"그래, 삶이 어떤 공격을 해올지 모르니까 우리는 삶에 대해 조심해야 할 거야. 그러나 상상의 영역들, 희망의 영역들이 꼭 허구의 영역인 것만은 아니야. 그것은 인생의 과정 혹은 그 자체의 깊은 이해와 맞닿아 있는 부분이라고 생각해. 우리 삶에서 불행을 돌보듯 희망도 돌봐줘야 하는 거야."

불행을 돌봐주듯 희망도 돌봐줘야 한다…….

그 당시 학교 도서관 책들을 탐욕스럽게 읽어치우던 나는 혜주네 책도 어지간히 빌려 읽어댔다. 혜주에게서 빌려 읽은 책들은 내게 새로운 세계로 넘어서게 하는 또 다른 모서리처럼 느껴졌다. 내속에 낯선 물관부가 흐르는 게 느껴졌다. 세계가 빙글빙글 회전하고 있었다.

괜히 얼굴에 인상 주름 생기는 건 아닌가. 좀 걱정도 된다.

"그건 그런데 동아극장에서 〈남진*쇼〉 한다 카대."

언니는 눈빛을 반짝이며 내게 말했다.

"으응……."

나는 비틀즈를 들으며 시큰둥하게 대꾸한다.

나는 머릿속으로 'Hey Jude'를 부르던 진이 오빠를 생각하고 있었다. 삐코로 통기타를 튕기던 모습, 그리고 봉숭아 물 들인 빨간 새끼 손톱을 생각했다.

강당 밖에서 오빠와의 첫 만남.

'저 주시는 겁니까?' '노래만 들었어요? 시도 낭송했는데…….'

그렇게 말하곤 쑥스러운지 머쓱해하던 귀여운 보조개, 윤곽이 잡힌 윗입술의 움직임……. 다시 떠올리니 괜히 웃음이 나온다.

---

* 1970년대 대표 가수. 나훈아와 더불어 폭발적 인기를 구가. 대표곡으로 '님과 함께' '그대여 변치 마오' '가슴 아프게' 등이 있음.

"참, 공순이들 난리 나겠다……. 남진이 리사이틀하면 극장 난리도 아니잖아. 이름 듣도 보도 못한 딴따라들이 나와 부를 끼고 남진이 같은 대가리 가수는 몇 번 나오지도 않을 낀데……. 그런데도 차순이, 공순이들 극장 앞에 줄 서겠네, 줄 서."

"응? 남진이 리사이틀……."

"응, 그러면 우리 공장에 있는 시다 언니랑 미싱사 언니 들도 다 가겠네."

"그래, 우리 공장만이겠나. 저기 철길 너머 방직 공장에 있는 공순이들 다 올걸?"

언니는 계속 공순이, 차순이 한다. 어휴…… 교양 없기는…….

"언니야, 공순이, 공순이 그러지 마라."

"와, 갸들이 그래도 얼마나 꾸미는지 아나? 양장점에서 맞춤옷 해 입고 핸드백 들고…… 공장에 다니는 거 숨기려고 여대생처럼 노트하고 책 한 권 끼고 다닌다 아이가. 동성로에 있는 호프집에도 몇 번 간다대. 갸들 순진한 척하면서 할 거 다 한다 카더라. 공순이……."

언니는 갑자기 목소리를 작게 낮추며 귓속말을 하듯 내게 말한다.

"저번에 서울에 한 공장 변소에서 누가 아를 낳고 버렸다 카대. 경찰서에서 조사하고 기숙사 사감이 조사하고 의심가는 공순이들을 불러 유방 검사까지 했다 카더라."

갑자기 연희 언니가 노골적으로 이죽대는 공돌이처럼 보인다. 공장 오빠들은 같이 공장에 다니면서도 공장 언니들을 무시하곤 했다. '공장에는 처녀가 없다' '헤픈 것들' 하면서 말이다.

"언니야!"

나는 냅다 소리를 질렀다.

연희 언니는 아랑곳하지 않고 흥미로운 듯 말을 이었다.

"근데 저번에 나훈아 왔을 때 말이다. 거의 난장판 됐다 아이가. 윤 계장 아저씨 이야기 들어보니까 어떤 모르는 삼류 여가수가 무대 위에 올라가 좀 야한 춤을 췄나 보더라고…… 그러니까 동네 깡패들이 모두 무대로 뛰어올라가 같이 춤춘다고 난리도 아니더란다. 쇼를 완전히 난장판으로 만들었다 카대. 내참……."

나는 시다 3번 언니와 미싱 3번 언니를 생각한다. 단팥빵 먹을 돈을 아껴 언니들이 남진이 쇼를 갈까 생각한다. 언니들은 안 갈 거 같은데…… 빵계한다고 하던데…….

며칠 전에 시다 3번 언니 만났을 때 언니가 말했다.

"정희야, 나 오늘 정말 기분 좋다. 오늘 빵계 내 순서가 됐다 아이가……."

"뭐? 빵계가 뭔데……."

"으응, 회사에서 하루에 하나씩 단팥빵 나오잖아……. 그거 매일 하나씩 모아서 시골에 보내려 하다 보면 빵이 다 굳는다. 그래서 돌아가면서 한 사람한테 다 몰아주는 기다. 그 빵계에서 오늘 내 순서가 됐다."

빵계에서 차례가 되어 시골 동생들에게 빵을 보낼 수 있다고 활짝 웃는 언니가 좋아 보여 나도 웃어주었다.

일요일 한 번은 24시간 일하고 그다음 일요일은 쉬고 해서 한 달에 두 번 쉬는 거로 알고 있는데…… 그런 언니가 남진이 쇼에 갈까? 잘 모르겠다.

그건 그렇지만, 사실…….

남진이 다 후로꾸다. '님과 함께' 부를 때 술 달린 하얀 가죽옷 입고 금속 장식에다 다리 털면서 엘비스 프레슬리 흉내나 내고……. 독창적인 개인기 계발이 부족하다.

6

이상한 일이 생겼다. 아침에 처음 눈을 뜰 때도 등굣길 버스를 탈 때도 학교 수업을 듣기 위해 칠판을 볼 때도 잠이 들 때도 이상하다. 이상하게 한 사람이 내 뇌 속을 마구 쑤시고 들어왔다. 뇌에 무슨 이상이 생긴 건가. 뇌 안에 무슨 영사막이 돌고 있는 것인가. 아무래도 나는 병에 걸린 것 같다. 그전에는 이런 일이 없었는데…….

사물들이 부드럽게 반죽되기 시작했다. 나는 시선에 닿는 모든 것들을 부드럽게 애무하기 시작했다. 학교 갈 때 골목에서 본 옆집 개의 똥까지도. 가슴이 알 수 없이 뛰었다.

진이 오빠와 어떻게 하면 연락할 수 있을까 고민했다. 혜주를 통해서 하기엔 너무 티 나고 자존심도 상한다. 계성고 앞에서 기다리다 우연히 만난 것처럼 해볼까 하고 수십 번 머리를 굴리고 굴렸지만 묘안이 안 떠오른다.

계고 학교 앞에서 어슬렁거리다 만난다? 그런 우연은 외계인이 UFO를 타고 지구에 왔다가 낙뢰를 맞아 죽을 확률보다 적은 확률이다. 그런 확률은 북한의 김일성이 오늘 당장 죽을 만큼 일어나기 힘들다.

편지를 쓰는 것은 우스꽝스럽고 촌스럽다. 국민학생도 국군 장병 아저씨한테 한 달에 한 번씩 편지를 쓰는데…… 진부한 메뉴다. 뭔가 다른 특별한 것이 필요하다.

뭐가 좋을까, 뭐가…….

사람들은 그리움에 빠지면 생각이 뒤죽박죽이 된다. 하는 수 없다. 나는 불가사의하게 움직이는 내 마음의 경계를 아슬아슬하게 지켜보기로 마음먹는다.

그나저나 오늘은 정신 똑바로 차려야 한다. 체력장이 있는 날이다.

나는 하늘색 상의와 흰색 하의 추리닝에다 운동화를 자주색 보조 가방에 챙겨 넣는다. 그리고 유한킴벌리 생리대 다섯 개를 보조 가방에 함께 넣는다.

정말 오늘 운 더럽게 없다. 체력장인데 하필 생리 둘째 날이라니.

거무틱틱한 체육탱이의 얼굴이 햇빛에 반사되어 더욱 검게 빛난다. 운동장 각 코너마다 과목탱이들이 다 붙어 있다. 채점을 맡은 꼰대들이다.

나는 운동에 대해서는 어느 정도 자신이 있다. 국민학교 때부터

100미터 달리기 반 대표로 나가곤 했던 몸이시다.

"체력은 국력" 내가 제일 좋아하는 말이다. 그럼 뭐니 뭐니 해도 체력이 중요하지⋯⋯. 나는 탁 튀어나온 아랫배를 내려다본다.

얼마 전 체육 시간에 이런 일이 있었다. 중학교 때 운동부에 있었다는 키가 나보다 한 뼘은 큰 규율부 어떤 애보다 내가 높이뛰기를 더 높이 뛴 것이다. 체육탱이는 깜짝 놀라면서 높이뛰기 장대를 조금씩 조금씩 더 높이 올렸다. 전교에서 신기록을 내겠다는 듯이 말이다. 반 아이들이 다 보고 있고. 이미 나보다 기록에서 밀린 규율부 키 큰 곱슬머리가 나를 노려보고 있었다. 나는 빨리 이 게임에서 종지부를 찍고 싶었다. 그런데도 체육탱이는 키도 별로 크지 않고 깡마른 여자애가 폴짝폴짝 높이뛰기 하는 것이 신기했는지 계속 장대를 올렸다.

적당한 기회가 온 것 같았다. 체육탱이는 새로운 체위를 요구했다. 상체를 똑바로 위로 들어 뛰어오다 매트로 떨어지는 것이 아니라 장대 위에서 상체를 수평으로 눕히면서 아래 매트로 떨어지는 자세를 한번 해보란다. 무슨 체전 같은 데서 높이뛰기 선수들이 하던 모습. 일명 배면뛰기. 나는 한 번도 해보지 않은 자세였다. 결국 그 자세를 흉내 내다 장대가 발에 걸려 넘어졌다. 체육탱이는 아쉬운 듯한 표정을 지었다.

나는 규율부 애를 힐끗 쳐다보았다. 규율부 곱슬머리가 약간의 조소를 머금고 나를 쳐다본다.

후유— 다행이다. 적당히 비굴해야 인생도 우리를 좀 봐준다.

체력장은 몸으로 싸우는 실전, 생존 경쟁의 정수를 맛보는 짜릿한 혈전이다. 100미터 달리기, 1000미터 달리기, 넓이뛰기, 던지기, 윗몸일으키기, 매달리기.

그중에서 100미터 달리기를 할 때 꼴찌는 자신이 확실히 꼴찌라는 것을 온몸 전신으로 확인한다. 그러나 1등은 자기 앞에 아무도 없다는 쾌감을 만끽하면서 결승점 골인 지점의 흰 선을 맨 처음 밟는다.

왕년에 달리기 선수였지만 그래도 100미터 달리기에는 좀 뼈아픈 기억이 있다. 국민학교 6학년, 반에서 좋아하는 남학생이 생기던 즈음, 나는 내 생애 참 어처구니없는 실수를 한 적이 있다. 오색 만국기가 운동장을 가득 메우고 응원과 함성으로 운동장이 떠나갈 듯한 가을 운동회 날이었다. 우리 반은 운동장 관중석에 모여 응원에 열을 올리고 있었다. 그런데 화장실을 다녀오다 내 반바지 운동복의 허리 고무줄이 터진 것을 알았다.

오, 맙소사. 검정 고무줄을 이리저리 손을 잡아당겨 이어보려 했지만 고무줄은 이미 삭아 있어서 만질 때마다 뚝뚝 끊어졌다. 어쩌랴, 운동회가 끝날 때까지 허리춤을 잡고 앉아 조용히 응원을 하는 척할 수밖에…….

그런데 본부석에서 마이크로 크게 소리치는 것이 들려왔다.

"에…… 지금부터 반 대항 계주 달리기가 있을 예정이니, 계주 달리기에 나갈 각 반 대표 남학생·여학생 각 한 명씩을 선출해서 본부석으로 보내주시길 바랍니다."

"응?"

나는 상황 파악이 되지 않아 어리둥절해하고 있는데 반 아이들은 모두 나를 돌아보며.

"야, 이정희, 너 나가래이. 여학생 대표 너밖에 없다."

애들이 모두 나를 보며 소리를 쳤다.

"야, 이정희, 이정희, 빨리 나가라."

'안 된다. 절대…… 안 돼…….' 나는 목 터져라 속으로 외쳤다.

나는 절대로 안 된다고 손을 내젓고 고개를 숙였다. 그럴수록 애들은 "이!정!희! 이!정!희!" 하며 아예 구호를 외쳤다. 애들은 내가 겸손을 떨거나 부끄러워 그런다 생각한 것 같다. 더욱 의기양양해진다. 나를 억지로 일으켜 세워 관중석 밖으로 밀어냈다. 나는 그야말로 울상이 되어서 허리 고무줄을 왼손으로 쥐고 일어났다. 내가 좋아하는 반장 애가 나를 보고 웃으며 빨리 운동장 트랙으로 가라고 손짓을 했다.

그리고 계주가 끝났다.

"정희야, 니 달리면서 왜 바지를 계속 끌어올리는데……."

열광이 경멸로 바뀌는 데는 많은 시간이 필요하지 않았다. 아이들이 그 험악한 얼굴을 하고 나를 잡아먹겠다 덤비지 않은 게 참으로 다행이었다. 나는 그날 잡아먹히지 않고 살아남았다. 대신 가끔 검정 고무줄이 끊어져 바지가 흘러내리는 악몽을 꿨다.

동네 순덕이 할매가 어떤 때 하얀 사리마다* 허리춤에 굵은 검정 고무줄을 꿰어 입고 시장통에 나오기도 하니 나의 악몽은 나을 길이 없기도 했다.

굵은 검정 고무줄 빤쓰는 진화해서 이제 나는 잘 끊어지지 않는 흰색 탄력 고무 빤쓰를 입고 다닌다. 정숙한 숙녀처럼. 그러나……

오늘 생리 빤쓰를 입는 걸 까먹었다. 면 빤쓰에다 생리대를 붙이고 체력장을 해야 한다고 생각하니 마음이 이만저만 찜찜한 게 아니다. 면 빤쓰는 생리 빤쓰에 비해 방수가 되지 않는다. 생리의 습기를 충분히 지지대로 받쳐줄지 의문이다.

우리 반은 정해진 순서에 따라 넓이뛰기, 윗몸일으키기, 오래매달리기 등 착착 순서를 밟아갔다. 다 내가 자신 있어 하는 종목이었다. 발목이 가늘고 깡마른 말라깽이한테 체력장은 그럭저럭 우호적인 편이다.

생리 둘째 날이라는 게 걸리긴 했지만 실력이 나오고 있었다.

오래매달리기는 화학탱이가 철봉대 옆에 의자를 놓고 앉아서 점수를 매기고 있다. 보조로 규율부 박귀자가 서 있다. 오래매달리기 할 때 아이들이 내 엉덩이 쪽을 보고 알아채면 어떻게 하나 걱정도 했다. 하지만 아이들은 그늘에 앉아 잡담하느라 정신이 없어 보였다.

---

* '속옷'의 일본어. 헐렁하고 속이 비치는 큰 속바지.

사람들은 자기 자신에게 빠져서 남들의 삶에 그렇게 관심이 없다. 타인의 삶에 미친 듯이 관심이 일 때는 딱 한 번이다. 자신의 삶을 좀 더 윤기나게 돋보이게 할 남의 스캔들이나 험담을 늘어놓을 때다.

그런데 순간 귀자가 나를 힐끗 본다. 1밀리그램 정도의 비웃음을 날린다. 나는 고개를 숙이고 가랑이 사이 1밀리그램의 생리가 묻었나 안 묻었나 살핀다. 체육복 바지 엉덩이 뒤쪽을 손으로 쓰윽 문질러본다.

휴우, 아직 괜찮다.

다만 내 몸 속에서 나는 지독한 생리 냄새가 진동할 만큼 코를 찌른다.

나는 우리 집안에서 알아주는 개코다. 감각에 민감하다는 것이 얼마나 일상을 불편하게 하는지 감각 무딘 사람들은 모른다. 사람들은 하루에도 셀 수 없이 많은 냄새를 풍기며 다니는 지저분한 존재들이다. 나는 내가 원하든 원치 않든 이런 냄새들을 남김없이 다 맡고 다 섭렵한다. 방귀 냄새, 트림 냄새, 겨드랑이 냄새, 사타구니 냄새, 생리혈 냄새……. 사람들은 신체 각 기관의 냄새들로 한평생의 삶을 풍미한다. 똥, 오줌, 가래, 침, 땀, 눈물, 정액, 애액……. 그뿐인가. 시간은 냄새를 숙성시킨다. 길거리 걸인에게서 나는 쉰내, 오래 뒷물하지 않은 여자의 젖국내…….

여하간 생리대를 갈아야 하는데…… 가만 있자, 지금 생리대도 없고 교실에 가서 가져와야 하는데……. 그럼, 교실까지 뛰어갔다가 다시 변소로 뛰어간다면 얼마 만에 갈 수 있을까. 100미터에 15초니까……. 얼마 정도 걸릴까? 불안감이 밀려온다. 다시 박귀자와 눈이 마주친다. 귀자의 눈빛이 나를 왠지 비웃는 것 같다. 혹시 귀자도 피 냄새를 눈치챈 것일까. 아니면 엉덩이 뒤쪽에 불룩하게 튀어나온 생리대의 윤곽을 보아버린 것은 아닐까.

이제 멀리던지기다. 그리고 100미터 달리기만 하면 끝난다.

가을 햇살이 운동장에 뿌연 먼지와 섞이면서 시야가 마악 구운 고구마처럼 익어가고 있다. 머리 정수리가 따갑다.

"수류탄, 정말 무겁재. 나는 5미터도 안 나가는데……."

현희가 검은 안경테를 양 미간 쪽으로 밀면서 말한다.

사실을 말하자면 나도 수류탄던지기만은 점수가 나오질 않는다. 다른 종목은 늘 만점이지만 말이다.

"원래 올림픽에서는 원반던지기나 긴창던지기 아이가. 근데 와 우리는 수류탄을 던져야 하는데……."

언주가 또 뭔가 '의식 있어 보이는' 소리 한번 한다. 변소 빨리 가서 생리대를 갈아야 하는데……, 나는 나무 막대기로 애꿎은 흙바닥만 긁었다.

"영화에 보면 국군들이 수류탄 던진다 아이가? 수류탄 던지는 거 멋있잖아. 핀을 입으로 확 뽑은 다음에 팔을 뒤로 젖히고, 다음에 휙 하고 앞에 인민군한테 던지는 폼이 말이다. 나는 젤 멋있더라……. 그러면 팍 하고 터지면서 인민군들이 팝콘처럼 공중에 날아가고⋯⋯."

은자가 헤죽거리면서 말한다. 말할 때마다 숨쉬기가 곤란한지 풍만한 가슴 살집이 올라갔다 내려갔다 한다. 은자는 수류탄 던지기가 제일 재미있단다. 은자가 만점을 받는 유일한 종목이다.

"군대식이라서 그렇지, 학교가."

등 뒤쪽에서 누군가 한마디 한다. 혜주 목소리다. 서울 말씨.

갑자기 가랑이 사이에서 왈칵 하고 무슨 뜨거운 덩어리가 내려온 느낌이다. 이번에 뭉텅이가 흘러내린 것 같다.

생리가 새고도 남았겠다. 어쩌지? 국민학교 운동장에서 전교생이 보는 데서 허리춤을 잡고 뛰었던 것처럼 다시 엉덩이를 가리고 뛰어야 하나. 나는 더욱 아래로 고개를 처박았다.

"학교가 뭐 어쨌다고? 수류탄이 아니면 뭘 던져야 하는데⋯⋯."

규율이 언제 왔는지 혜주 앞에 끼어들어 선다.

'뭐꼬? 자꾸 이쪽으로 관심이 집중되면 안 되는데⋯⋯.'

아랫도리가 진짜 축축해진 느낌이다.

혜주랑 박귀자가 잠시 눈을 번쩍 마주친 것 같다. 하지만 아무 일도 없다.

뭐 사실, 우리 같은 여고생에게 일이랄 게 생길 게 뭐가 있단 말인가. 수류탄을 던지든 쟁반을 던지듯 가마솥을 던지든 백금녀를 던지든 무슨 상관이란 말인가. 허벅지에 팽팽하게 성장통이 올라오고 있고 생리 날이면 아랫배가 빠질 듯 생리통에 시달리는데⋯⋯. 생리 둘째 날 핏덩어리 생리혈 뭉텅이가 푹푹 아래로 쏟아지면 인생이고 청춘의 이상이고 뭐고 다 고상한 염불에 불과하다. 이건 숫제 인간 몸이 아니라 피주머니를 달고 다니는 가련한 캥거루 같다. 한 달에 거의 일주일은 비릿한 피 냄새를 맡아야 하고 피를 닦아내야 하는 종족, 더러운 피를 씻어내고 다시 정화의 피를 받아내는 원시의 사제. 발리의 한 사원에는 "생리 중인 여성은 출입을 금한다"라는 팻말이 붙어 있다. 여자 몸속의 피는 불순하다는 것이다. 그러면서 초야에는 처녀의 피를 찾지 못해 안달이다.

참 이상한 노릇이다. 단백질, 지방, 비타민, 호르몬, 염분, 칼륨, 마그네슘, 포도당, 질소, 색소로 이루어진 이것이 무엇인데 그렇게 안달인가.

피가 너무 많이 나와도 죽지만 첫날밤 여자의 몸에서 피가 안 나와도 죽는다.

몸의 리듬은 늘 현실의 리듬을 배반한다.

이제 100미터 달리기만 하면 휴식이다. 고지가 저기다.

수류탄 던지기는 평소 때 내 점수보다 좀 못 미쳤다. 하지만 100미터 달리기는 어쨌든 점수를 내야만 한다. 힘을 내자 조금만 참자…… 나는 누구에게 말하는지 모르지만 내 아랫배를 보며 중얼거렸다.

키 번호순으로 26번이어서 그래도 달리기 순서가 조금 빨리 돌아왔다.

나와 같이 달리는 같은 조에 은자, 언주도 같이 있다.

"나는 100미터 달리기 할 때 가슴이 출렁거려 정말 창피하다."

전에 은자가 한 말이 떠오른다.

하긴 뚱뚱한 애들이 달리기 할 때 가슴이 출렁거려 보는 게 영 민망스럽다. 남자 선생들이 볼까 마음이 조마조마하기도 하다. 게 다가 은자의 허벅지는 갓 잡은 들소 허벅지같이 체육복 반바지 사 이로 씩씩하게 비져나와 있다.

그래도 지금 나는 은자를 챙길 형편이 아니다.

출발선에서 "요이, 땅!"을 알리는 총소리를 들을 때까지가 가장 긴장된다. 머리끝이 쭈뼛 서는 것 같다.

"땅!"

나는 저기 앞에 마치 변소가 있는 듯 냅다 뛰기 시작했다.

엉덩이와 다리가 내 상체보다 먼저 앞으로 나아가는 것 같다. 바 람이 귓가를 스치며 휘파람 소리를 내며 지나간다. 심장이 터질 듯 하고 얼굴 근육이 팽팽하게 당겨온다. 거의 100미터 결승점이 보인 다. 땅에 그어진 하얀 분필선을 탁 하고 밟는다. 비로소 나는 상체 를 구부려 허벅지를 잡고 거친 숨을 헐떡거린다. 리듬에 따라 등을 오르락내리락한다. 그런데 갑자기 큰 웃음소리와 함께 떠들썩한 소 리가 났다.

'응? 어떻게 된 거고?'

설마, 내가 일을……? 나는 나도 모르게 체육복 가랑이 사이에 손을 집어넣어본다. 피가 샜나? 체육복 엉덩이 쪽과 가랑이 쪽에 생리가 묻어 나온 흔적이 없다.

다행히 나의 면 빤쓰는 생각보다 튼튼하게 생리혈을 받치고 있다. 그렇다면 어떻게 된 거지?

어떻게 된 건지 언주가 결승점까지 걸어오고 있다. 언주는 거의 울상이다. 언주 뒤로 100미터 달리기 트랙이 그려진 운동장 바닥에 뭔가 떨어져 있는 게 보인다. 결승점 거의 다 와서 하얀 헝겊 같은 게 떨어져 있다. 아이들 시선이 모두 그곳으로 몰려 있다. 웃고 난리다. 저게 뭐지?

나는 눈을 가늘게 뜬다. 비로소 그 하얀 물체가 눈에 들어온다. 그것은,

내가 그렇게 찾고자 한 생리대. 그것도 빅 사이즈 대(大)자 생리대다. 생리대는 그냥 하얀색 그대로다. 전혀 쓰지 않은 처녀의 몸으로 운동장 바닥에 떨어져 있다.

나는 같이 뛴 은자한테 여전히 숨을 헐떡거리며 묻는다.

"아, 글쎄…… 나도 내 젖이 출렁거려서 신경쓰느라 정신 없이 뛰고 있는데…… 갑자기 앞에 달려가던 언주 가시나 가슴팍에서 뭐가 획 떨어지잖아……. 그게 저거더라. 하얀 게…… 뭔가 했더니."

은자는 숨을 헐떡거리며 말을 이었다.

"뭐꼬. 그럼 생리대를 접어서 브래지어에 넣고 있었다는 기가?"

나는 여전히 상체를 숙이고 터질 듯한 가슴을 쥐고 말을 끊었다 이었다 한다.

"으응, 그런가 봐…… 가슴 부풀리려고. 그것도 각 한쪽씩 두 개를……."

"······."

"그라개······. 언주 가시나 교복 입을 때 가슴이 좀 그래머다 싶더
니······. 체력장 할 때 좀 빼놓고 하지······. 미처 못 뺐나······. 아니
믄, 체력장 할 때도 영어탱이한테 그래머처럼 보이고 싶었나······. 아
무튼 정말 웃기는 가시나다."

나는 처음으로 언주에게서 우정이란 걸 느꼈다. 공모가 들키지
않고 홀로 남은 가담자처럼 마음이 씁쓸해지려 했다.

칠칠맞기는······.

아무려나.

나는 나의 구원자, 생리대를 찾아 교실로 뛰기 시작한다. 그리고
변소로 뛸 것이다. 나는 100미터 달리기 선수니까.

뜨거운 가을 햇빛과 먼지와 생리혈 냄새가 섞여 정신이 아득해
온다.

7

자매간은 생리 기간도 같단 말인가. 생리가 끝나갈 즈음 연희 언
니가 말한다.

"정희야, 나 생리 끝났으니까 목욕하러 가자."

왠지 서랍에 생리대가 싹 없어졌다 했다. 연희 언니가 모조리 다
써버린 거다. 내가 사 넣어둔 것까지. 하여간 치사하다.

연희 언니는 목욕하는 걸 좋아하지 않는다. 외모에 지나치게 관심이 많으면서도 씻기를 싫어한다. 허구헌날 오이 마사지를 하고 종아리를 칠성사이다 병으로 굴리면서도 잘 때쯤 되면 피곤하다면서 세수도 안 하고 잔다. 어떤 날은 발도 안 씻고 잔다.

참 알다가도 모를 인사다. 아무래도 사춘기가 지나지 않았음에 틀림없다.

그래도 생리가 끝나는 날이면 꼭 목욕통을 챙긴다. 하늘색 플라스틱 통에 수건 두 장과 빨간 이태리 때수건, 다이얼 비누하고 속옷 몇 가지를 챙긴다. 공장이 쉬는 일요일이어서 그런지 엄마가 마루를 걸레질하다 나를 돌아보며 한마디 한다.

"그래, 정희야. 언니랑 같이 목욕탕에나 다녀와라."

엄마는 어릴 때부터 우리가 목욕을 갈 적에 늘상 충고 말씀을 잊지 않는다.

"목욕탕 물에 들어갈 때 윗물을 항상 손으로 거두어내고 들어가거래이. 윗물에 병균이 떠 있을지도 모르니까. 그리고 타일 의자 바닥에 맨 엉덩이 대고 바로 앉지 말고 꼭 수건 깔고 앉고. 알았재?"

"아유, 엄마는, 안다 안다…… 맨날 카는 얘기 아이가. 귀에 못이 박힌다. 우리가 어린애가?"

플라스틱 목욕 바구니에 목욕 수건과 비누를 챙기면서 언니는 노란 투정을 부린다.

공장 지대를 두 블록 걸어가면 이 도시에서 유명한 여자들의 거리가 있다. 새신 목욕탕은 여자들의 거리가 거의 끝날 쯤에 있다. 목욕탕의 굴뚝은 언제나 하얀 김을 울컥울컥 뿜어낸다. 철길 너머에 더 큰 목욕탕이 있긴 했지만 철길을 넘어간다는 것이 언제나 힘겹게 생각되었다.

목욕탕에 간다 할 때마다 엄마는 늘 똑같은 잔소리다. 무리도 아니다. 드럼 기름통이 여기저기 나뒹구는 공장 지대인 데다 유명한 여자들의 거리까지 있으니 말이다. 이런 동네에서 딸을 넷이나 키워야 하니 엄마는 맨날 그 소리다.

여자는 늘 밑을 깨끗하게 해야 한다. 모든 병은 거기서 온다.

앉을 때 다리를 언제나 오므리고 앉아야 한다. 그래야 밑이 예쁘게 보호된다.

자전거는 절대로 탈 수 없다. 처녀막이 찢어진다. 처녀막이 없으면 첫날밤에 소박맞는다. 맨날 그 소리다.

'내 참, 처녀막이 뭐길래 자전거도 못 타노……'

나는 영화 〈진짜진짜 잊지 마*〉에 나오는 임예진과 이덕화처럼 자전거를 타고 벚꽃이 피어 있는 거리를 하이킹하고 싶다. 바람에 단발머리를 날리면서 콧노래를 부르며 임예진처럼 까만 직모는 아니지만 나 나름 반곱슬머리를 날리면서 말이다. 짱구처럼 이마가 톡 튀어나온 임예진이 이덕화에게 "홍—" 하고 콧대 높게 콧방귀를 끼

---

* 1970년대 유행했던 〈진짜 진짜〉 시리즈 중 하나. 임예진, 이덕화, 김정훈 등 하이틴 스타들을 배출.

고는 양 갈래로 묶은 머리를 흔들며 나팔 청바지를 입고 자전거를 타는 모습은 여자가 봐도 유쾌하다. 그 뒤를 이덕화가 좋아라 따라 간다.

어쩌면 임예진은 잘 찢어지지 않는 튼튼한 처녀막을 갖고 있는지도 모르겠다고 생각했다.

파란 나무 대문을 나서자마자 언니는 혜주랑 같이 목욕 가는 게 어떠냐고 제안을 한다.

나쁠 건 없다.

"혜주야, 목욕 같이 안 갈래?"

이럴 때 우리 돼지의 목소리 톤을 들어보면 언니의 친동생이 내가 아니고 혜주가 아닌가 의심이 든다. 연희 언니는 혜주에게 별나게 다정하다.

대문 앞에서 문을 열어주던 혜주는 묘한 미소를 띠고 서 있다. 혜주는 목까지 올라오는 노란 스웨터를 입고 있다. 마당 정원에 낙엽 태우는 냄새가 진하다. 정원을 손질하고 있던 혜주네 아버지가 허리를 쭉 편다.

"이 동네가 어떤 동넨데…… 혜주는 나중에 시내에 엄마랑 같이 목욕 간다."

혜주네 아버지는 오랜 공무원 생활 때문인지 낡은 라디오에서 나오는 나직한 아나운서 같은 소리를 낸다. 무색의 음조다. 얼굴은 다정해 보이려 애쓰는데 왠지 화가 난 얼굴 같기도 했다.

"너희들끼리 다녀와라."

조용한 정원 마당에 혜주 아버지의 목소리는 규칙적으로 시간을 알리는 시계 소리처럼 들린다. 공연히 뭔가 잘못을 한 듯한 느낌이 든다. 나는 연희 언니의 추리닝 소매를 뒤로 끈다.

"언니, 우리끼리 다녀와야겠다."

골목 벽 가장자리에는 채송화, 샐비어 그리고 이름 모를 키 작은 풀꽃들이 줄지어 한 무더기로 피어나 있다. 그러나 골목 입구로 나오자마자 속이 확 메슥거린다. 토할 것 같다. 어젯밤에 누군가 전봇대를 붙잡고 토했나 보다. 진동하는 지린내와 함께 내장처럼 나온 토사물이 붉게 말라 있다.

인도는 흙길이고 그 옆은 찻길 그리고 그 옆에 복개천이 흐른다. 장마 때 심하긴 하지만 평소 때도 복개천 냄새가 진동을 한다. 나같이 비위 강한 애도 코를 막고 지나다닐 정도다.

동네 배불뚝이 아저씨는 소매 없는 란닝구만 입고서는 요강을 들고 거리로 나오곤 한다. 보도블록 구멍 하수구 속으로 요강 오줌을 갖다 버린다.

그 속에 얼마나 많은 쥐들이 살고 있을까 생각하면 이 길을 지나는 것이 끔찍하다. 공장 안에서도 가끔씩 허연 쥐약을 먹고 배를 깔고 죽은 쥐들을 본다. 쥐들은 언제나 먹을 것을 찾느라 정신이 없다. 그리고 식욕 때문에 죽어간다.

왼쪽 도로로 꺾어지면 다닥다닥 유리창으로 둘러싸인 여자들의 집들이 나온다. 오후의 노란 햇빛들이 유리창에 반사되어 끓을 때쯤이면 언니들은 유리창 밖으로 의자를 내놓고 앉아 화장을 하거나 매니큐어를 바르곤 한다. 분이 하얗게 앉은 뺨에 다시 하얀 분을 톡톡톡 두드린다. 매니큐어를 바르거나 발을 의자 쪽으로 당겨 발톱에 빨간 페디큐어를 바른다. 때로 느리게 담배를 피우거나 껌을 짝짝 씹어댔다. 어떨땐 거리를 지나다니는 사람들을 구경하거나 자기들끼리 낄낄대기도 했다. 언니들은 모두 이 오후의 햇빛이 지루하기 짝이 없다는 표정들이다. 쇠 장식이 주렁주렁 달린 귀고리를 흔들며 반짝이는 속치마 같은 옷을 입고 있다.

연희 언니는 여자들의 거리로 오면 얼굴빛이 널판지처럼 딱딱해진다. 유리창 속의 언니들과 눈이 마주칠까 봐 고개를 푹 숙이고 걸음을 빨리했다.

나는 두려움보다 호기심이 더 크다. 힐끔힐끔 유리창 속의 언니들을 보곤 한다. 유리창 속에 화장한 언니들의 얼굴은 예쁘다.

여자들의 거리를 지나 목욕탕 돈 받는 곳에서 전표를 받으며 연희언니는 이내 큰 숨을 쉰다. 이제까지 숨 한 번 제대로 못 쉬어본 사람 같다.

"휴우, 이제 다 왔대이."

"치, 언니 같은 사람 잡아가래도 안 잡아간다, 홍."

나는 노래진 언니 얼굴을 보면서 눈을 흘겼다.

목욕탕 위로 흰 김이 무럭무럭 올라왔다. 탕에 들어가기 전에 물 표면을 휘휘 젓는다. 엄마는 꼭 탕에 들어갈 때 물 위를 젓고 들어가라 말씀하셨다. "물 위에 여자들 병균이 둥둥 떠다닌다 말이다."

그 병균이란 것이 어떤 것인지 모르지만 뭔가 께름칙한 건 사실이다. 국민학교 2학년 때 오줌 누는 곳이 쓰리고 아파 엄마한테 말했더니 엄마는 나를 데리고 집 근처 산부인과를 데리고 간 적이 있다. 대머리가 벗겨진 산부인과 의사는 키가 작은 나를 빤히 쳐다보더니 치료실에 들어가라 했다. 치료실로 들어가자 간호원 언니는 아랫도리를 다 벗고 다리가 벌어진 긴 의자에 누우라 말했던 것이다. 의사는 솜에 뭔가 시원한 약물을 적셔 오줌 누는 곳에 발라주었다. 엄마는 의사 옆에 서 있다가 "아직 어려서 부끄러운 줄도 몰라예. 다리 벌리고 눕는 것을⋯⋯" 하고 조그맣게 간호원 언니에게 속삭였다. 그러면 간호원 언니가 조그맣게 키득거렸다. 정말 부끄럽지도 않았는지 그 뒤 엄마를 따라 산부인과 치료를 받으러 갈 때마다 나는 아무 거리낌도 없이 다리를 쩍쩍 잘도 벌렸던 것이다. 시원한 솜으로 바르고 나면 쓰리고 아픈 것이 사라지곤 했다. 대머리 의사는 내가 치료를 마치고 긴 의자에서 내려오면 머리를 쓱 쓰다듬어주었는데 그럴 때마다 나는 부끄럽고 아픈 것을 잘 참은 애처럼 나 자신이 자랑스럽게 느껴졌다.

새신 목욕탕에 진짜로 병균이 있는지 어떤지는 모르겠지만 동네 아줌마들은 목욕탕에서 빨래를 부지런히 했다. 플라스틱 팻말에 "빨래 금지"라고 쓰여 있었지만 아줌마들은 거리낌이 없었다. 애들 빨래부터 어른들 빨래까지 타일 바닥에 쏟은 뒤에 뜨거운 물을 한 번 휙 끼얹은 뒤 나무 빨래판까지 가져와 허연 빨래비누로 쓱쓱 문질렀다. 그러다 가끔 까만 팬티만 입은 때밀이 아줌마가 지나가다 뭐라 뭐라 말하면 빨래를 짐짓 멈추었다. 때밀이 아줌마가 지나가고 나면 또 빨래를 치댔다. 욕실 더운 김 때문인지 빨래를 하느라 힘이 부쳐서인지 빨래하는 아줌마들의 얼굴은 언제나 발갛게 익고 땀이 가득했다.

목욕을 마치고 나서려는데 어느새 저녁 어스름이 내려앉아 있다.

다시 여자들의 길을 통과해야만 한다.

나는 아직 물기가 남아 있는 머리카락을 어깨에서 찰랑거리며 흔들어본다.

정념의 거리에는 어느새 색색의 전등들이 달려 있다. 유리창 안은 온통 붉은색이다. 언니들이 유리창 밖에 의자를 내놓고 이쪽 저쪽을 계속 살피고 있다.

연희 언니와 나는 색유리집들과 멀찌감치 거리를 두고 삥 둘러서 지나간다.

마침 살집이 마르고 젊은 남자 하나가 지나갔다. 한 언니가 남자 가는 길 앞에 막고 선다.

"와, 와, 이러능교?"

맥주로 머리를 감아서인지 머리가 노랗게 된 언니는 연신 호호호 웃고 있다. 웃으며 남자의 소매를 잡고는 끈다.

언니는 정말 인정사정이 없는 것 같다. 싫다는데 자꾸 끌고 가려 하니…….

남자는 언니가 왼쪽으로 길을 막으면 오른쪽으로 가려 하고 오른쪽 길을 막으면 왼쪽으로 가려 한다. 옥신각신하는데도 남자는 이상하게 웃음을 흘린다. 남자의 윗도리 끝이 언니의 손에 잡혀 있다. 남자는 언니 손에 끌려가듯 하면서도 실실 웃고 있다.

나는 남자가 여자를 피하면서 왜 웃음을 흘리는지 잘 모르겠다. 싫다는 건지 좋다는 건지, 미안하다는 건지 이해해달라는 건지……

남자와 여자는 이상한 게임을 하고 있는지 모른다. 한번은 남자가 도망치려는 여자를 쫓아간다. 그다음은 여자가 도망치려는 남자를 쫓아간다. 이 게임은 상대에게 잡히는 순간 끝이 난다.

도망가면서도 잡히고 싶은 이상한 게임. 쫓아가면서도 잡고 나면 어떤 욕망도 다 사라지는 신기한 게임.

"정희야, 뛰자."

연희 언니가 목욕통 플라스틱 바구니를 들고 뛴다.

바구니에 담겨 있던 비누갑과 샴푸, 린스도 덩달아 뛴다.

"언니야, 같이 가자"라고 말하며 나는 색색의 유리창을 다시 곁눈질했다.

나는 늘 유리창 너머의 세계가 궁금하기도 하고 또 두렵기도 했다. 온몸을 옭아매는 긴장과 두려움이 목덜미를 타고 올라온다.

그날 밤 잠을 자는데 흐흐 웃는 그 남자가 꿈에 나타났다. 남자는 나를 뒤쫓고 있다. 턱이 숨에 차도록 골목 안으로 뛰어 들어오는데 어느새 남자의 손이 내 뒷덜미를 잡고야 만다. 유리창 속의 언니들이 나를 보며 미친 듯이 웃어댄다. 흠씬 놀라 잠에서 깼다. 온몸이 땀에 흠뻑 젖어 있다. 어두운 방 안이고 연희 언니는 새근새근 잘도 자고 있다.

조숙한 여고생치고 여전히 나는 겁이 많고 유치한 구석이 있다.

나는 임예진처럼 깜찍하고 새침하면서 순수한 여고생이고 싶은데…….

8

교련 사열이 있는 날에는 준비할 것들이 많다. 가방이 터질 듯하다. 얼룩덜룩한 개구리 무늬 교련복과 교련 벨트, '멸공'이라 적힌 빨간 교련 모자에다 빨간색에 하얀 적십자표시가 나 있는 간호병 가방까지 챙겨야 한다. 간호병 가방 안에 압박붕대와 긴 사각 각목, 봉 각목, 붕대를 고정시키는 스텐 핀 그리고 삼각건이 다 들어 있어야 한다.

나는 스스로 조숙하고 어른들의 세계를 이해하는 꼼꼼한 아이라 생각하지만 간혹 덜렁대거나 어리버리할 때도 많다. 일테면 압박붕대를 너무 잘 감아 완벽하게 미라로 만들어 환자 역을 맡은 애가 숨이 막힐 지경이 된다거나 붕대를 단단하게 싸매지 않아 훌러덩 하고 벗겨지게 되는 경우다. 하나는 너무 열심히 싸맨 것이고 다른 한쪽은 환자 역할을 봐주다 너무 헐겁게 싸맨 경우다. 나는 늘 이쪽과 저쪽을 왔다 갔다 했다.

오늘은 전교생 사열과 간호병 시험이 있는 날이다. 아침부터 땡볕이니 정신없이 더울 게 뻔하다. 한 달 뒤쯤에 군부대에서 직접 사열을 하러 온다고 학교가 난리다. 사열하는 날을 위해 우리는 매일 교련 시간마다 먼지 구덩이 운동장에서 제식훈련을 했다.

"좌향좌!"

"우향우!"

거기서 더 나아가 "좌향 앞으로 갓!" "우향 앞으로 갓!" "뒤로 돌아갓!" '자주국방'과 '국민 총화'를 위해 우리는 모두 얼룩개구리처럼 운동장 위에서 팔짝팔짝 뛰었다.

운동장에서 하는 간호병 훈련은 더 심했다. 종횡으로 줄 지어 선 다음 압박붕대로 감았다 풀었다를 계속했다. 땡볕과 흙먼지 속에서 압박붕대를 감고 풀고…… 삽시간에 온몸이 땀으로 뒤엉켰다.

아이들은 교련복 갈아입을 시간을 줄이려고 아예 교복 치마 밑에 교련 바지를 입고 수업을 들었다. 수업이 끝나면 잽싸게 교련복으로 변신했다. 교련탱이가 교실에서 늦게 나오는 애들 몇 명을 토끼뜀을 시켰다. 빛나는 '호국 유산'을 물려받기 위해 이 정도는 통과해야 한다.

오늘은 교장까지 앞에 나와 사열을 직접 관장한단다. 그러니, 아침부터 교련탱이 얼굴이 부어 있다. 오늘따라 비쩍 마른 광대뼈가 더 튀어나와 보인다. 단발 파마가 교련 모자 양쪽으로 대칭이 되게 삐져나와 볼썽사나운 사냥개 같다. 마른 몸에 교련 벨트를 단단하게 조여 배가 올챙이배처럼 볼록하다. 지휘봉을 오른손에 들고 왼

손바닥에 착착 내려치면서 "니들— 오늘 잘해야 된다! 알겠나!" 소리쳤다.

"받들어총!"

구령대 앞에 선 학도호국단 단장 화도가 우렁찬 목소리를 낸다. 목소리는 운동장으로 울려 퍼진다. 얼룩덜룩한 교련복을 입고 교련 가방을 옆으로 메고 일제히 손을 이마에 딱 갖다 붙인다. "충! 성!" 일제히 발 맞추어 걸어가며 절도 있게 손을 뾰족하게 세워 이마에 똑같이 붙여야 한다. "충"에 오른팔을 어깨 수평으로 올리고 "성"에 팔꿈치를 구부려 오른쪽 눈썹 끝에 착 붙여야 한다.

"일사불란하게 움직이라. 일사불란하게!"

"사열 줄 열과 오, 잘 맞춰라! 알았나!"

교련탱이가 열이 나서 짖는다. 햇빛이 눈을 찌르고 먼지 때문에 눈알이 따갑다. 하지만 다시 한 바퀴를 돌아와 구령대 앞에서 "받들어총"을 한다. 스탠드 위쪽에 천막 아래 있던 교장이 '받들어총' 구호에 우리를 향해 경례로 답한다.

"다시, 다시! 뭐꼬. 야, 2학년 8반 맨 끝에 선 가시나. 니 틀렸잖아. 발이, 발이 엇나가잖아. 발 제대로 못 맞추나. 다시 운동장 돌아서 받들어총한다. 알았나!"

'어휴, 뭐꼬. 누꼬 누꼬.' 고개를 푹 숙이고 우리는 속으로 주먹질을 해댔다.

"다시 다 맞출 때까지 끝까지 남아서 한다. 알았나! 대답 없다.

알았나!"

"예——에!"

이마에서 땀이 비질비질 얼굴 옆선을 타고 흘러 내린다.

제식훈련에서 누군가가 계속해서 틀리는가 보다.

소대장인 반장이 구령을 붙인다.

"뒤로 돌앗!"

일제히 소대원은 뒤로 돈다. 다시 바로.

"좌향 앞으로 갓!"

구령을 외쳤는데 누군가 '우향 앞으로 가'를 했나 보다. 뒤에서 마구 달려오는 소리가 들린다. 교련탱이가 달려와 우리 소대 앞에 선다. 씩씩거리며 구령을 외치며 달려와 소대에 합류한 끝 번호 애 팔을 지휘봉으로 마구 때렸다.

"뒤로 돌아갓!" "좌향 앞으로 갓!" "우향 앞으로 갓!"

이젠 아예 정신없이 뺑뺑이를 돌린다. 너무 빠른 구령에 아이들이 이리저리 우왕좌왕하자 몽둥이로 집단 포격이다.

"너희 2학년 8반, 머저리들……, 정신들 다 어디 갔다났나!"

정신이 번쩍 든다. 걸쳐 멘 교련 가방을 더욱 힘주어 멘다. 핏줄이 팽팽하게 긴장된다.

"다른 반은 들어가고 2학년 8반만 남아 계속한다! 알았나!"

어휴. 사망이다, 사망.

나는 몸치가 아닐 뿐더러 몸으로 하는 것은 대체로 좋아하는 편이다. 하지만 제식훈련과 사열은 만만치가 않다. 어떻게 제각각의 인간들이 모두 '일사불란'하게 딱딱 맞춰 '함께' '동시적으로' 움직일 수 있겠는가. 기계도 아닌데 말이다. 워낙 무언가를 흉내내고 연기하는 걸 좋아하는 나지만 '군인' 흉내내는 것만은 영 끌리지 않는다.

"이건 폭력의 마스터베이션이야."
"응?"
잠시 운동장에 주저앉아 휴식을 취하는데 혜주가 날카롭게 쏘아붙이듯 한마디 한다. 애들이 혜주를 돌아본다. 애들은 '마스터베이션'이 무슨 말인지 수근거린다. 조숙한 나마저 잘 모르는 단어다. 마스터베이션? 그게 뭐지?
"자위행위라고. 자위행위."
언주가 아는 체한다. 뭐 남자애들이 하는 자위행위? 자위행위와 폭력, 폭력의 자위행위?
주변 아이들은 혜주의 다음 말이 무엇일까 기다렸지만 끝내 혜주는 입을 다물었다.
사실 모두들 땡볕에 지쳤고 목이 말랐다. 흙먼지 때문에 목 안이 막히고 입속이 텁텁해 말도 제대로 나오질 않는다. 머리 아프게 생각 따위를 할 마음조차 없다. 땅바닥에 털썩 주저앉아 모자며 상의에 먼지를 턴다.
목마른 자들은 모두 내게로 오라. 누가 그렇게 외쳐준다면 얼마나 좋을까. 갑자기 운동장 수돗가에서 애경이가 소리를 지른다.

"야들아. 물 마셔도 된단다."

어떤 구령보다 더 시원하고 통쾌한 구령이다.

우리는 뜨거운 햇빛을 얼굴에 안고 우르르 수돗가로 몰려 달려 간다.

운동장 가에 서 있는 포플러나무 이파리가 햇빛에 반사되고 있다. 의안으로 갈아 끼운 상의용사의 눈처럼 수많은 이파리들이 가지에 매달려 반짝이고 있다. 우리는 고된 전쟁에서 돌아온 상이군인처럼 지친 다리를 끌고 수돗물을 마셨다.

한 달 뒤에 있다는 군사훈련 시찰은 잘 마칠 수 있을까.

9

아무리 그래도 혜주가 마스터베이션이라는 성적 용어를 썼다는 것이 희한하다. 혜주같이 단아하고 정숙해 보이는 애도 그런 말을 다 하는구나. 마스터베이션이라는 말은 자위행위라는 말보다는 뭔가 폼 나 보인다. 혜주 가시나, 유식하기는…….

운동장에서 제식훈련에 지칠 대로 지치자 간호병 시험은 교실에서 보기로 했다. 교련탱이가 큰 선심 쓴 것이다. 땡볕에서 흙먼지와 땀 때문에 숨이 막혔는데 다행이었다.

교실에 들어오니 호국단 규율부 간부들이 몽둥이를 들고 서 있다.

'뭐꼬? 저 가시나들.'

"에— 또, 시간 내에 붕대 못 감는 놈들은 모두 엎드려뻗쳐에 다 엉덩이 열 대씩이다!" 은자가 울상을 짓는다. 은자는 손매가 맵지 못해서인지 늘 허둥지둥했다. 이를테면 이런 식이다.

손을 싸매야 하는 붕대법으로 발을 싼다거나 가슴팍을 싸매는 붕대법으로 머리를 싼다거나 하는 식이다.

나는 쉬는 시간마다 환자 역할이 되어주었다. 가녀리고 흰 나의 섬섬옥수를 은자에게 실험용으로 빌려줬다. 심지어 나의 머리까지도 빌려줬다. 붕대를 감았다 풀었다 하면서 양 갈래로 단정하게 묶은 내 머리카락이 수수 망탱이처럼 삐져 나갈 지경이 될 때까지.

나는 손에 화상 입은 국군이 되다가 머리통이 깨진 국군 혹은 발 정강이뼈가 부서진 국군이 되기도 한다. 어떤 땐 가슴에 관통상을 입은 국군이 되어 누워 있기도 한다. 그러니까 나는 환자이면서 간호원이고 국군이면서 간호병이기도 했다. 정말 눈물겨운 우정이었다.

그러나 은자가 하고 있는 걸 보면 속이 터진다. 내 손을 감는 은자의 붕대를 가지고 내가 빼앗아 대신 붕대를 감는다.

"가시나야, 이렇게 하는 기다. 착착 당겨가지고……."

나는 쩔쩔매는 간호병 앞에서 자기 몸에 스스로 붕대를 감고 있는 부상 당한 국군처럼 붕대를 내 몸에 감았다.

붕대 감는 연습을 다 하면 그다음엔 삼각건 연습이다.

삼각건은 붕대보다 훨씬 쉽다. 붕대는 감는 것도 힘들지만 다 감은 것을 풀어 제대로 말아야 하는 것이 더 힘들다.

교련탱이는 붕대 감는 연습을 시킬 때 왼쪽으로 한 번 돌려 감고 다시 오른쪽으로 돌려 감으면서 엇갈리게 감아야 한다고 말한다. 죽순 모양처럼 말이다.

"붕대 감을 때 단디 감아야 한다. 알았나? 착착 당겨가면서. 예쁘게 모양 만들어가면서…… 알겠나! 붕대 감는 것도 예술이다."

예술은 무슨 예술…… 뭐든 갖다 붙이면 다 예술인가?

하긴 몸의 모든 신체 부위마다 붕대 감는 방법이 다르다. 엉덩이를 삼각건으로 감으면 그야말로 비키니 수영복 팬티가 되고 가슴에 감으면 하얀 브래지어같이 된다. 붕대는 꽃잎이 엇갈리게 겹쳐 있듯이 엇갈리게 감기면서 하얀 우리의 속옷이 된다.

그래도, 뭐니뭐니 해도, 붕대와 삼각건 감기의 압권은 전신 화상 환자 붕대 감기다. 화상 환자 전신을 드레싱한 다음 붕대와 삼각건으로 전신을 머리부터 발끝까지 다 감는 것이다. 교련탱이는 각 부위별 붕대 감기 연습이 다 끝나면 전신 화상 환자 붕대 감기 시범으로 대미를 장식한다.

"야, 1번 나와라!"

1번이 키가 가장 작으니까 붕대가 조금 덜 들어간다.

1번이 울상을 짓는다. 살아 있는 미라 만들기. 교련이 1번을 불러내 압박붕대를 다 감고 나면 1번은 눈만 남은 미이라가 된다. 나머지 애들이 1번을 들것에 실어 옮긴다.

그런데 오늘은 실전이다.

우리는 지금 총성이 들리는 전쟁터 간호 막사에서 국군 환자들을 돌본다. 인민군이 언제 쳐들어올지 모르기에 빠르게 붕대를 감아야 한다. 저기 앞에 교련탱이가 지휘봉을 오른손에 들고 서 있다. 그 옆에 규율부 간부들이 교련탱이보단 좀 작은 몽둥이를 들고 서 있다.

"두상 감기다. 자, 시—작!"

교련탱이가 초시계를 들고 시작을 알린다. 국군들은 모두 부상당해 머리가 깨져 있다. 교련복을 입은 간호병들은 일제히 자기 앞에 놓인 환자의 머리를 붕대로 이리저리 감기 시작한다. 붕대를 두루마리 휴지처럼 획획 넘긴다.

혜주와 언주와 다른 몇 아이들이 같은 조다.

역시 혜주와 언주답다. 붕대 감은 모양이 예쁘고 단단해 보인다.

어쩌면, 교련탱이 말이 맞을지도 모른다. 혜주가 감은 머리 붕대는 멋있어 보이다 못해 빛을 뿜어내는 것 같다. 나는 혜주의 미술품을 감상하듯 감탄에 빠진다. 교련탱이가 한 명 한 명씩 환자들의 머리붕대를 보면서 점수를 매긴다.

저 붕대 푸는 거 아깝겠다. 저렇게 단단하게 예쁘게 잘 감았는데…… 싱싱한 참외 같은데…….

이번에는 은자와 내가 있는 조 순서다.

가슴이 두근거린다. 신경이 팽창한다. 나는 속으로 외친다.

'뭐꼬. 이정희. 너답지 않게……. 너는 진성 이씨 여자다.'

은자가 불안한 눈빛이다.

"가시나야, 괜찮다. 연습한 대로만 해라."

"그만!"

교련탱이가 초시계를 꾹 눌렀다. 30초. 이렇게 30초가 빨리 지나가다니…… 나는 마지막 고정핀을 머리 붕대 끝에 매며 마무리한다. 손을 재빠르게 움직이며 은자를 힐끗 본다.

은자는 머리의 반도 다 감지 못하고 교련탱이가 "그만!" 하고 소리치자 그만 붕대를 바닥으로 뚝 떨어뜨렸다. 하얀 붕대가 바닥에 떨어져 풀리며 길게 나신을 드러냈다.

"이게 뭐꼬? 이것도 제대로 못하나? 응?"

교련탱이는 거칠게 소리치며 다가왔다. 은자의 따귀를 때렸다. 은자의 뺨이 발갛게 부풀어 오른다. 귀까지 발갛다. 은자가 약간 비틀한다. 나는 나도 모르게 뒤로 한 걸음 물러선다. 귓속에 벌통이 있는 것처럼 윙윙거린다.

그러자, 수업종이 울렸다.

교련탱이는 지휘봉과 각목, 삼각건, 간호병 가방 등을 챙겨 나가면서 규율부에게 지시를 했다. "30초 안에 다 못 마친 애들은 엎드려뻗쳐에 엉덩이 열 대씩!"

모두 6명이다.

삶이 고달프다는 건 이래서인가. 규율부 간부 박귀자는 감정 배출에 적합한 장소를 찾았다. 귀자는 눈을 번들거리며 신경질적으로 눈을 부라렸다.

나는 맞는 것도 싫지만 때리는 것은 더 싫다. 인간이 육체란 거추장스러운 물건을 달고 다니는 것이 더더욱 싫다. 육체에 갇혀 살아간다는 것은 슬픈 일이다. 타락하기도 하고 감염되기도 하니 말이다.

그래서 몸은 수치스럽다. 맞기도 하고 때리기도 하니까.

교련복을 입고 엎드려뻗쳐를 하고 있으니 얼룩덜룩한 여섯 마리의 개구리 같다. 아이들은 때릴 때마다 개골개골 시끄럽게 신음소리를 냈다.

교실 전체에 퍽퍽 소리가 진동하듯 울렸다.

은자가 엉덩이를 걱정스럽게 들고 있다 매가 너무 매운지 갑자기 엉덩이를 피하고 만다. 자기도 모르게 나오는 '방어기제'다. 그건 의식이 내리는 명령이 아니다. 몸이 알아서 자기도 모르게 반응하는 것이다.

"야! 가시나. 피했나. 피했다 이거가?"

귀자가 열이 올랐다. 열 오른 강아지 같다.

"살살 좀 하면 안 되겠나?"

은자가 울먹이면서 말한다.

"빨리빨리 하재이……. 나도 힘들다. 교련샘 오기 전에 끝내자."

귀자의 몽둥이가 공중 위로 번쩍 들어 올려지는 순간이다.

"응?"

박귀자의 몽둥이를 멈춘 손은 놀랍게 혜주다.

"그만해라."

혜주는 평소답지 않게 목소리가 팽팽하게 부풀어 있다.

"니 뭐꼬? 좀 전에 운동장에서 폭력 뭐뭐라고 한 서울야? 갸 맞재?"

"그만 됐어. 같은 친구끼리 이러는 거 재미있니?"

교실에 두려움이 살얼음처럼 깔린다.

박귀자의 입가에 악의적인 미소가 번진다.

"지금 니, 뭐라 캤노?"

혜주를 쏘아보는 눈이 장난 아니다. 규율부 간부들이 귀자 옆으로 무섭게 모여든다.

교실 아이들은 모두 혜주와 귀자를 둘러싼다.

"긴말 안 할게. 그만해라. 넌 때리는 게 좋니? 아니면 할 수 없어서 때리는 거니? 이건 아니야, 이건. 친구끼리……."

'혜주 가시나 그러다 봉변 당할 텐데……. 그냥 모른척 하지. 우짤라고…….'

다음에 박귀자의 손이 혜주의 뺨 위로 올라가 있다. 그리고 다시 머리로, 혜주의 손이 귀자의 머리로……. 그리고 책상과 의자가 무너지고…… 아이들이 비명을 지르고…… 그리고 모든 게 분명해지듯 입술이 터지고…… 붉은 핏자국이 여기저기 꽃잎 짓이긴 듯 번진다.

"혜주, 갸 대단하다."

현희와 은자는 눈을 동그랗게 뜬다.

"처음부터 강단 있어 보이더니."

언주는 동지를 얻은 듯 회심의 미소를 띤다. 치, 교련탱이한테 이른 게 자기면서.

혜주와 박귀자가 교실 바닥에 뒹굴면서 머리끄댕이를 쥐어뜯고 있을 때 교무실로 달려간 것은 언주였다.

"내가 아니었으면 혜주 큰일 날 뻔했다 아이가."

"그래, 자—알았지. 그래서 혜주 붕대 실습 점수 만점에서 바닥으로 까는 데 일조했다 아이가."

나는 눈을 흘기며 말한다.

"뭐, 그거야……."

언주는 입을 샐쭉거리며 어쩔 수 없다는 표정이다.

그러니까 언제나 '인간'이라는 자의식이 문제다.

그놈의 자의식이 혜주를 그냥 두지 않은 것이다. 그러니까 은자가 매를 맞을 때 혜주의 자의식이 "우리는 돼지가 아니야, 돼지가 아니야"를 계속 외친 것이다. 나의 자의식은 "그래, 돼지는 아니지만 돼지인 것처럼 참아야 돼. 꿀꿀" 하고 계속 외친 것이다. 혜주는 머리끄댕이를 잡았고 나는 뒤로 물러섰다.

내가 지금 무슨 헛소리를 지껄이나.

그리고 이 떨떠름한 슬픔 같은 건 왜 달라붙는 거지? 귀찮게시리…….

여하간 혜주와 박귀자가 엉겨 붙는 바람에 은자가 조금이라도 매를 덜 맞았다. 다행한 일이다.

은자의 엉덩이는 복 받은 엉덩이!

10

미장원에 간 건 순전히 진이 오빠 때문이다. 혜주가 진이 오빠랑 영화 보러 간단다. 그리고 기욱이랑 똥문이도 같이······.

마치 짝이라도 맞춘 것 같다. 혜주와 나와 언주도 같이 보러 가기로 한 것이다.

은자와 현희한테 좀 미안한 생각이 든다. 하지만 어차피 이 사회는 생존 경쟁 사회다. 3억 마리의 정자도 골대에 들어가기 위해 질주하는 세상이 아닌가.

남학생 여학생 고등학생들끼리 영화 보러 가는 거······.

물론, 학칙 위반이다. 하지만 대수냐. 중간고사도 끝났다. 고등학생도 사람이다. 풀 건 풀어야 한다.

나는 오늘 머리를 단정하고 맵시 있게 자를 것이다. 임예진처럼······. 물론 찰랑거리는 직모는 아니지만······. 양쪽으로 묶은 반곱슬 머리가 둥그스름한 밤톨처럼 귀엽게 말리는 것, 오늘 내가 주문할 머리 스타일이다.

장미미장원은 우리 동네 시장 안 자갈약방, 솜틀집 옆에 있다. 나무 간판은 고풍스럽게 보이려 애썼지만 오히려 오래되어 쇠락한 느낌을 주는 간판이다. 미장원 마담 아줌마는 한쪽 다리를 절지만 가위 솜씨 하나는 알아준다. 시장 사람들은 다리를 저니까 더 기술이 좋다고 말한다. 그래서인지 미장원은 언제나 사람들로 북적인다. 시장 사람들도 모두 여기 와서 머리를 자르고 머리를 만다.

미장원 현관문을 들어서니 파마약 냄새가 진동한다.

"머리 자를려고?"

마담 아줌마가 저는 다리 쪽으로 몸 한쪽이 기운 채 손님 머리를 말다 얼굴을 돌려 내게 묻는다.

"예, 머리가 많이 길어서……."

마담 아줌마는 다시 고개를 돌려 머리를 말면서 말한다.

"좀 기다려야 될 기라. 여기 머리 말고 있는 중이라서."

미장원 거울 테두리 옆에 플라스틱 조화가 화사하다. 꽃분홍색 비닐 소파는 낡았는지 스프링이 조금씩 터져 나와 있다. 앉으니 쑥 꺼진다.

소파 옆에 잡지가 한가득이다. 〈선데이 서울〉 〈야담과 실화〉, 내가 아끼는 독서물 중에 하나다.

그러니까 학교에서 하는 성교육이란 다 헛거다. 소독약 냄새로 범벅을 해서는 전혀 실감이 나질 않으니 말이다. 우리에겐 좀 더 실전에 가까운…… 뭐랄까 그러니까…… 실전에 가까운 뭔가가 필요하다. 말하자면 현실적인 로드맵 같은 것 말이다. 진심인데 이것이 조국 근대화를 앞당기는 일이라고 나는 생각한다.

〈선데이 서울〉을 딱 잡자마자 나는 어김없이 '충격! 실화!' 코너를 편다. 오늘도 비슷한 레퍼토리다. 하지만 내가 언제나 구미가 당기는 것은 단지 내가 성호르몬이 왕성한 여고생이기 때문은 아니다.

원래 이런 말이 있지 않은가. 가족사보다 비밀스럽고 민족사보다 중요하고 야사보다 재미있는 것이 연애사라고…….

'동네 친구들하고 처음 나이트클럽에 갔어요. 처음 간 곳이라 어리둥절해 있는데 옆 테이블에 앉아 있는 남자가 다가와 함께 춤을 추자 하대요. 나는 어찌해야 할 바를 몰라 당황해 있었지요. 같이 간 친구들은 깔깔 웃으며 어머, 좋겠다, 빨리 무대로 나가, 하고 저를 부추기는 거예요.

그렇게 저는 그이를 만났어요. 그 이후 우리는 데이트를 시작했어요. 그이는 멋진 양복에 잘 생긴 얼굴에다 돈도 많은 것 같았어요. 저에게 고급스러운 선물에다 드라이브에다 레스토랑 같은 데서 칼질도 했지요. 마치 저를 여왕처럼 대해주었어요. 태어나서 저에게 그렇게 잘해준 사람은 아무도 없었어요. 저는 공장에 다닌다는 말을 숨겼지요. 도저히 그에게 사실대로 말할 수가 없었어요. 저는 여대생처럼 청바지를 입고 책을 끼고 다니며 여대생이라 말했어요. 그렇게 해서 우리는 여관에 갔어요. 안 된다고 했지만 그이는 결혼할 사인데 어떠냐고 하면서……"

어휴, 순 신파, 아예, 소설을 써라 소설을…….

'그런데 어느 날, 그에게 전화가 뚝 끊긴 것입니다. 하루, 이틀, 사흘이 가고 그리고 일주일이 지났어요. 저는 애가 닳아 거의 죽을 지경이었지요. 그이에게 큰일이라도 생긴 것이 아닌가 교통사고가 난 게 아닌가 하고 말이예요.'

그러고는 뻔하다. 여자 간장게장 다 끓여놓고는 불현듯 전화 와서 갑자기 부도가 나서 쫓겨다니고 있다. 혹은 들어오기로 한 돈이 안 들어와 곤경에 처해 있다. 며칠만 돈 돌릴 데 없나 뭐 그런 수순이다. 그러면 간장게장 다 끓인 여자는 통장 바닥까지 싹싹 긁어 남자에게 갖다 바친다.

바람둥이들은 대개 친절하면서 무례하다. 예의바르면서도 뻔뻔스럽다. 우리 공장 아이롱 하는 동희 오빠도 공장에서 언니들에게 인기가 많다. 오빠는 언니들 앞에서 담배를 손가락으로 빙글빙글 돌리다 자기 입에 딱 꽂곤 했다. 그건 마치 권총을 손가락으로 돌리는 카우보이처럼 멋있다. 그뿐이랴. 머리엔 포마드 기름을 바르고 디스코 청바지를 줄 바짝 세워 입고 다니는 멋쟁이다. 시다 3번 언니도 좀 좋아하는 눈치다. 그러나 바람둥이들과의 연애는 험난한 법이다. 동희 오빠는 시다 언니를 본 척도 안 한다. 가끔 단팥빵만 얻어먹는다.

하여간…….

〈선데이 서울〉〈야담과 실화〉는 바람둥이의 교본이다. 아니 청춘 남녀의 경전이다. 나는 좀 더 경건한 마음으로 옷깃을 여미며 입속 고여 놓은 침을 묻히며 한 장씩 한 장씩 넘긴다. 정성을 다해 신도처럼.

대형 거울 앞에서 파마를 말고 있는 아줌마는 어깨가 산적처럼 딱 벌어져 있다. 그런데 목소리는 '밤 깊은 마포 종점 갈 곳 없는 밤 전차'를 부르던 은방울자매*와 같은 목소리다. 가늘고 나긋나긋한

---

* 1954년 데뷔. 대표곡으로 '마포 종점' 등이 있음.

목소리. 왠지 목소리와 몸이 잘못 접착된 것 같다.

"저기 닭집네 얼마 전에 셋째 아를 낳았다 아이가. 그란데 그 아주무이는 아 낳을 때마다 시어머니한테 어무이 안 되겠심더, 제발 진수 아비 불러주이소, 캤다 안 카나. 그래 시어무이가 저번에도 아범 불렀으니 이번에는 아범 없이 한번 놔봐라 캤대이. 그런데 아는 죽어라고 안 나오고 산통은 계속되는데 이러다 사람 잡겠다 싶어 할 수 없이 진수 아부지를 불렀다 안 카나. 그런데 신기하게도 진수 아부지가 와 산모 손을 잡고 꼭 껴안고 하니까 애가 쑥 하고 나오더라는기라."

아줌마는 파마 롤이 반쯤 올라간 상태라 좀은 우스꽝스러운 모습이다.

"옴—마, 신기해라…… 진짜라예."

마담 아줌마가 저는 다리를 한 번 들었다 놓으니 기울어 있던 어깨가 한 번 올라갔다 내려온다.

"그라게 말이다. 참 신기한 여편네도 다 있재."

"그래도 산모 아 낳는데 남자가 들어가는 게…… 호호호호."

"그렇재?"

"그래도 닭집네 아는 잘 낳더구만요. 여자가 몸은 작아도 있을 건 다 있나 봐. 호호호."

마담 아줌마가 고음의 비음으로 말을 잇고는 둘은 거울을 함께 쳐다보며 한바탕 큰 소리로 웃어 젖혔다.

산적 아줌마는 마담 아줌마와 동네에 이런저런 이야기 늘어놓느라 정신이 없다. 누구네는 아들이 지난 여름에 물가에 갔다 빠져 죽었다느니…… 참 삼대독자인데 안됐다느니…… 누구네는 며느리를 봤는데 참하고 살림도 잘하는데 그 집 홀시어머니 구박이 이만저만이 아니라느니…….

대체로 산적 아줌마가 동네 소식지 역할을 하고 마담 아줌마는 추임새를 넣는 쪽이다. 산적 아줌마가 높은 자진모리로 몰고 가면, 마담 아줌마가 장단을 사이사이에 넣어 흥을 돋운다.

마담 아줌마가 장단을 맞출 때마다 산적 아줌마는 자신의 전리품 자랑이 먹힌다고 생각했는지 산적 같은 어깨를 으쓱해 보인다. 그럴 때마다 구루뿌를 만 머리도 투구처럼 한 번씩 움찔한다.

"그란데…… 그란데 말이다. 자기 그 소식 들었나?"

갑자기 산적 아줌마의 목소리가 낮은 톤으로 바뀐다. 낮지만 꽤 의미심장한 톤이다. 왠지 연극의 절정 부분에 와서 대사에 결정적 멘트를 날리려는 순간 같다.

"예? 무슨……"

"저기…… 저기 자갈마당에 있는 제일메리야스 공장에 공순이 이야기 들었나?"

거울 앞에서 짧은 파마머리를 말고 있던 아줌마가 갑자기 목소리를 낮춘다.

나는 '제일메리야스'라는 말에 갑자기 귀가 쫑긋해진다. 〈선데이 서울〉을 넘기던 손을 멈춘다. 눈은 잡지에 꽂고 있으면서 귀는 온통 산적 아줌마의 말소리에 쏠린다.

"무슨 이야긴데예?"

"글쎄, 메리야스 공순이 중에 하나가 야근하고 밤늦게 나오다 아유…… 일을 당했다 안 카나."

"예? 정말예? 오마, 우짜노. 저런 저런……."

"저번에 철길 너머 염색공장 지대에서는 가끔 그런 일 있다는 이야기는 들었어도 우리 동네선 그런 일이 없었잖어."

"아이고 무시라……. 이제 밤에 우째 다니노. 시상 무서버서."

"윤리가 땅에 떨어진 기라. 떨어졌어."

'엄마,' 나는 속으로 소리를 질렀다. 제일메리야스는 우리 공장인데…… 누가, 아니 어느 언니가 일을 당했다는 거지?

좌심방, 우심방이 차례로 덜컹거린다. 두뇌 속 신경세포 뉴런이 마구 충돌하며 날뛰는 소리가 들린다. 나는 〈선데이 서울〉을 스르르 놓는다. 가슴이 쿵쾅거린다.

"하여간, 동네가 이래가지고……."

"우짜노 무서버서 참말로……."

추임새를 넣는 마담 아줌마의 목소리가 희미하게 들려온다.

나는 '일을 당했다'는 게 정확하게 뭔지는 모르겠지만 대강은 무슨 말인지 안다. 그 누구도 나에게 여자가 '일을 당했다'는 것이 무엇을 말하는지 자세하게 구체적으로 설명해주지 않았다. 하지만 그것이 여자에게 일어날 수 있는 끔찍하게 '재수없는 일'이라는 것, 그 정도는 안다.

우리 가족이 마루에서 다 함께 보는 텔레비전 프로는 〈수사반장〉이다. 아버지는 특히 〈수사반장〉을 좋아하신다. 최불암이 바바리코트를 입고 수사반장으로 나온다. 최불암은 언제나 양미간을 찌푸리는데 그것은 양미간 주름만큼 고뇌와 근심이 무르익었다는 것을 의미한다.

그날도 집안 식구가 〈수사반장〉을 다 함께 보고 있었다. 나는 지루하다는 듯 입이 찢어지게 하품을 했다. 뻔한 레퍼토리다. 그러니까 이렇게 해서 저렇게 되고 그래서 저렇게 범인이 잡히는 거 아니겠어? 나는 졸음에 겨운 눈을 비비며 생각하고 있었다.

수사반에 형사들이 모여 있다. 뚱뚱한 형사가 마른 형사한테 갑자기 '강간'이란 말을 했다.

"엄마, 강간이 뭐꼬?"

아버지도 함께 계셨다.

"아버지, 강간이 뭐예요?"

엄마와 아버지는 양미간을 약간 찌푸리며 마주 본다.

"응, 그게 그냥……."

엄마는 얼버무렸고 아버지는 말이 없으셨다.

언니와 오빠도 아무 말이 없다.

이 무슨 침묵의 시츄에이션인가? 나만 모르고 이 세상이 다 아는 뭔가가 있는 건가. 적당한 침묵과 암묵적 공모로 말이다.

강간이란 말이 정확하게 무슨 뜻인지 모르겠다. 하지만 그것이 여자 신체에 일어날 수 있는 끔찍한 일이라는 것쯤은 눈치로 알아차릴 수 있었다.

그리고 사람들이 모두 그 일에 대하여 말하려 하지 않는다는 것도. 여자든, 남자든······.

사람들은 두려워한다. 진실을. 진실을 말하는 것을. 진실은 더럽고 역겨운 것이다.

아니, 사람들은 진실이 불편한 것이다. 진실이 밝혀지는 순간 안녕한 일상이 깨질지도 모르기 때문에. 오랫동안 적당한 위선이 편리했기 때문에.

나는 플라스틱 조화가 장식으로 달린 미장원 거울을 본다. 어깨까지 내려온 반곱슬머리를 한 여자아이가 자기 얼굴을 보고 있다. 마담 아줌마가 사그락사그락 가위질을 한다. 고부라진 반곱슬머리가 조금씩 바닥에 소리없이 떨어져 내린다. 작고 가는 그것이 음모(陰毛) 같다는 생각이 든다.

설마 시다 3번 언니하고 미싱 5번 언니는 괜찮겠지? 괜찮을 거야······.

가슴 위로 화물 기차가 하나 덜컹 하고 소리를 내며 지나간다.

처음으로 두려움이라는 것이 손끝에서부터 만져졌다.

11

공장 편집부에서 내복 곽을 접던 언니가 일을 그만두었든 또 그 언니가 임신을 해서 공장을 그만두었든 강물은 흘러간다. 제3한강교 밑을…….

집에 돌아오니 연희 언니가 큰 거울 앞에서 왼손에 사이다 병을 들고 오른손으로 하늘을 이리 찔렀다 저리 찔렀다 하며 몸을 비틀고 있다. 고고가 디스코로 바뀌고 있는 중이다.

강물은 흘러갑니다 제3한강교 밑을
당신과 나의 꿈을 싣고서 마음을 싣고서
젊음은 갈 곳을 모르는 채 이 밤을 맴돌다가
새처럼 바람처럼 물처럼 흘러만 갑니다
어제 처음 만나서 사랑을 하고
우리들은 사랑을 하였습니다
이밤이 새이며는 첫차를 타고
이름 모를 거리로 떠나갈 거예요.
오오 오오 뚜룻뚜룻뚜— 하!
강물은 흘러갑니다 제3한강교 밑을
바다로 쉬지 않고 바다로 흘러만 갑니다*

나는 다시 한번 칠성사이다의 희생정신을 존경하지 않을 수 없다. 호랑이는 죽어서 가죽을 남기고 사람은 죽어서 이름을 남긴다고 했다. 칠성사이다는 살아서는 혀끝을 자극하는 청춘의 맛을 주

---

* '제3한강교'가 개작되기 전 첫 번째 가사. '퇴폐적 분위기'라는 이유로 교체됨.

더니 죽어서는 종아리 탄력 다이어트 기구로 호환된다. 그리고 제2의 문주란을 키워내는 마이크가 된다. 칠성사이다는 정말이지 '민족중흥의 역사적 사명을 띠고 이 땅에 태어난 것'만 같다.

허스키의 문주란이 약간 고음의 비음을 내는 혜은이로 변신하려한다. 순간 언니는 호주머니에 있던 킹드롭프스를 꺼내 와작 하고 깨물어 씹었다. 그러자 혜은이는 갑자기 마법에서 풀린 '우리의 돼지'로 돌아오고 만다.

사실 연희 언니의 핀토스 일자 청바지 호주머니 안에는 없는 것이 없다. 오리온뽕뽕카라멜, 해태바둑껌, 킹드롭프스 등이 가득 들어 있다. 비죽하게 먹을 것들이 튀어나와 일자 청바지는 폼 없이 구겨져 있다.

언니는 킹드롭프스를 와작와작 씹어 먹으며 '제3한강교' 후렴을 허밍으로 넘어가고 있다.

"언니야, 공장 언니들 며칠 전에 당한 거 아나?"

"옹? 남진이 리사이틀 왔을 때 말이가?"

"어……?"

"그래, 그때 난리났다 카대……. 공순이들 다 단체로 무단결근했다 카대. 하긴 남진이 허리춤이 대단하지……. 근데 남진이가 미국에 엘비스 프레슬리를 찾아갔다 아이가. 가서 같이 사진 찍자 안 캤나. 그러니까 엘비스가 사진 찍는 데 돈을 좀 많이 내라 캤나봐. 그래서 남진이 그냥 엘비스 옷만 대신 빌려 입고 사진 찍었다 카대. 그래도 공순이들, 차순이들 난리 났다 카더라. 리사이틀 때 비명

지르고 뒤로 넘어지고 속옷 던지고…… 하긴 남진이가 비스듬하게 서서 눈 한번 찡긋하면……."

그러곤 언니는 키득키득 웃어댔다.

속옷을 던진 건 서울에 있는 어느 여대생들이 클리프 리차드가 왔을 때 그랬다던데……. 나는 아버지가 신문을 읽으며 혀를 차던 생각이 났다. 신문에는 미니스커트를 입고 군중에게 떠밀려 바닥에 엎어진 여대생의 뒷모습 사진이 큼지막하게 실려 있었다.

공장 언니들이 청바지를 입고 여대생 흉내를 내고 싶었을까. 속옷까지 던지면서…….

왠지 믿기지 않는다. 시다 언니와 미싱 언니 들이 그럴 리는 없다. 크림빵이나 단팥빵 모아서 시골집에 보내려고 난린데…….

그건 그렇고 연희 언니는 공장 언니들이 '일을 당한' 그 사건을 모르는 걸까. 아는 걸까.

아니, 어쩌면 그 소문이 사실이 아닐지도 모른다.

12

만경관극장은 동네 지린내가 코를 찌르는 동시상영관과 다르다. 시내에서 꽤나 전통을 자랑하는 극장이다. 오늘은 남진 리사이틀이 아니라 영화 〈필링스〉를 보는 날이다.

혜주와 나는 버스에서 내려 만경관극장 앞으로 걸어갔다. 손진 오빠가 표를 흔들며 웃으며 서 있다. 다른 애들도 다 와 있다. 기욱이, 똥문이, 언주였다. 손진 오빠를 보는 순간 남진에게 열광하는 공순이처럼 열광하려던 가슴을 가까스로 진정시킨다. 오빠는 여전히 폴 매카트니처럼 서글서글한 눈매로 웃는다. 폴 매카트니보다는 조금 고독하고 크리스 미첨보다는 순진한 눈빛.

나는 오늘 일기에 쓸 것이다. "인생은 아름답다—"라고.

〈여성중앙〉과 〈선데이 서울〉은 이성간 교제를 앞두고 있는 여자애들에겐 더없는 연애의 지침서다.

'남자 꼬시는 법'.

이런 제목을 보면 나는 가슴 망울이 봉긋하게 솟아오르는 느낌이 든다. 너무 딱딱해져 망울이 아프다. 성호르몬의 건강한 발신 신호다.

이건 여성 유두에 먹띠를 두르고 나오는 고우영 만화와는 다르다. 고우영 만화 같은 장난기는 좀 저급하다. 고우영 만화의 유두 먹띠는 여드름투성이 십대 남자애들의 멈출 수 없는 본능 분출 욕구를 해소해주는 용도 정도다.

사실 열여덟 된 여자애가 살아가는 길은 여러 가지다. 줄담배를 뻑뻑 피우며 세상을 '생까며' 살 수도 있고, 아예 '쫄아서' 여자로 태어난 걸 팔자거니 하며 살 수도 있다. '범생'으로 눈 벌겋게 콘사이스 사전 알파벳 a에서부터 찢어서 씹어 먹어가며 독서실에서 처박혀 살 수도 있다. 계산 빠르게 '범생'이한테 붙어서 노트 필기를 전수받기 위해 아양 떨면서 살 수도 있다.

나에게 세상이란 사랑으로 아파하고 괴로워하면서 또 적당한 비밀과 달콤한 위선이 진실을 만들어가는 곳이니까. 어찌 되든 좀 부딪쳐보자 하는 쪽이다. 사랑하다 보면 말랑말랑한 마음의 칼로리가 기아 상태까지 소모될 수도 있을 것이다. 그러나 한평생을 산다는 것에서 정공법은 없지 않겠는가.

나쁜 연애도 내공을 높아지게 하는 법. 뭐, 좀 넘어지더라도 흙먼지 털고 돌부리를 지팡이 삼아 일어나보자 하는 배짱이다. 다시 왼쪽 가슴 몽우리가 딱딱해지고 아파온다. 또 젖가슴이 커지려나 보다.

우리들은 영화가 시작되는 시간을 기다리기 위해 빵집에 들어간다. 내가 앉으려 하니 똥문이가 잽싸게 달려와 교복 모자를 벗어 내가 앉을 의자 먼지를 턴다. 그러곤 나를 보고 히죽 웃는다. 아, 사각 필통…… 나는 늘 제비뽑기에 운이 없다. 국민학교 때부터. 제비뽑기는 가장 비합리적이고 반민주적이다. 제비뽑기를 할 바에 가위바위보가 훨씬 낫다. 가위바위보는 적어도 자기 스스로가 가위바위보를 선택한다. 제비뽑기는 신에게 맡겨진 운명이니 신탁에 맡겨진 오이디푸스의 운명과 다를 바가 없지 않은가. 나는 사각 필통을 바라본다. 신이 내린 운명에 한숨을 쉬었다.

미팅하는 듯한 포맷으로 우리는 자리에 앉았다. 왼쪽 의자에 여자 셋, 오른쪽 의자에 남자 셋. 도넛과 크림빵이 나왔다. 그리고 똥문이가 뭔가 쓰잘데기 없는 물음을 물어온 것 같은데 나는 건성으로 대답한 것 같다. 물론 기억나지 않는다.

혜주와 진이 오빠가 무슨 이야기를 재미있게 하고 있다. 계속 귀가 솔깃하다.

"헤르만 헤세의 《데미안》, 정말 좋던데요."

"어, 다 읽었구나. 그렇지? 싱클레어가 자신을 알아가는 과정……"

진이 오빠의 낮게 공명하는 목소리. 센베이 과자가 내 입에서 녹고 있다.

"오빠가 빌려줘서…… 그때……"

갑자기 빵집에 사람들이 들어오는 왁자지껄한 소리가 난다. 혜주의 말이 끊기다 연결되고 다시 끊긴다. 진이 오빠와 혜주는 서로 책을 빌려주는 사이구나. 《데미안》을 빌려줬구나? 언제? 나는 더욱 귀를 쫑긋한다. 온몸의 신경이 귀바퀴와 고막과 달팽이관에 모두 집중된다. 혜주와 진이 오빠 쪽으로 모인다.

"새는 알에서 나오려고 투쟁한다. 알은 세계다. 태어나려는 자는 하나의 세계를 깨뜨려야 한다. 새는 신에게로 날아간다. 신의 이름은 압락사스…… 이 구절이 정말 좋았어요."

"그렇지?"

"압락사스. 압락사스, 압락사스……. 환한 세계와 어두운 세계를 동시에 가지고 있는 신……. 우리 안에 악마성과 신성이 있는 것은 압락사스가 우리 속에서 상상의 날개를 펴기 때문이라는 거…… 그것도 흥미로웠어요. 우리가 나무랄 데 없이 정상적인 인간이 되면 그때 압락사스가 우리를 떠난다고. 그러면 우리는 우리의 사상을 담을 새로운 그릇을 찾아 떠나는 거라고……"

"그래, 혜주야, 우리 내면의 인도자는 우리 안에 있어. 알에서 나오려 투쟁하고 있는 거야."

알은 뭐고, 새는 뭐지? 알을 깨고 신에게로 날아가는 새. 새는 알에서 나오려고 투쟁한다……

"이거 씹어라. 껌."

'아니, 이 상판대기는 뭐꼬?'

똥문이가 얼굴을 내 앞으로 내민다. 바리캉으로 머리를 잘못 밀었는지 머리가 쥐 파먹은 것 같다. 바리캉 기계독이 올랐는지 까까머리 군데군데 붉은 종기까지 나 있다. 똥문이는 희죽 웃더니 아카시아 껌을 건넨다.

"아, 아, 아니. 됐다."

"아카시아껌 맛있다. 씹어라."

"그, 그래……"

마지못해 나는 아카시아껌을 받아 껍질을 벗겨 우적우적 씹었다. 씹으면서 혜주와 진이 오빠 쪽을 번갈아 본다. 아버지가 씹는 은단껌보단 낫지, 뭐……

"근데, 어떤 가수 좋아하는데……"

"……"

"저, 어떤 가수를……"

나는 그제서야 다른 쪽에 있던 신경을 거두고 똥문이 얼굴을 본다.

"아니— 그냥 좀…… 그냥 좀 이대로 있자. 그냥 이대로……"

나는 낮게 목소리를 깔고 힘을 주며 똥문이를 쩌려본다. 똥문이가 조금 움찔하는 표정이다. 그러니 좀 안됐다는 생각이 든다.

"으응. 그냥, 혜은이, 혜은이……."

나는 귀찮은 듯 한마디 던진다.

"응, 혜은이? 나도 혜은이 좋아하는데…… 정말이가?"

똥문이가 갑자기 반색한다. 혜은이는 '우리 돼지'가 좋아하는 가수거든…….

"그러니까…… 저번에 책 빌려줄 때 그 안에……."

이번에 다시 혜주 목소리다.

뭐, 그 안에? 그 안에 뭐가 있다는 거지? 나는 궁금증이 목구멍까지 솟아나와 눈알이 튀어나올 것 같다. 진이 오빠가 혜주에게 책을 빌려주면서 책 안에 뭔가를…… 넣었다? 뭐 그런 이야긴가? 그런데 다시 내 온몸의 곤두선 신경을 싹둑싹둑 자르는 소리가 들렸다.

"혜은이 노래 중에서는 어떤 노래를……."

으윽…… 미칠 지경이다.

"으응…… '제3한강교'……."

갑자기 똥문이가 붉은 잇몸을 드러내고 웃는다. 여자에게 후까시 잡을 일이 생긴 듯 반가운 표정.

"정말이가? 나도 그거 좋아하는데……. 혜은이가 디스코로 버전 업해서 부른 노래잖아. 혜은이의 비음은 최고다 아이가. 옛날 김추자 '님은 먼 곳에'도 비음이 끝내주지만 혜은이 비음도 환상이지. 디스코 춤도 그렇고……."

"……."

"니, 니 내 말 듣고 있나?"

"……으응."

"야, 이쩡희!"

이정희, 이정희, 이정희, 아, 이젠 정말 돈다.

"야, 니 정말 이럴래? 나 바쁜데…… 자꾸 귀찮게 할래?"

나는 나도 모르게 자리에서 벌떡 일어난다. 갑자기 진이 오빠, 기욱이, 빵집에 있는 모든 고등학생들이 나를 쳐다본다. 귀밑까지 빨갛게 달아오른다. 목구멍이 바짝 타들어간다. 머릿속에 떠오르는 단어들을 생각하려 애를 썼다. 나는 다소곳하게 고개를 숙이고 다시 앉는다.

"아, 저 그게 아니라 혜은이가 최고라고……."

나는 혜은이보다 더 비음 섞인 목소리로 다정하게 똥문이를 보며 나긋하게 말해본다. 똥문이가 의아한 표정으로 나를 본다.

한숨이 나온다. 아무래도 오늘은 망친 것 같다.

마음의 열정을 방해하는 것이 있다. 조급함이다. 조급해서 서툴게 되고 서툴러서 실수하고……. 그러곤 내 발등 내가 찍었다고 땅을 치고 후회하고……. 그러니 연애에는 내공이 필요하다. 물론 거대한 혼란 앞에는 내공이고 뭐고 다 소용도 없겠지만.

우리는 영화관으로 들어갔다.

굵고 검은 비로드 커튼을 들추니 영화관 안에 매케하고 탁한 냄새가 코를 찌른다. 나는 이 향긋한 어둠의 냄새를 사랑한다. 약간의 니코틴과 침과 정액이 먼지와 섞여 있는 냄새.

스크린 양옆에 '금연' '탈모'라고 씌어져 있다. 그 옆에 스피커가 붙어 있다. 영화가 시작되기 전 '신사화 숙녀화는 칠성 양화점' '돓 잔치·결혼사진은 온천사진관'이란 글자가 박힌 한 장짜리 광고가 슬라이드처럼 5초간 머물다 바뀐다.

애국가가 나오자 우리는 모두 자리에서 일어났다. 남학생들은 까만 교모를 벗고 일어나서는 빡빡머리를 한번 쓱 손바닥으로 문질렀다. 극장 안이 좀 엄숙해진다. 내 옆에 앉은 잘 모르는 여자애는 조용히 애국가를 따라 불렀다. 애국가가 끝나자 〈대한 늬우스〉가 나오고 〈배달의 기수〉가 나왔다. 국군이 비행기 폭격을 뚫고 들판을 달려간다. 레이다가 돌고 탱크가 행진하면서 특전사 배달의 기수 노래가 흘러나온다. 우리의 국군은 정말 용감하고 멋있다.

드디어…… 〈필링즈〉라는 오프닝 크레딧이 올라온다. 나는 침을 꼴딱 삼킨다.

영화는 수영선수인 고등학생 남자애와 그 수영 코치의 여동생이자 첼리스트인 여자애가 첫사랑을 시작하는, 그러니까 미국판 〈진짜 진짜 좋아해〉다. 다른 점은 여기서 콧날이 오똑하고 눈이 호수만큼 크고 맑은 남자애가 불치의 병으로 죽는다는 것(〈진짜 진짜 좋아해〉에서는 임예진이 불치의 병으로 죽는다). 그것도 수영 시합을 하면서, 안간힘을 다해 끝까지 수영을 해가면서 죽어간다. 관중석에서 그 광경을 보면서 첼리스트 여자애가 울고 있다. 그 가운데서 필링즈 노래가 나온다.

Feelings nothing more than feelings

Trying to forget my feelings of love

Teardrops rolling down on my face

Trying to forget my feelings of love

사랑의 감정 오로지 그 감정밖에 없습니다

내 사랑의 감정을 잊으렵니다

얼굴에 흘러내리는 눈물 방울

내 사랑의 감정을 잊으렵니다

Feelings for all my life I'll feel it

I wish I've never met you, girl

You'll never come again

사랑의 감정 내 인생을 위해 그렇게 느낍니다

차라리 당신을 만나지 않았기를, 그대여

다시 돌아오지 않을 당신이여

Feelings

Wo wo wo feelings

Wo wo feel you again my heart

사랑의 감정

오 오 오 사랑의 감정

오 오 나의 맘을 다시 느껴보세요

남자애가 수영장 수중 안에서 힘겹게 죽을힘을 다해 헤엄쳐 가
는데 〈필링즈〉가 사운드트랙으로 관객석 전체를 휘감는다.

나도 모르게 눈물을 주루룩 흘린다. 아, 조신하고 성숙한 내가
이러면 안 되는데…….

이성적인 내가 주책스러운 나를 다그치며 야단을 친다. 때로 이
성은 육체의 욕구를 누르지 못한다. 북받치는 감정은 세련되고 신
성한 자태로 세상을 지배할 기품 있는 나의 얼굴을 일그러뜨린다.

나는 눈물을 주체하지 못한 채 아예 흑흑거렸다. 콧물까지 나와
범벅이다. 눈망울이 크다 못해 큰 눈이 얼굴 전체를 다 잡아먹을
것처럼 생긴 영화 속 남자애가 마치 내가 그려오던 사랑인 것처럼
슬퍼진다. 영화 속 주인공들은 왜 걸핏하면 불치병에 걸리는 걸까.
순간,

극장 안에 갑자기 불이 켜진다. 디 엔드다. 나는 붉어진 눈을 닦
고 닦는다. 꺽꺽거리던 가슴을 진정시키려 심호흡을 해본다. 창피하
다. 언주와 혜주를 보니 다 눈자위가 붉다.

"우리 변소 가자……"

우리는 남자애들에게 좀 있다 영화관 앞에서 보자고 하고 화장
실로 달려간다. 세수라도 해야 할 판이다. 눈이 벌겋게 되어, 이거

정말 너무 가다 안 서는 상황이다.

변소에는 사람들이 길게 줄을 서 있다. 줄 서 있는 모양을 보니 갑자기 요의가 느껴졌다. 순서를 기다린다. 변소 안으로 들어간다.

변소 벽 안은 언제나 지저분하다. 예의 그림이 꼭 그려져 있다.

급하게 들어오느라 휴지를 미처 들고 오지 않았다. 나는 상체를 위로 들었다 아래로 내렸다 하면서 성기에 묻은 오줌 마지막 방울을 털어냈다.

어휴, 촌스럽기는…… 사람들은 왜 꼭 이런 곳에 숨어 이런 그림을 그릴까.

난잡한 글들은 또 뭐지.

낙서에는 현학적으로 '음문' 혹은 막연하게 '아래'라 하지 않고 '보지'라는 말이 쓰여 있다. '보지'라는 낙서를 보는 순간 얼굴이 화끈거린다. 이런 불경스러운 용어를……. 정말 추잡하다. 단박에 나의 성적 내공이 얼얼해진다.

사람들은 아마도 그림을 그리고 성기에 대한 난잡한 말을 하는 것으로 욕망의 마스터베이션을 하고 싶은 게 아닐까……. 나는 혜주가 말하는 그 '마스터베이션'이란 말을 폼나게 떠올려보았다.

만경관 극장 밖으로 나오니 갑자기 눈이 부시다. 진이 오빠와 남자애들은 극장 정문 앞에서 우리를 기다리고 있다. 울어서 눈이 부어 보일까봐 내심 걱정이 된다. 나는 언제 눈물 펑펑 쏟았나 싶게 깔깔 웃었다. 영화 정말 재미있다, 정말 감동이다, 하면서 과장스럽게 너스레를 떨었다. 언주도 기욱이를 제 짝 보듯 쳐다보며 연신 싱글거린다. 벌겋게 부은 눈으로 명랑한 척해 보이려니 겸연쩍다.

"진이 오빠, 그 주인공 남자애가 오빠 닮은 것 같아예."

나는 거짓말을 했다. 영화 속 주인공이 크리스 미첨 형이라면 오빠는 마르고 고독한 지식인 형인데…….

"무슨 말이야? 하하."

오빠는 쑥스러운 듯 웃었다. 나도 따라 웃었다. 다른 이와 대화할 때 내게 중요한 것은 진실을 밝히는 것이 아니다. 상대방의 호감을 사는 일이다. 특히 진이 오빠에겐 더욱 더.

'영화 속 여주인공은 꼭 나 닮았던데…….'

호감을 사기 위해 나는 무분별한 말까지 할 뻔했다.

오빠의 목소리 끄트머리에 담긴 길고 부드러운 공명음의 여운, 웃을 때 공기의 흔들림, 눈꼬리 끝에 매달린 순진한 절제……. 입안 가득 달콤한 센베이 과자가 녹고 있다.

오빠는 어떤 작가를 좋아해요? 어떤 그림과 음악을?

아니 이 무슨 지성 과잉의 똥자루 같은 질문인가. 인터뷰 같다. 오빠 혈액형이 뭔가요? 태어난 별자리는? 아, 아니, 차라리 이런 물음이 낫다. 어떤 음식을 좋아해요? 어떤 향을? 센베이 과자와 칠성사이다를 좋아하나요? 때론 지성보다 감각이 한 사람의 본질을 규정한다. 감각은 정직하고 명쾌하니까.

나는 궁금한 모든 것을 묻고 또 묻고 싶다. 시를 나눠 갖고 음악을 나눠 갖고 음식을 나눠 갖고 센베이 과자와 칠성사이다를 나눠 갖고 싶다. 나눠 가질 것은 수도 없이 많다. 공상과 웃음과 말다툼과 침묵까지도……. 일상적인 사소한 물건이라도 때로 특별한 사람과 함께 있으면 경이의 빛을 발산하기 시작한다. 그렇다. 진이 오빠와 지적이고 순수한 공모자가 되고 싶다. 이 세상에서 가장 아름답고 은밀한 공모자 말이다.

그런데 새로운 침입자는 늘 곁에 있다.

"자, 이거."

똥문이는 사람들도 다 있는 데서 내게 뭔가를 내밀었다. 가장자리를 연한 분홍색 실로 박음질한 하얀 가제 손수건이었다.

"뭔데?"

"니 얼굴에 얼룩이 묻은 거 같다 아이가."

똥문이는 가제 손수건에 침을 묻히더니 내 뺨을 문지를 기세다. 정말, 사각 필통 오늘 일 내는구나. 나는 창피해 얼른 손수건을 빼앗아 똥문이가 가리킨 왼쪽 뺨을 문질렀다. 아무래도 눈물 자욱이 제대로 씻기지 않은 것 같다. 너무 세게 문질렀더니 뺨이 쓰리고 따갑다. 정말 가다 안 선다. 어떻게 이런 모습으로 생에 대한 찬탄, 위대한 작가들의 영혼, 열광으로 넘쳐나는 음악가들의 삶에 대하여 진이 오빠와 토론할 수 있겠는가. 지적이고 학구적인 토론 말이다.

나는 다시금 내 연기의 중요성을 인식했다. 가제 손수건을 얼른 내려놓고 진이 오빠를 보며 배시시 웃는다. 내가 생각해도 거품이 다 빠져 나가 단맛만 남은 칠성사이다의 힘없는 웃음이었다. 그래도 나는 웃음의 유혹을 최대한 발휘하기로 한다.

진이 오빠도 웃으며 사람들을 둘러본 다음 나를 보고 묻는다.

"자, 그럼 이제 집으로 가야지. 정희야, 니 어디 사는데?"

순간, 나는 입술을 바르르 떨었다. 이건 공장 언니한테 "니 어디 다니는데?" 하고 묻는 거나 마찬가지 질문이다. 나는 등굣길 책가방 대신에 장바구니를 잘못 들고 나온 학생처럼 얼굴을 붉히고 서 있었다.

그때, 누가 등 뒤에서 내 어깨를 딱 잡는 악력이 느껴졌다.

뒤를 돌아본다.

아앗! 규율탱이와 박귀자다.

후리가리가 뜰 줄은 몰랐다.

"니들, 뭐꼬? 남학생들하고 영화관이라? 임마, 새끼들. 마빡에 피도 안 마른 새끼들이 연애질이나 하고……."

박귀자가 흰자위를 드러내고 비웃었다. 후리가리가 하는 욕보다 더 뺨을 내려치는 것 같다. 순간적으로 박귀자의 눈에 의안을 끼운 게 아닌가 의심이 들었다.

혜주와 언주와 나는 얼굴이 벌겋게 달아올랐다.

"니들 이러면 무기정학이다. 학적부에 빨간 줄 그이면 인생 종 친다는 거 모르나!"

규율탱이는 나무 지휘봉으로 우리 머리를 한 번씩 콩콩콩 때렸다.

"아야! 아이고…… 샘예, 한 번만 봐주우소오."

나는 무릎을 꿇고 빌고 싶은 심정이다. 나는 규율탱이한테 걸린 것보다 아버지에게 이 사실이 전해질까 봐 마음이 조급해진다. 언주와 혜주도 난감한 표정이다.

"선생님, 저희 계성고 문예반입니다. 문예반 서클끼리 토론하다 같이 오게 된 겁니다. 다른 이상한 거 하지 않았습니다."

진이 오빠가 나서자 기욱이랑 똥문이도 그렇다고 맞장구를 친다. 고개를 연신 끄덕이고 애걸하는 불쌍한 표정을 짓는다.

그러고 나서……

어떻게 우리가 헤어지게 되었고 집으로 돌아오게 되었는지 모르겠다.

다만 진이 오빠가 규율탱이한테 열심히 뭔가를 설명했고 다시 혜주가 바통을 받아 설명했고, 박귀자는 절대로 용서가 안 된다는 단호한 표정을 규율탱이 옆에서 짓고 있었고, 그리고 몇 가지 협박에 가까운 훈육의 말씀이 있었고, 그러고 나서 우리는 각자 집으로 돌아갈 수 있었다. 다음번에 이렇게 남학생 여학생 다시 만나 어울리면 정학이라는 공갈과 함께.

아무래도 혜주와 언주의 전교 석차가 작용한 것 같다. 규율탱이는 혜주와 언주에게 모범생들이 이러면 되나 하고 훈시를 하는 것 같다.

어딜 가나 '숫자'가 중요하다. 뒤를 돌아보았다. 박귀자의 의안은 좀 억울한 자의 눈빛으로 바뀌어 있었다.

그래도, 그래도 진이 오빠에게 점수를 딸 수 있는 기회였는데…….

나는 시간을 놓친 기차 승차표를 쥐고 있는 아이처럼 가슴이 먹먹해졌다.

Part III

새 들 은 　 밤 에
어 떤 　 잠 을 　 자 나

발 없는 새가 있다지
발이 없기에 세상에 내려앉지 않고
바람 속에서 산다지
바람 속을 날아다니다 힘이 들면
바람 속에서 쉰다지
꼭 한 번 세상에 내려오는데
그때는 죽을 때라지

발이 없는 상태로 낳아놓은 새가
태어날 때부터 바람 속을 날아다니는 줄 알았
는데
그게 아니었어
그 새는 이미 처음부터 죽어 있었어

― 영화 〈아비정전〉 중에서

o o o

전두환 합동수사본부장은 12월 12일 김재규가
국가 원수를 시해하는 데 가담한 혐의가 있는
정승화 육군참모총장을 체포했습니다.

1

겨울이 저물어가고 있다.

우리는 서서히 우리에게 다가오는 위기를 감지하고 있었다. 그 이름만 들어도 무시무시한 고3이 된다는 사실.

공장에서도 흉흉한 소문이 감도는 모양이다. 야간 작업을 마치고 퇴근하다 공장 언니들이 일을 당했다는 소문이 점점 뚜렷해지는 것 같다.

편집부에 어떤 언니가 애를 밴 채 공장을 떠났다는 둥, 동네 깡패에게 당했다는 둥 하는 소문이다. 연희 언니가 그렇게 말했다. 시다 3번 언니는 아무리 찾아도 눈에 띄지 않았다.

엄마는 아무 말이 없었다. 독서실에서 늦게 오는 언니를 데리러 가기만 했다. 고2 겨울방학에 접어들 무렵 학교는 벌써 '야자'를 시작했다. 나도 시다 언니와 미싱 언니 코빼기를 볼 시간도 없을 만큼

바빠졌다. 생업 전선에 뛰어든 기분이 들었다. 공공연한 비밀들이 불온한 공기처럼 떠돌 뿐이었다.

그중에서도 가장 흉흉한 소문은 내년에 고3 주임이 '오만상'이 된다는 소문이다. 오만상! 이름만 들어도 오만상이 찌푸려진다.

오만상의 단체 기합은 전교에서도 알아준다. 누구는 전체 기합의 갖가지 매뉴얼을 지니고 있다고도 했고, 베트남전에 참전해 돈을 많이 벌어왔다고도 했다. 베트남전에서 베트콩을 수도 없이 죽였다는 풍문도 있었다. 모두 살벌하고도 무서운 소문이었다.

"야, 소문 들었나. 오만상이 우리 고3 때 따라 올라온단다. 우짜노……."

교실 뒤 난로 위에 벤또를 올려놓으며 현자가 호들갑이다.

"그러게, 정말 돈다."

언주가 기가 막히다는 표정이다.

"벤또 둘 다 올려놓으까, 어쩌까."

야자 시간이 늘어나자 벤또도 두 개를 싸와야 했는데 은자는 난로 위에 양은 벤또 두 개를 다 올려야 하는지 어떨지를 고민했다. 은자는 오만상에 대해 전혀 관심도 없는 모양이다.

이번엔 내가 기가 막히다는 표정을 짓는다. 하긴 고3도 인간이고 소문은 소문이다. 여전히 우리들의 식욕은 허벅지로 올라오는 성장 호르몬처럼 거침없는 것이다.

난로가 설치된 것은 겨울 초입인 11월 말이었다. 교실 뒤 게시판 쪽 한편에 난로를 놓고 연통을 연결해 창문 쪽으로 연기를 나가게 했다. 난로는 상자 모양의 철제 난로로 직사각형 모양의 철판을 서로 붙여 만든 것이다. 그 안에 석탄을 때도록 되어 있었다. 열은 난로 둘레의 판에 흡수되었다가 서서히, 그리고 골고루 공기 속으로 퍼져 나갔다. 가끔 교실 뒤편에서 석탄이 타면서 몸을 뒤채는 소리가 들렸다. 자신의 몸을 잘 굽고 있는 소리다. 우리는 쉬는 시간마다 난로 주변으로 모여 서로 얼굴을 맞대고 이야기를 나눴다.

아이들은 아침에 오는 순서대로 난로 위에 벤또 올려놓는 자리를 차지하려고 난리다. 1교시가 지날 쯤이면 양은 벤또는 너무 높이 쌓여 내 키보다 높을 지경이 된다. 점심때 쯤이면 맨 아래 깔린 벤또가 노릇하게 누룽지처럼 익는다. 밥이 누룽지가 되는 구수한 냄새가 교실 전체로 번진다. 그럴 쯤이면 배가 사정없이 고파지는 것이다.

12월 겨울 초입에 교실 안은 무정하게도 춥다. 유리창을 덜컹대던 바람이 허리께를 창처럼 찌른다. 언 손으로 책장이라도 넘기려면 칼날 소리가 다 서걱거리는 것 같다.

우리에겐 뭔가를 꿈꾸는 것보다 겨울을 따뜻하게 나는 게 더 중요했다. 나무 장작으로 피운 난로와 그 위에 얹힌 노릇한 밥 냄새 외엔 어떤 위로도 없었다.

점심시간 종이 울리자 난데없이 혜주가 교실 애들을 보며 외쳤다.
"우리 오늘 다 같이 도시락 먹자……."
"으응?"

반 애들이 모두 뚱그런 눈을 뜨고 쳐다본다.

혜주는 하얀 손수건으로 싼 벤또 두 개에다 커다란 양푼을 들고 온다.

아이들은 뜻밖이란 표정을 짓는다.

"좋다."

"좋다."

애들은 여기저기에서 소리친다.

보온 도시락을 가져온 애들은 각자 먹기로 하고 양은 벤또를 가지고 온 애들은 양푼에 다 함께 밥을 섞어 먹기로 했다.

반찬은 멸치, 김치, 콩자반이 거의 대부분이다. 무말랭이도 있고 깻잎절임에다 드물게 김, 장조림, 계란 후라이를 가져온 애도 있었다. 혜주가 마지막 포인트를 주듯 고추장을 넣자 그야말로 대단한 비빔밥이 완성되었다. 걸리버의 여행기에 소인국 사람처럼 우리는 환호를 질렀다. 모두 숟가락을 하나씩 들고 덤벼든다.

"야, 김기려. 뭐하냐? 빨리 거들어."

혜주가 갑자기 교탁 쪽을 돌아보며 말한다.

그때까지 나는 김기려가 혼자서 자기 자리에 앉아 있는 줄 몰랐다. 반 아이들이 모두 난로가에 모여 있다 교탁 쪽을 돌아본다.

"기려야, 빨리 이쪽으로 와 거들라니까."

그제서야 김기려는 입술에 힘을 주듯 삐죽거리고는 마지 못하는 듯 자리에서 천천히 일어난다. 김기려가 난로 가까이로 오자 혜주는 품에서 숟가락 하나 쓰윽 꺼내 김기려에게 준다.

"야, 네 숟가락을 내가 보관해야 되냐?"

김기려는 다시 쑥스러운 듯 숟가락을 받는다. 귓불까지 발갛게 된다.

그러고 보니까 기려에 대하여 별로 아는 바가 없다. 누군가는 김기려의 아버지가 아이스께끼 통을 끌고 행사장을 찾아다니는 사람이라고 했고 똥구루마꾼이라고 말하는 애도 있었다. 철길 너머 빈민가에 살고 있다는 이야기 등등.

아하, 그러니까 그 빈민가, 깡통에 채송화나 분꽃 같은 것을 잔뜩 심어 담 대신으로 땅에 촘촘히 박아놓은 곳. 그래, 그곳을 말하는 것 같다.

뭐, 소문이란 늘 알 수가 없다. 그러나 김기려가 교실에서 점심을 먹는 걸 본 적이 없는 것 같다.

가만, 생각해보니까 기려에 대하여 좀 아는 것도 있다. 손가위 기술이 뛰어나 버스 회수권 10장 세트를 조금씩 적게 오려서 11장을 만드는 걸 본 적이 있다. 누구는 기려가 남은 회수권을 모아 학교 앞 떡볶이 집에서 떡볶이 사 먹는 걸 본 적이 있다고도 말했다.

오만상이 공납금 제때 내지 않은 명단을 불러 일으켜 세운 적이 있었는데 오만상은 언제나 기려의 이름을 불렀다. 나중에 기려는 교무실까지 불려갔는데 교무실을 다녀오면 늘 뺨 한쪽이 붉게 부풀어 있었다. 그래도 기려는 아무렇지 않게 행동했다.

반에 어떤 애는 침을 튀겨가며 기려가 보기보단 강단 있는 가시나라고 말한다.

한번은 기려가 수성못 근처를 지나다 근처 여상에서 유명한 칠 공주파를 만난 적이 있었단다. 칠공주파는 가진 거 내놓으라고 말 했다. 기려가 없다고 하면서 버텼다. "가시나, 100원씩 나올 때마다 한 대씩이다"라고 칠공주파 오야붕이 말하니까 기려가 "돈 없으면 니들 그냥 안 둔다" 하고 오히려 째려봤다. 그랬더니 칠공주파 중에 오야붕이 껌을 씹어대더니 갑자기 기려의 얼굴에다 훅 하고 껌을 뱉었다 한다. 그런데 그 껌에는 면도날이 박혀 있었다는 것이다. 기 려의 얼굴이 면도날로 피투성이가 되었는데도 기려는 꿈쩍도 하지 않았다. 기려는 면도날 조각들을 뽑아 오히려 입으로 와작와작 씹 었다. 그러곤 오야붕 면상에다 확 뱉었다. 칠공주파는 질겁을 하고 도망갔다는 후문······.

그런데 이 이야기도 사실일까. 알 수가 없다. 김기려의 얼굴에 무 슨 자국 같은 건 있지만 그게 면도칼 자국인지 곰보 자국인지 알 수가 없다.

기려는 조심스럽게 숟가락으로 양푼 비빔밥을 담아 입에 넣는다. 오물오물 씹는다. 처음에는 양 볼살을 조심스럽게 아래위로 움직이 며 천천히 씹더니 차츰차츰 속도가 빨라지면서 씹는다. 교실 아이 들 모두 볼살을 힘차게 움직이며 양푼 비빔밥을 씹고 삼켰다.

아이들의 뺨이 난로 옆에서 모두 발갛게 물든다. 난로 위에 주전 자에서 하얀 김이 폭폭폭 하고 가쁜 숨을 내쉰다.

겨울바람이 창문 가까이 와 시린 발을 종종거리는 듯 창문을 흔 든다.

겨울이 조금씩 발효하며 익어가고 있다.

순은으로 만든 뱀처럼 우리는 잔뜩 머리를 쳐들고 우리에게 다가올 시간들을 기다리고 있었다. 흉흉한 소문이 사실이 아니길 바라며 1979년이 지고 있었다.

2

누가 말했던가.

"청춘! 이는 듣기만 하여도 가슴이 설레는 말이다. 청춘! 너의 두 손을 가슴에 대고 물방아 같은 심장의 고동을 들어보라. 청춘의 피는 끓는다⋯⋯."

청춘? 가슴이 설레는 말이라고? 무슨⋯⋯. 청춘은 왠지 슬프게 느껴진다. 벌써 50년은 늙어버린 느낌이다. 청승떠는 것이 아니다.

영어탱이는 말했다.

"8반에 전교 1등 하는 조예서 알재? 가는 영어 콘사이스 사전 앞장부터 외우고 한 장 찢어 먹고 다시 다음 페이지 외우고 한 장 찢어 먹고 그랬다 안 카나. 니들도 그렇게 사전 통째로 왼다 생각하고 외라 알았나."

아무리 그래도 너무하다. 우리가 염손가. 종이를 씹어 먹게.

나는 시골 고모댁에 갔을 때 고모댁 뒷마당 풀밭에 매어 있던 염소가 생각났다. 염소는 할매처럼 흰 머리털을 흔들며 풀을 뜯어 먹고 있었다. 염소는 〈수학의 정석〉에 함수, 미적분 문제를 풀지도 않았고 〈성문종합영어〉의 장문 영어 독해를 해석하지도 않았다. 그런데도 염소는 여기저기 흩어져 있는 상추를 맛있게 뜯었다. 간혹 맛이 신통치 않은 듯이 할매처럼 고개를 흔들기도 했지만 삶에 꽤 만족해하는 듯 보였다.

아, 염소로 태어날 걸 그랬다. 염소로 태어나지 않은 것이 후회가 된다. 염소가 아니어도 괜찮다. 거미, 사마귀, 물방게도 나쁘지 않다.

등 뒤에 있던 현희가 목소리를 낮게 깔고 내 귀 옆에서 속삭이듯 말한다.

"야, 그 예서란 가시나, 공부할 시간 아낀다고 글쎄 머리도 안 감는다 카더라. 갸 머리 보면 개기름이 둥둥 떠 있다. 교복 애리에 비듬이 잔뜩 쌓여 있고. 하여간…… 곧 송장 치르겠더라."

나는 염소처럼 머리를 절레절레 흔든다.

봄이 왔고 3월이 왔다. 고3이 되자 모든 것은 달라졌다.

사람들은 고3이라는 말을 '고생바가지'로 바꾸어 불렀다. 당연지사다. 무엇보다 입시 부담이 납 덩어리처럼 어깨를 무겁게 했다. 물에 젖은 삼베옷을 3년은 족히 걸친 듯 몸과 마음이 무거워진다.

학교 건물 맨 꼭대기층에는 진학담당실이 설치되었다. 고3 반 담탱이들이 맨날 그곳에 죽치고 앉아서 학생들을 불러댔다. 성적이 떨어지거나 문제아들이 들락날락하며 벌을 서거나 매질을 당했다. 과목 교과 선생들은 수업에만 들어왔다 하면 모두 눈에 불을 켰다.

우리를 원수처럼 잡아먹으려 했다.

엄마와 아버지는 적절한 위로와 엄중한 훈계 사이에서 우왕좌왕했다. 연희 언니도 내가 고3 된 기념으로 선물을 줬다. 물론 콘돔이나 피임약은 아니었다. 생리통에 먹는 진통제와 변비약, 까스활명수 같은 소화제였다. 약방에 생리대를 사러 가면 약방 주인은 검은 봉지 안에 생리대를 싸주며 피곤해 보이는 나를 안쓰러운 듯 바라보곤 했다.

사람들은 고3을 어떻게 대해야 할지 몰라 우왕좌왕하거나 아니면 어떻게 다루어야 할지 너무 잘 알아 혹독했다.

그러나 무엇보다 변한 것은 우리들 자신이다. 좁은 교실에서 60명 가까이 앉아 있으면 몇 시간만 지나도 누가 정기적으로 머리를 감는지 알 수 있다. 한 달에 몇 번 발을 씻는지 정도는 금방 알 수 있다. 대개 머리를 감지 않아 검은 교복 아래 하얀 비듬이 싸락눈처럼 수북이 쌓이곤 한다. 앞에 앉은 애가 양 갈래로 땋은 머리를 숙이고 공부하다 갑자기 뒤를 휙 하고 돌아보면 공중에 비듬이 먼지처럼 솟았다 내려앉는다.

오, 비듬의 눈사태여…….

뿐만 아니다. 이를 언제 닦았는지 알 수가 없다. 입 냄새가 심했다. 입을 벌릴 때 누런 침들이 입 속에 남아 있곤 했다. 오랫동안 입을 닫고 교과서를 읽고 문제를 풀다 보면 거의 입술과 입술 사이가 굳어버린다. 그러다 입을 벌리려 하면 입가에 허연 거품이 뭉게뭉게 피어났다.

게다가 한 반에 60명이라면 생리하는 애는 대략 10명 가까이 된다. 한 달을 30일로 치고 생리날을 4~5일로 친다면 생리를 막 시작한 애, 생리 한가운데 있는 애, 생리가 막 끝나는 애들, 대략 10명이다.

그러니까 고3 교실 안은 온갖 냄새와 먼지들이 섞여 둥둥 떠다녔다. 먼지 같은 허연 비듬과 발꼬랑내와 1, 2교시 때 까먹어버린 도시락 김치 냄새와 생리혈 냄새가 교실 안에서 하나로 몸을 섞고 있었다.

어느덧 아이들은 점점 뚱뚱하게 변해갔다.

처음에는 종아리와 허벅지가 터질 듯이 굵어졌다. 짙은 곤색 교복 치마 옆선이 터질 듯 팽창한다. 배가 몇 겹으로 접히자 교복 상의 단추는 살들의 압력을 견디지 못했다. 태양계에서 튕겨져 나가는 행성처럼 바닥으로 '핑!' 하고 튕겨나갔다.

뱃살을 그나마 누르던 단추가 태양계 바깥으로 튕겨나가자 아이들은 아예 체육복 추리닝으로 갈아입었다. 어떤 아이는 사열을 받는 것도 아닌데 교련복을 입고 책상에 앉아 자습을 했다. 아닌 게 아니라 걔는 공부를 하는 것이 마치 '멸공'을 하고 있는 것처럼 보이기도 했다. 말하자면 이런 것이다. 이마에 '멸공'이라는 머리띠를 묶고 아랫입술을 깨물고 '조국 근대화'를 위해 책상에서 엉덩이를 떼지 않는 것 말이다.

교실은 점점 '우리'로 변해갔다. 과목탱이들은 수업마다 들어와 우리 안에 있는 돼지를 회초리로 이리 몰고 저리 몰고 한다. 우리는 회초리를 피해 이쪽 구석으로 몰리며 꿀꿀거렸고 저쪽 구석으로

몰리며 꿀꿀거렸다. 우리는 원치 않았지만 서로를 밟고 서로에게
부딪쳤다.

3

"일나그라."

나는 파란색 추리닝 상의를 깨웠다. 은자는 졸린 눈을 비비고 고
개를 든다. 누르고 잔 참고서 위로 누가 눈 오줌처럼 침이 맑게 흐
르고 있다.

"뭐꼬…… 정신 차리거라. 가시나, 침 좀 닦고…… 좀 있으면 오
만상 들어온다 아이가."

은자는 뺨에 눌린 책 자국을 슬슬 문지르면서 졸린 눈을 다시
부벼댔다. 뺨에 책의 문양이 이등변삼각형처럼 찍혀 있다.

"와, 밥만 먹으면 졸리노."

잔뜩 졸음이 묻어 있는 목소리.

"니, 밥 안 먹었을 때도 잘 잤거든?"

충분한 숙면은 정신 건강에 나쁘다. 적어도 고3에게는…….

3학년 10반 담탱이 오만상은 첫 시간부터 베트콩처럼 콩콩거렸다.

'니들은 인간이 아니다!'

우리는 모두 오만상을 지었다. 그렇다. 우리는 동굴 안에 들어간

곰이다.

'하면 된다!'

그렇고 말고……. 100일 동안 동굴에서 문제집 100권 풀면 인간 된다!

그런데 오늘은 오만상의 인상이 십만상쯤 되는 것 같다. 도저히 읽어낼 수 없는 미적분적, 이차방정식적 표정이다.

"니들, 진짜 인간도 아니다. 아무리 열반이라지만 영어 성적이 이게 뭐꼬?"

오만상이 돼지 발정제라도 먹은 듯 씩씩거린다. 몽둥이로 탁자를 탁탁 치며 덤벼든다.

"모두 앞으로 나와!"

아예 하이타이를 입에서 뿜어내고 있다.

"모두 안 나오나?"

사실을 말하자면 나와 은자는 영어와 수학 과목에서 나란히 '열' 반이다. 고 3이 되자마자 '우열'반 배치고사를 쳤다. 각각 반이 있었지만 또다시 그 안에서 '우'반과 '열'반, 남과 북으로 갈라졌다. 혜주와 언주, 그리고 현희와 기려는 모두 '우'반이고 나와 은자는 '열'반이다.

소속이 인간을 결정한다?

하긴 '열'반이 되고 나니 좀 열받기는 했다.

수업을 하다 영·수 수업을 할 때만 되면 교실을 나와 다른 반 교실로 옮겨 다녀야 했다. 복도에서 우반 아이들이 책과 노트를 껴안고 이쪽으로 넘어오는 모양을 보면 인간에게 이미 태어날 때부터 계급이 정해져 있는 것은 아닌가 하는 생각이 든다. 과목탱이들은 열반 아이들이 악성 유전형질을 타고 난 인간처럼 머리를 쥐어박았다.

왕후장상의 씨가 따로 있나? 그렇다. 따로 있다!

사람 밑에 사람 없고 사람 위에 사람 없다? 아니다. 사람 있다!

뭐, 그렇다고 그렇게 쪽팔릴 것까진 없다.

원래 나는 사람들 속성을 유형 분류하면서 세상을 관조하는 취미가 있다. 그건 나의 오랜 취미 중 하나다. 세상살이의 비밀을 탐사하려는 조숙한 화냥기 같은 거 말이다.

사실 사람들이야 고상하게 명분을 내세우고 사명감을 내세운다. 이타심과 봉사 정신, 관심과 애정을 내세운다. 하지만 결국은 모두 이해타산으로 모든 것들이 해석되는 동물이다. 태초에 사람들에게 선이니 악이니 하는 도덕관념이 정해져 있지 않았을 때 말이다. 어떤 사람이 자기에게 잘해주는 것이다. 어떤 사람은 자기를 자꾸 '갈굴' 것이다. 잘해주는 것이 반복되니까 기분이 좋고 자꾸 '간죽'대면서 '갈구니까' 기분이 나쁘다. 이런 관습이 반복되면서 남에게 잘해주는 것은 선, 남에게 해를 주는 것은 악, 이렇게 정해진 것이다. 사실 선악의 도덕 구분은 인간 집단의 지극히 공리적인 관점에서 정해진 것에 불과하다. 만약에 모든 사람들에게 이타적 삶을 살라고 주장한다면 그럼 누가 이타적 도움을 받을 것인가. 이타적 도움을 받을 이기적인 사람이 단 한 명이라도 필요하다.

사람들은 제 나름대로 적당히 이타적이고 적당히 이기적이다. 자신의 욕망과 행동은 결과적으로 자기합리화와 위안의 덩어리로 해석될 뿐이다.

이것을 기본 전제로 해서 그럴 듯한 유형 분류가 가능하다.

사람들을 유형 분류하자면 이렇다. 열정적인 신념가형, 냉정한 나르시스트형, 헌신적인 모성형, 호기심 천국 바람둥이형, 세상물정 모르는 천진난만형, 능란한 정치가형, 창조적 댄디스트형.

사람들은 대개 이 일곱 가지의 유형에 속하게 되거나 혹은 두세 가지에 겹쳐 있다.

'오만상'도 그러니까 내 취미 활동에서 분석 대상 중 하나다.

그런데 오늘 오만상은 도저히 분석이 불가능하다. 얼굴은 싸움닭처럼 시뻘겋다. 호리호리한 몸매에 팔에만 근육이 붙은 기형적인 팔뚝으로 지휘봉을 교탁에 매섭게 내려꽂는 폼이 오늘 꼭 일낼 사람 같다.

그러고 보면 오만상은 위 일곱 가지 유형에 속하지 않는다. 그를 정문 수위 아저씨 같은 게슈타포라고도 할 수 없다. 차라리 외계 행성에서 온 에일리언이거나 '멸공'이라 쓰인 교련 모자에 열받은 남파 고정간첩일 수도 있다.

아니 차라리 돼지 발정제를 삼킨 오리너구리 정도라고나 할까.

하여간 인정머리라고는 눈꼽만큼도 없는 자다.

그렇다고 우리도 가만 있을 수는 없다. 갈 길이 정해지니 투쟁의 노선도 확실해졌다.

손바닥을 칠판에 대고 엉덩이를 직각삼각형의 사선 모양으로 세운다. 오만상은 몽둥이를 오른쪽 어깨 너머까지 휙 하고 넘기더니 180도를 정확하게 맞추어 "퍽—퍽—" 엉덩이를 두들겼다.

정말 장맛날 개 패듯 한다는 게 이런 건가 싶다. 줄을 서서 앞에 선 애들이 맞는 꼴을 보니 절로 오줌이 찔끔찔끔 나오려 했다. 사실 손바닥을 매로 맞을 때 손바닥에 땀이 질금질금 난다. 지금 엉덩이를 맞아야 하니까 그럼 엉덩이에서 긴장한 땀이 흘러야 할까? 이런 생각을 하고 있던 차에 오만상이 갑자기 인상을 쓰며 말한다.

"응? 이게 뭐꼬……."

매타작이 햇빛 속에서 먼지와 생리혈 냄새와 비듬으로 날리고 있을 때다. 오만상은 대머리 너머까지 얼굴인 양 인상을 찡그린다.

"응? 니 교복 치마 아래 뭐 입었노……."

칠판을 보고 비스듬히 서 매타작을 당하던 앞자리 3번 애는 아무 말을 못한다. 죽을 상만 짓는다.

3번은 기어들어가는 목소리로 "저…… 체육복예" 한다.

교복치마 아래 반바지 체육복을 입는 것은 투쟁 노선의 기초단계다. 수동적이면서 방어적 저항이라 할 수 있다.

2단계 방어 노선은 엉덩이 쪽에 체육복에다 털실로 짠 두꺼운 란제리를 껴입는 것이다.

3단계는 좀 말하기 쑥스럽다. 그래도 말하자면 3단계는 위의 방어벽에다 갓 출산 산모들이 하는 대형 생리대를 엉덩이에다 솜 대신 두르는 것이다. 3단계까지 가면 엉덩이는 더욱 탄력을 받아 아주 멋진 삑사리 소리를 구사하며 튕겨진다.

"뭐…… 체육복?" 오만상이 또 입에서 하이타이를 풀어낸다.

"……."

"새끼들……. 치마 아래에 체육복 입은 새끼들 모두 제대로 못하나? 응? 모두 체육복 벗고 제대로 해. 제대로!"

오만상은 정말 오만상이었다. 체육복을 안에 껴입은 애들이 교실한쪽으로 울상을 지으며 몰려간다. 치마 속에 입은 체육복을 벗는다. 오만상은 그제사 고개를 창문 쪽으로 돌린다.

오만상의 매는 모질었다. 오만상의 '이타적인' 매는 계속되었다. 우리는 비명조차 지르지 못한 채 거친 숨소리를 냈다. 오동나무 몽둥이가 두 쪽으로 갈라지려 했다. 누구는 훌쩍거렸고 누구는 깊은 신음 소리를 냈다. 인간은 굴복하기 쉬운 육체를 가진 나약한 존재다.

세상살이는 고달픈 것이다. 세상은 우리가 그리기 전에 벌써 누군가 이미 칠해놓은 황칠의 도화지인지 모르겠다. 세상에서 옳고 그른 것은 별로 중요하지 않다. 선과 악은 구분할 필요도 없다. 어떻게 살아남느냐 하는 생존의 논리가 중요한 것이지. 선이니 악이니 하는 것은 생존에 대한 '명분'에 불과할 뿐이다. 해서 선과 악을 구분하는 것은 어렵다. 텔레비전 〈동물의 세계〉에서 이미 다 보여준 진실이다.

'열'반에서의 생존 전략은 하나다.

세상에 살아남기 위한 우리의 필살기, '자—알' 맞는 거다.

오만상은 늘 말한다,

"매 맞는 것도 잘 맞아야 한다. 안 그러면 뼈 부러진다. 아나."

특히 손바닥을 맞을 때 조심해야 한다. 잘못하면 손가락뼈가 몽둥이 때문에 삘 수 있다. 사실 여자에게 손이든 엉덩이든 모두 중요한 성감대다. 여학생의 손바닥과 엉덩이를 매질한다는 것은 미래 이 나라 여성들의 성생활에 막대한 지장을 준다. 대입 제도는 대한민국 많은 여성들의 불감증에 책임이 있다.

인간은 인간을 왜 때리는 것인가. 교사는 학생을 때리고 부모는 자식을 때리고 남편은 아내를 때린다. 그리고 다시 학생이 교사를 때리고 자식이 부모를 때리고 아내가 남편을 때린다. 그러니까 어느 날 아침 오만상의 아내는 오만상에게 바가지를 긁는다.

"당신 월급 가지고는 적금도 못 붓겠어요."

그러면서 오만상의 오른쪽 팔뚝을 마구 꼬집는다. 오만상은 아침에 학교에 온다. 정화여고 고 3 열반 여학생들을 몽둥이로 때린다. "니들은 인간도 아닌 기라……" 오만상은 아내에게 꼬집힌 오른팔을 높이 들어 매를 때린다. 여학생은 엉덩이와 손바닥이 퉁퉁 부어오른다. 여학생은 '열' 받는다. 여학생은 집으로 가는 골목길에서 돌맹이를 걷어찬다. 지나가는 개가 맞는다. 개는 지나가는 어린애에게 미친 듯이 짖는다. 어린애는 놀라 울면서 여자에게 "엄마—" 하고 달려간다. 여자는 속이 상한다. 집에 오만상이 들어온다. 여자는 "당신 때문에 미치겠어" 하고 또 팔뚝을 꼬집는다. 오만상은 돼지 발정제를 마신 것처럼 또 '열' 받는다.

이건 현실성이 결여된 이야기 같지만 사실이다. 이 세상에는 사실 같지 않은 일들이 얼마든지 일어나니까.

4

아이스케키같이 뜨거운 땀이 흐른다.

고 3이 슬럼프에 빠진다는 여름이 오고 있다. 브래지어 양쪽 가슴 파인 틈 사이로 땀이 흘러내린다. 나는 하복 체육복 짧은 반팔 티 앞목 쪽을 손으로 잡고 가슴 쪽으로 훅훅 바람을 불어본다. 별 소용이 없다. 가슴과 가슴 둔덕 사이로 땀이 죽 하고 흘러내린다.

하여간 이 도시의 더위는 알아줘야 한다.

그나저나 엉덩이가 따갑다. 땀띠 때문이다. 나는 엉덩이를 얼굴처럼 찬물로 씻고 살살 파우더를 발라준다. 소용이 없다. 엉덩이가 여러 가지로 수난이다.

땀띠 덕분인지 매를 잘 견뎌낸 엉덩이 덕분인지 1학기가 끝날 무렵 나는 '열'반에서 '우'반으로 반을 옮겼다. 영수 과목 모두. 기적 같은 일이다.

사실을 말하자면 진이 오빠한테 체면이 안 선다는 것이 가장 맞는 정답이다.

가끔, 그래 가끔이라 해두자, 진이 오빠가 보고 싶기도 했다. 비틀즈의 노래를 듣고 싶었다. 진이 오빠가 내가 '열'반이라는 것을 알아버리기 전에 빨리 나는 소속 변경을 해야 했다.

혜주에게 듣는 이야기로는 진이 오빠는 서울에 있는 모 대학 건축학과에 들어갔단다. 방학엔 내려온다고 했다. 진이 오빠 본 지 정말 오래됐다. 편지라도 써볼까. 몇 번을 마음 속으로 편지를 썼다 지운다.

야자가 끝나고 돌아오면 녹초가 된다. 그리곤 비틀즈의 '헤이 주드'를 틀어놓고 책상에 턱을 괴곤 했던 것이다.

대학생이 되면, 대학생이 되면 모든 것이 자유로워지겠지.

나는 책상 위에 붙여둔 '하면 된다'를 물끄러미 쳐다본다. 그리고 수첩에 적힌 몇 가지 명언들을 떠올린다.

삶이 그대를 속일지라도
슬퍼하거나 노여워하지 말라
설움의 날을 참고 견디면
기쁨의 날이 오고야 말리니

마음은 미래에 살고

현재는 언제나 슬픈 것
모든 것은 순식간에 지나가고
지나간 것은 또다시 그리움이 되리라.

— 푸시킨 〈삶〉

자유로워지기 때문인지 어떤지 모르겠지만 대학생이 되면 모두
얼굴 보기 힘들어지는 것 같다. 효성여대에 들어간 연희 언니도, 영
남대를 들어간 봉수 오빠도 대학생이 되곤 거의 얼굴 볼 수가 없다.
생각해보면 뻔하다. 연희 언니는 매일 미팅에 정신이 없을 것이
다. 봉수 오빠도 하루가 멀다 하고 써클 방에서 나뒹굴 게 뻔하다.
봉수 오빠는 등산 써클에 들어가 매일 코펠과 버너 장비에다 텐트
까지 사서는 아예 자기 방에 텐트를 쳐놓고 그 안에 들어가 자곤
했다. 대학생들은 언제나 바쁜 것 같다. 오빠와 언니는 강물 위로
방류된 청둥오리처럼 갑작스레 놓여진 자유와 낭만을 어찌할 줄 몰
라 이렇게 저렇게 뒤뚱거렸다. 지나치게 방류된 시간이 힘겨운 건지
청춘이라는 열정이 버거운 건지 알 수는 없었다.
뭐, 나는 이 군상들에겐 관심이 없다. 진이 오빠에게 몇 번이나
편지를 쓰고 싶은 걸 참고 있을 뿐이다.
시간은 죽도록 가지 않거나 혹은 너무 빨리 갔다.
여름방학이고 곧 대입 백일이다. 백일기도라도 드려야 하나.
'열'반과 '우'반으로 '트랜스젠더'하는 데에는 많은 문화적 충격이
있었다. '우'반엔 혜주, 언주 그리고 기려와 현자가 있다. 착실한 범

생이들이다. 그러나 어떤 범생이들은 아침에 교실에 와도 본 척도 안 하고 인사도 안 한다. 싸가지 더럽게 없다.

쉬는 시간이 수업 시간보다 더 조용할 만큼 애들은 화장실도 가지 않고 공부를 했다.

이빨을 드러내고 손톱을 들이밀면서 싸우는 것은 아니지만 '나쁜 년'들이 많은 것 같다. 수업 때마다 열심히 필기란 필기는 다 하는 애가 있다. 다른 애가 "야, 가시나야, 넌 무슨 필기를 그렇게 많이 하노?" 하고 타박을 놓는다. 그래놓고 꼭 그 애한테 노트 빌려달라고 한다. 그것도 몰래.

그러나 이 정도는 양반이다.

어떤 경우에는 요점 정리한 노트를 도둑맞기도 했다. 참고서가 없어지는 것은 다반사다. 우리 안에 있던 '돼지'가 '승냥이'로 변하려는 순간이다.

명상의 시간에는 심지어 이런 일도 있었다.

"명상의 시간이 돌아왔습니다……. 모두 두 눈을 감습니다……. 두 손을 아래로 조용히 내려놓습니다……. 두 귀로 듣고 머리로 생각합니다……."

우리는 모두 조용히 눈을 감고 명상에 잠겼다. 순간 갑자기 자지러진 울음소리가 나서 눈을 번쩍 하고 뜨고 말았다. 누군가 껌을 씹곤 앞에 앉은 애 뒤통수에 던진 것이다. 뒤통수에 껌이 붙은 애는 울고불고 말이 아니었다. 붙은 껌을 이리저리 떼려 했지만 한번 엉킨 머리카락은 더욱 수세 망태가 되어갔다. 결국 가위로 그 부분

머리를 잘랐다. 그러자 뒷통수가 원숭이 엉덩이처럼 원형 구멍이 생겼다. 원숭이 엉덩이는 자기 뒤통수를 만져보더니 더 크게 울음을 터뜨렸다. 우리는 그 뒤통수를 볼 때마다 웃음을 터뜨렸다. 킥킥거리면서도 어떤 악덕과 싸우고 있다는 생각이 들었다.

"본고사가 폐지되었음을 알려드립니다. 국보위는 대학 입시 본고사를 폐지하고 졸업정원제를 실시하는 '대학 입시 제도 개혁 방안'과 과외를 금지하는 '교육 정상화 및 과열 과외 해소 방안'을 발표하였습니다."

지직하는 소리가 나더니 고3 교실 스피커에서 라디오 아나운서의 목소리가 들린다. 뒤이어 고3 주임 오만상의 목소리가 들린다.

"올해부터 본고사가 폐지되고 학력고사를 대입 시험으로 대체한다."

여름이 한창 무르익어가는 시간. 우리는 모두 교실에서 자습을 하고 있던 중이었다. 우반 애들은 모두 놀라 자빠졌다. 모두 예비고사를 제쳐두고 본고사에 목매달고 있던 형편이었다.

우반 아이들은 모두 "젠장— 뭐꼬……" 하는 표정이다.

대한민국 문교부의 변덕은 오뉴월 번개에 콩 볶아 먹듯 한다.

책가방의 책과 문제집이 재빨리 바뀌어졌다. 아이들은 열 마지기 논을 갈아엎듯 본고사 준비를 덮고 묵묵히 대입 학력고사에 전념했다. '성골' 계급들은 현실 적응력도 남달랐다.

팽팽하던 허리 곡선이 없어지고 뱃살이 삼겹으로 접히기 시작하자 나는 비로소 고3이 3D 직종이란 것을 직감한다. 정말이지 공부 잘하면서 몸매까지 좋은 애들은 뒷골목에서 몰매 맞아도 싸다. 린치 당해도 싸다. 육체는 정직해야 하는 것이다.

"혜주야, 같이 가자."

모의고사 시험이 오전에 끝나고 집으로 일찍 돌아가는 날이다. 시험 기간엔 그나마 야자가 없는 것이 다행이다. 교실 청소를 하고 뒤늦게 교문을 나서려는데 혜주가 앞에 가고 있다.

지난겨울부터 혜주와 나는 늘 같이 붙어 다닌다. 같이 버스를 타고 같이 밤을 새워 시험 공부도 한다. 외는 과목을 서로 문답형으로 물어주기도 했다.

지난겨울 산국처럼 청아하던 혜주의 모습도 많이 지쳐 있다. 나도 많이 지쳤다. 시간을 간직하고 싶어 하던 우리는 너무 빨리 미래로 달려온 것일까.

우리는 벌써 오래달리기의 절반을 달려온 육상 선수처럼 숨을 헉헉대고 있었다.

"청소하느라 이제 나왔다."

"으응……."

혜주는 핼쑥해진 얼굴로 대답한다. 우리는 서로 지쳐 말이 없다. 버스를 타고 집으로 향한다. 자갈마당 시장을 지나는데 갑자기 저 멀리서 소나기 구름이 다가오는 것이 보였다.

"어, 소나기다."

혜주와 나는 놀란 눈을 하고 머리 위에 곤색 학생 가방을 씌웠다.

소나기를 등지고 우리는 집 쪽으로 힘을 다해 뛰기 시작했다. 하지만 얼마 가지 않아 소나기가 간단하게 우리를 추월해버렸다. 비는 세차게 발기한 폭포처럼 쏟아졌다. 빗줄기가 흙속을 파헤치자 사방에 온통 흙냄새가 진동을 했다. 시장 좌판을 벌인 사람들이 황급하게 펼쳐놓은 보자기를 썼다. 팥죽 아줌마는 이미 보이지 않았다.

혜주와 나는 시장 어귀에 있는 수정약방 처마 속으로 뛰어 들어간다. 하늘이 온통 검은색이다. 쉽게 그칠 것 같지 않다. 하얀 교복 상의 위로 김이 모락모락 올라왔다. 나는 비에 젖은 강아지처럼 몸을 한번 푸드득 털었다. 한기가 올라왔다. 그때 약방 문이 드드득 하고 열렸다.

"비 맞으면 감기 걸리는데……. 들어오이소. 수건으로 머리도 좀 닦고예."

약방에서 보조로 일하는 청년이다. 희고 야리야리하게 생긴 얼굴. 간혹 여자 약사에게 생리대를 사러 갔다 여자 약사가 없으면 그 오빠에게 부끄러워하며 생리대를 달라고 말하기도 했다. 약방 오빠는 야릇한 미소를 지으며 검은 비닐봉지에 생리대를 담아주곤 했다.

혜주와 나는 약방 안으로 들어간다. 긴 나무 의자에 앉는다. 의자 등받이에는 안티푸라민에 그려진 녹색 간호원이 동그랗게 웃고 있다.

그러고 보니까 혜주나 나나 비에 흠뻑 젖어 흰 교복 상의 안에 속옷이 다 드러나 보인다. 브래지어 끈이 물기에 젖어 도드라져 있다. 양 갈래로 땋은 머리 끝에서 물이 똑똑 떨어졌다. 물기는 수많은 신체 이미지를 만들어낸다.

에로 영화 〈앵무새 몸으로 울었다〉도 아니고 〈애마부인〉 시리즈도 아니고……. 이 모양이 뭐람?

빨리 일어나야겠다 생각했다. 이번에 약방 오빠가 수건을 갖고 와 혜주 머리를 탁탁 두드리며 물기를 닦아준다.

'뭐꼬. 여기서도 인물 차별?'

"어머…… 됐어요. 그만 가봐야 돼요."

혜주는 양미간을 찡그리며 발딱 나무 의자에서 일어난다. 나도 함께 일어난다. 꾸벅 인사를 하고 수정약방을 빠져 나온다. 소낙비가 여전히 땅바닥의 흙을 튀기며 홈을 파내고 있다. 우리는 책가방으로 머리 위를 가린 채 다시 집으로 뛰기 시작했다.

그러고 보니 약방 오빠는 좀 느끼한 점이 있다. 눈빛도 그렇고…….

5

여름은 청춘들에겐 '낭만'의 계절이다. 낭만이야 뻔하다. 무대는 바닷가 모래밭. 저녁이면 모닥불을 피워놓고 기타를 친다. 낭만에는 조금의 어둠이 필요하겠고 어둠 속에서 어른거리는 빛이 필요하겠고 음악이 필요하겠다. 그리고 물질적·정신적 감각을 만족시킬 만한 환상이 필요하다. 그 환상이란 것이 자신도 알 수 없는 어떤 모호함이라 해도 아름다운 것이다. 모호한 아름다움, 왠지 하트 모양의 케이크 위에 꽂힌 촛불을 끄듯 마음껏 음미하고 싶다. 낭만은 객관적 실제보다 내적 환상 속에서 완성된다고나 할까.

여름의 해변, 비릿한 바다 냄새, 몸에 달라붙는 습기와 깔깔한 모래알, 어둠 속에서 가르릉 숨을 고르는 파도 소리, 세상에 고백이란 것이 있다면 이런 냄새와 이런 습기와 이런 불빛 같은 언어로 가능하리라.

집에 돌아오니 연희 언니는 키보이스의 '해변으로 가요'를 틀어놓고 큰 소리로 흥얼거리고 있었다. 그러더니 갑자기 "뜨거운 그 입술 처음으로 느꼈네" 부분에 와서는 목소리를 작게 낮추었다. 쑥스러운 듯 눈길마저 내리깔고. 그럴 때는 연희 언니의 진심이 보이는 듯해 언니가 귀여워졌다.

연애에서 빠질 수 없는 필수적 요소는 자기의 연애담을 귀가 닳도록 들어줄 청자다. 자고로 연애는 제삼자에게 울고 웃으며 땅이 꺼져라 한숨 푹푹 쉬며 자기 연애담을 늘어놓는 데서 완성된다. 눈물 질질 짜며 하소연하다 갑자기 깔깔대며 재잘거리고, 울다 웃다 통곡하다 얼이 빠진 사람처럼 멍해지기도 한다. 사랑에 빠지면 과잉된 에너지를 적절하게 처리, 저장할 방식을 잊어버리게 되기 때문이다. 열정이나 에너지는 계속 축적하거나 보존해야 한다. 그러나 에너지는 과잉될 때 신체에서 넘쳐나게 된다. 저장할 신체와 장소를 물색하다 찾지 못하게 될 땐 하염없이 눈물을 흘리거나 양은 냄비에 식은 밥을 퍼 넣고 미친 듯이 먹게 된다.

그러니까 에너지를 담을 다른 존재가 필요한 법이다. 연희 언니에게 '나' 같은 존재 말이다. 언니는 남녀 만남에서의 매뉴얼을 정리하고 재학습을 위한 대상자로 언제나 나를 고른다. 이야기를 늘어놓고 다시 이야기를 통해 빠진 부분을 점검해나가는 일은 연애에서 빠져서는 안 될 일이다. 바둑에서 복기를 두듯 말이다.

내가 책상 위에 책가방을 턱 하고 올려놓자마자 연희 언니는 붉은 잇몸을 드러내고 내게 달려들었다. 미팅에서 만난 남자 이야기를 하고 싶어 곧 숨이 넘어갈 것 같은 얼굴이다.

"정희야, 있잖아……"

뭐 이렇게 시작하면 언니의 연애담은 두 세 시간은 족히 걸린다.

"머스마가 나한테 뿅 간 기라. 하하…… 짜식 보는 눈은 있어 가지고…… 그래 가지고 말이다……" 뭐, 이렇게 시작하는 연애담, 과연 연애담이라고 해야 할지 어떨지 모르겠다. 내가 보기엔 이십 대를 위한 자기도취의 무용담에 가깝다. 이십대의 나르시시즘은 연애담에서 완성되는 것일까.

언니의 연애담에 조금이라도 끼어들면 그날 날이 샌다.

"언니야, 언니는 무슨 남자형을 좋아하는데?"

뭐, 이렇게라도 물을라치면, 마치 예상했던 질문을 받은 미스코리아 후보처럼 목소리 톤이 한껏 올라간다. 그러면 뻔하다.

"자상한 매너와 지적 교양미, 부드러운 목소리에 와락 안기고 싶은 넓은 가슴, 착하지 않아도 되지만 키가 작아서도 안 되고 안경을 써서도 뚱뚱해도 안 되고 여드름도 나지 않고 나이 들어도 대머리가 되지 않는 남자, 뚜렷한 이목구비에 자질구레한 감정 따위는 신경 쓰지 않는 남성다운 박력미에⋯⋯."

쳇! 세상에⋯⋯.

그러니까 단신도 아니고 근시도 비만도 아니고 이목구비 뚜렷한 부드럽고 지적인 남성이란 말 아닌가. 세상에 이런 남자 있으면 나와보라고 해라. '환상 속에 그대가 있다' 같다.

"정희야, 공부 잘돼가재? 빨리 고3 벗어나봐라. 대학 가면 정말 놀 수 있는 기라. 열심히 해라."

무용담을 늘어놓은 다음 갑자기 자신의 관객에게도 눈길 한번 주어야 한다는 생각이 뻗쳤는지 연희 언니는 남 걱정하는 척한다. 그러고는 다시 과잉 에너지 방출이다.

"정희야, 정희야, 니⋯⋯ 키스? 히히 물론 안 해봤재? 키스란 게 말이다⋯⋯ 입술이 헤 벌어지면서 말이다⋯⋯ 다리 힘이 풀리면서 말이다."

아예 고문에 들어가려 한다. 연희 언니는 반쯤 눈이 풀려 말을 계속한다. 어느 책에서 읽으니 키스란 기껏 29개의 얼굴 근육을 움직이고 9밀리그램의 물과 0.4그램의 소금을 교환하는 것에 불과하다는데 왜 이 단순한 생물학적 진실을 가지고 난리인지 모르겠다. 물론, 키스⋯⋯ 나와 키스를 나눌 그 누군가가 지금 지구 어딘가에서 섭씨 36.5도의 따뜻한 온도를 가지고 나를 기다릴 걸 생각하니 가슴이 뛰기도 한다. 하지만 오늘은 키스고 뭐고 장내 분비액도 다 만들지 못해 꾸르륵 소리가 난다. 입시 스트레스로 인한 소화불량에다 애정 결핍이다.

나는 책가방을 던지고 책상 위로 상체를 철퍼덕 엎었다. 두 눈을 질끈 감았다.

빨리 어른이 되고 싶다.

빨리 어른이 되고 싶다는 생각을 그전에 해본 적이 없다. 어른들 이야 적당히 속물적인 계산법과 이용법을 가진 종자가 아닌가. 머릿속에 언제나 대차대조표를 확실하게 챙기고 다니는 종자. 이 기이한 종자는 '기브 앤 테이크'로 관계를 거래하고 일주일에 두 번씩 섹스를 할 것이다. 아내에게 '사랑한다'고 맨날 거짓말하고 회사에 가선 상사한테 '부장님 최곱니다' 하고 하루종일 아부한다. 회식 땐 누군가를 헐뜯고 부동산과 아파트 값 이야기로 술을 퍼마신다. 걸핏하면 육이오 때 피난 간 이야기, 베트남전쟁 이야기를 하고 요새 젊은 것들, 하며 침을 튀긴다. 누가 사우디에 돈 벌러 간 이야기. 그 부인이 춤바람 난 이야기를 하며 혀를 찬다. 부동산 졸부 이야기를 할 때는 그들을 부러워하는지 욕을 해대는지 구분이 안 갈 때가 많다. 어른들은 낙인찍기를 좋아한다. 어른과 아이, 여자와 남자, 부자와 가난한 사람, 신자와 무교도, 어른들은 다른 사람들과 자신을 구분하고 분류하고 낙인을 찍어 단순화한다. 낙인을 찍는 것으로 세상을 규정하고 선입관을 완성한다. 어른이 된다는 것은 세상을 이분화하고 규정하는 법을 배우는 일일까. 그렇게까지 생각하자 갑자기 길 잃은 고아가 된 듯 혼란스러운 슬픔이 느껴졌다.

그러나 요즘 같아서는 정말…….

몸속의 배터리가 다 되어가고 있다는 신호가 들어온다. 배터리가 깜박깜박거린다. 이렇게 체육복을 둘둘 말아 입고 늘 책상에 앉아 두 개의 도시락을 까먹으며 야자 하고 일주일에 몇 번씩 매질을 당하다간 정말 돼지가 되고 말 것이다. 그것도 매 맞는 돼지…….

매를 맞는 것이 어려운 일은 아니다. 그 정도의 맷집은 키우고 있다. 문제는 맞고 있는 자신을 또 다른 내가 보고 있다는 데 있다. 그래서 인간은 슬픈 짐승이다. 자신을 들여다보는 자의식을 가지고 있으니 말이다. 연체동물이나 지렁이는 자의식을 가지고 있지 않다.

자의식이 문제다. 자의식만 없다면 얼마나 좋겠는가. 행복한 돼지가 될 수도 있을 텐데……. 처음부터 '난 돼지야'라고 생각하면 된다. 그러면 사는 게 자신의 뜻대로 돌아가지 않는다고 악쓰는 분노도, 자신에게 닥친 불행이 삶의 계획서에 쓰여 있지 않던 것이라 격노할 일도 없을 것이다. 그런데 '아, 나는 인간인데? 돼지가 아닌데…….' 하고 자기 정체성을 의심하기 시작하면 고통은 시작된다. 돼지는 그날부터 고통스러운 돼지가 되고 만다.

나는 통다리가 된 허벅지와 몇 겹으로 접히는 아랫배를 내려다본다. 내 '스칼렛 오하라'는 벌써 삼겹살로 변해 있다.

본고사가 없어지자 우리의 미래는 사지선다형에서 가려지게 되었다. 명품, 진품, 반품, 재고품. 이 중에 나는 어디쯤에 있는 걸까. 사지선다의 인간 계급이 나누어지고 사지선다형의 진로가 펼쳐지고 사지선다의 인생으로 살아가게 될 것이다.

차인태*의 〈장학퀴즈〉에 나오는 애들은 모두 명품들이겠지? 장학증서를 받는 아이들은 모두 두꺼운 뿔테 안경을 코끝에서 양미간 쪽으로 밀어올리며 카메라를 향해 명품답게 웃는다.

혜주의 연습장에는 이런 말이 쓰여 있다.

꿈을 쌓듯 벽돌을 하나씩 쌓아보자.

신은 저 하늘에 있지만 우리가 해야 할 일은 다만 육신을 가지고 이 지상을 견디는 것이다.

뭔가 폼 나는 말이다.

혜주와는 다르지만 나에게도 꿈이 있다. 내가 대학에 가려는 유일한 이유는 명백하다. 죽도록 연애해보고 싶어서다. 미안하지만 사실이다. 어린 소녀들에게 인생에서 가장 자유롭고 혁명적인 사건이 '연애' 말고 무엇이 있겠는가.

《젊은 베르테르의 슬픔》을 경전처럼 모시고 《독일인의 사랑》을 신앙처럼 숭배하면서 나는 꿈속에서라도 〈성문종합영어〉 단어를 외웠다. 입으로 영어 단어를 씨부렁거리면서 갱지로 된 연습장에서 끝없이 모나미 볼펜으로 황칠을 해갔다. 두꺼운 하드커버 〈정석〉을 펴고 연습장에 함수 그래프를 그리고 정답을 맞추었다. 멋진 사랑

---

* 1970년대 〈장학퀴즈〉 사회자.

을 하기 위해……

대학생이 되면 자유로운 영혼, 청춘의 외로운 방황, 다 멋있는 말이다. 하지만, 궁극적으로는, 모든 길은…… '남자'로 통한다.

연희 언니는 종아리에다 사이다 병을 대고 계속 굴리고 있다.

언니가 종아리에 사이다 병을 굴리는 노력을 글 쓰는 데 투자했다면 어떻게 됐을까. 젠장, 그럼 벌써 헤밍웨이가 됐을지 모른다.

"정희야, 나는 노벨상을 탄 사람보다는 미스코리아상을 탄 사람이 더 훌륭하게 보인다. 하루에 줄넘기 3000번에다 윗몸 일으키기 300번씩, 이건 인간 승리 아이가. 신화가 따로 있나……. 미스코리아가 되기 위해 육체적 욕구를 억제하고 노력한 사람들, 이 사람들이 진짜 신화 아이겠나."

이번엔 미스코리아까지 오지랖을 넓혔군.

약간의 비음을 섞는 음색에 시옷 발음을 쌍시옷으로 혹은 '자' 발음을 '좌'로 하는 독특한 발음의 소유자들. 나는 피식 웃음이 나왔다.

"야, 근데 정희야, 좀 웃기는 것도 있다. 미스코리아 채점표에 이런 거 있는 거 아나?"

"뭐……?"

대답할 힘도 없다. 차츰 졸음이 몰려왔다.

"몸에 흉터가 있는가? 유방과 엉덩이 등은 좌우 균형이 잡혀 있는가? 정말 웃기재."

"……"

"무슨 정육점 고기 채점표 같지 않냐? 부위마다 값이 다르잖아."

"……으응."

"뭐꼬? 니 자나?"

"……"

잠 속에서 누군가 이불 아래로 내려오라고 나를 아래로 끌어내리는 것도 같다. 언니가 켜놓았는지 희미하게 라디오 소리가 들린다. 박원홍의 목소리가 흘러나온다. 〈별이 빛나는 밤에〉인가? 나직한 음악이 잠결에 얹혀진다. 부드럽고 감미로운 박원홍의 목소리…… 잠 속으로 스며든다.

좀 어두운 밤인 것 같다.

누군가 나직하게 두런두런거리는 말소리가 들린다. 잠의 이쪽과 저쪽 사이에서 잠결인 듯 현실인 듯 목소리가 작고 낮다. 그러나 익숙한, 매우 익숙한 목소리다.

소리가 어디서 들리는 거지? 나는 어둑한 방 안에서 설핏 잠에서 깨어났다. 눈을 비빈다.

연희 언니는 조용하다. 오늘따라 언니는 이도 갈지 않는다. 긴 베개를 다리와 다리 사이에 끼우고 착한 오소리처럼 잠들어 있다.

아닌 게 아니다. 말소리는 골목 안쪽에서 들린다.

나는 책상 위로 올라가 골목으로 통하는 조금 열린 유리창 틈새를 살폈다. 골목 어귀에 전봇대 아래 앉아 이야기를 하는 남녀가 눈에 들어온다. 달빛이 얼굴을 조금씩 비추어주자 그 남녀가 누구인지 똑똑히 알 수가 있었다. 이쪽으로 등을 지고 있는 사람은 분명 혜주다. 혜주 쪽을 바라보며 이야기를 하고 있는 사람은 진이 오빠다. 달빛 속에서 혜주의 옆얼굴이 잠시 비치는 듯하다. 희고 갸름한 턱선과 콧날이 선명하게 달빛 속에서 흘렀다. 그 모습이 너무 아름다워 하마터면 인기척을 낼 뻔했다.

소박하고 나직한 웃음소리, 그리고 다시 이어지는 이야기들. 다시 조용한 침묵이 흐른다.

싸하고 진한 공기가 가슴으로 흘러 들어왔다. 가슴이 말할 수 없이 쿵쾅거리기 시작했다.

무슨 일이 일어난 것인가.

나는 가슴을 진정시키고 얼굴을 유리창 아래로 급하게 숙였다. 말소리에 온몸의 신경을 모으려 애썼다.

혜주와 진이 오빠의 이야기는 끊어지듯 이어지고 다시 끊어진다. 빌려 읽은 책 《데미안》을 오빠에게 돌려준 이야기며 또 팝송에 대한 이야기도 하는 듯했다. 어떤 이야기를 하는지 정확하게 들리지는 않았다. 목소리는 조용했고 사위는 아득했다. 달빛은 교교하게 유리창 앞에서 환했다. 이야기는 다시 들리다 사라졌다. 나는 다시 고개를 들어 유리창 너머 전봇대 아래 골목길을 조심스럽게 내려다보았다. 그 순간 다리에 모든 힘이 빠지는 것을 느꼈다. 진이 오빠의 입술이 혜주의 입술과 비스듬하게 맞붙여지고 있었다.

갑자기 머릿속이 바닷물에 잠기듯 아득해져온다. 세상 모든 소리들이 사라진 듯 귀가 먹먹해진다.

아, 진작 오빠에게 편지라도 썼어야 했다는 생각이 머릿속에서 마구 아우성을 쳤다. 다리에 힘이 쑥 빠진다. 나는 자리에 털썩 주저앉았다.

오빠 때문에 《데미안》을 세 번이나 읽었는데…….

몸 감각이 스르륵 하고 순간적으로 다 사라진 듯했다. 살아 있다는 생각이 들질 않았다.

나는 무릎을 감싸 허리춤에 붙였다. 어둠 속에 웅크린 채 고치 속의 누에처럼 한참을 그렇게 있었다. 가슴 아랫부분에 강한 통증이 왔다.

어둠의 알갱이를 한참 들여다보았다. 아랫입술을 질끈 깨문다. 어떤 설명할 수 없는 분노가, 모멸감이 몰려들었다. 나는 눈을 질끈 감았다. 그리고 천천히 어둠 속에서 눈을 떴다. 눈알이 이글이글 타는 것 같았다.

나는 처음으로 복수를 생각했다. 복수, 복수 말이다.

붉은 피가 흥건한 복수, 나는 자살을 떠올렸다.

조숙한 내가 자살을 처음 생각해봤다는 것은 아니다. 처음 자살을 생각한 건 일곱 살 때다. 큰엄마가 오셨을 때 큰엄마는 나를 귀엽다는 뜻인지 어떤지 모르겠는데 그냥 "이년"이란 욕을 하셨다. 모욕감을 느꼈다.

그때 죽음 충동을 어떻게 극복했는지 기억이 뚜렷하지 않다. 이번에는 다르다. 나는 내 안에서 요동치는 이 강렬한 것들을 어딘가로 내보내야 한다.

　사실 말하지 않아서 그렇지 나는 계속해서, 줄기차게, 끈질기게, 자거나 깨어 있거나, 밥 먹거나 화장실 가거나, 누워 있거나 서 있거나 그랬다. 진이 오빠 생각을 했다. 시험 공부할 때 문제집 풀 때 야자를 할 때 도시락을 먹을 때도 빨리 대학에 가 진이 오빠 만날 생각뿐이었다. 누군가 나를 얼빠진 여자애라 생각해도 할 수 없다. 실제로 나는 얼이 빠졌으니까. 생각이란 건 뜻대로 되는 게 아니다. 막으면 막을수록 자꾸만 새어나오는 게 그게 생각이란 거다. 생각은 물의 몸을 가지고 있다. 가두고 가두어도 새어 나와 마침내 뇌를 점령한다.

　나의 상상은 대개 이렇게 전개되었다. 대입시험이 끝나면 털실로 진이 오빠 머플러를 짜는 것이다. 예쁜 카드와 함께 소포로 부친다. 그러면 오빠는 나에게 전화를 하거나 편지를 보내올 것이다. 나는 이제 대학생으로서 오빠를 당당하게 만날 심산이었다.

　그런데 자살을 생각하게 되다니⋯⋯.

　'이 밤이 새이며는 첫차를 타고 이름 없는 거리로 떠나갈 거예요. 오오 오오 뚜루뚜루 헛!'

　혜은이는 이미 알고 있었던 걸까. 사랑의 외로움을, 외로움의 진실을.

　콧날이 매워졌다. 눈가로 뜨뜻한 물줄기가 흘렀다. 턱 끝에서 바닥으로 뚝뚝 떨어졌다. 늑골이 뻐근해진다. 사랑이란 이렇게 많은 지불 비용을 요구하는 것인가.

가만히 심호흡을 해본다. 책상 위에 노트를 꺼냈다. 어떤 일을 하든 계획 짜기와 정리정돈이 중요하다. 나는 계획의 여왕이니까.

자살, 그 다양한 종류와 가능성.

유비무환. 모든 일에는 준비가 철저해야 한다. 자살도 예외는 아니다. 일단 자살에 여러 가지 종류가 있다는 것을 알아야 한다. 동맥 절단, 교수, 음독, 익사, 분신, 감전, 철로 투신, 아파트 투신, 아사, 가스, 동사, 총.

나는 타월 하나에서도 살인의 출발점을 찾는 탐정처럼 꼼꼼하게 노트를 써내려가기 시작했다.

- 동맥 절단: 욕조 뜨거운 물에 방혈. 왠지 탐미적이다. 그러나 우리 집엔 욕조가 없다. 금성세탁기만 있다.
- 교사: 국토의 80퍼센트가 산이어서 얼마든지 목매달 나무는 많다. 그래도 죽어서 산속 귀신들과 어울리기는 싫다.
- 음독: 뭔가 정사의 분위기를 자아낸다. 먹고 죽은 귀신은 때깔도 좋다. 그래도 농약은 촌스럽다.
- 익사: 익사체는 20킬로그램이나 불어나 보인다. 죽어도 '뽀다구' 안 난다.
- 분신: 장렬하다. 불길이 뜨거울 수 있다. 정치적으로 이용될 수 있다.

- 감전: 만화영화는 감전된 고양이 톰을 자주 보여준다. 낭만적이기보다 코믹하다.
- 철로 투신: 안나 카레리나가 철로에 투신해 죽었다. 몸이 고깃덩이로 변해버린다. 사람들은 집게로 고깃덩어리를 건져 올린다. 죽고 나서 제일 가다 안 선다.
- 아사: 도가 트는 한 경지다. 그러나 열반에 들지 않고 스스로 곡기를 끊기는 아무래도 힘들다.
- 가스: 연탄은 구하기 쉽다. 그래도 집안 식구들에게 발견될 가능성이 많아 실패하기 쉽다.
- 동사: 〈별들의 고향〉의 경아처럼 눈 속에서 애잔하게 죽을 수 있다. 하지만 냉동인간이 되었다 수백 년이 지나 깨어났을 때 시차 적응하기 어렵다.
- 총: 자살을 완성시키는 완벽한 꽃. 그러나 우리나라에서는 총 구하기가 어렵다.

자살에 대한 매뉴얼은 좀 더 개발되어야 할 것 같다. 아무리 생각해도 적당한 방법이 떠오르질 않는다.

내가 죽으면 가족들은 어떤 얼굴을 할까. 철없는 연희 언니는 처음에는 "쩡희야, 쩡희야…… 문디 가시나 니가 살았을 때 내가 좀 더 잘 해주는 건데……" 하고 흑흑댈 것이다. 그러나 며칠만 지나면 언니는 내가 쓰던 물건을 자신이 다 차지하게 된 걸 좋아할지도 모른다. 연희 언니는 특히 내 일제 샤프와 세이코 손목시계를 늘 탐내고 있었다. 엄마 아버지는 "입시가 그렇게 힘들었단 말이가……" 하고 슬퍼하실 거다. 나는 갑자기 입시에 대한 과도한 스트레스로 자살한 여학생이 된다. 신문은 대대적인 보도를 할 것이다. 나의 죽음은 한국 입시 정책 변화에 큰 계기가 될지도 모른다.

그리고 진이 오빠와 혜주는…….

그들은 내가 왜 자살했는지도 모를 거다.

"정희는 원래 애가 조숙해서 인생이 허무하다는 걸 너무 일찍 알아버렸나 봐."

오만상은 "내가 너무 아를 잡았나? 쯔쯔……" 그러고는 자신이 한 매질을 반성할까?

아랫입술을 깨문다. 이팔청춘을 아름답게 마감하는 것도 멋있다. 하지만 좀 억울하다는 생각도 든다. 나는 창백한 얼굴로 죽어 있는 내 모습을 상상해본다.

오, 불쌍한 이정희.

겨울에는 눈이 내리겠지. 차가운 눈은 내 무덤을 덮겠지. 이정희, 이생에서 제대로 사랑도 못해보고 남자하고…… 키스 한 번 못해보고…….

나는 갑자기 내가 견딜 수 없이 불쌍해졌다. 눈물이 왈칵 쏟아진다.

젠장, 진이 오빠 때문에 우는 건지 죽은 내가 불쌍해 우는 건지 잘 모르겠다……. 그래도 내가 죽으면 우리 집 루시는 밥을 굶게 되겠지? 내가 늘 개밥 주는 당번인데…… 루시는 아마 개장수에게 팔려 갈지도 몰라. 엄마 아버지는 루시가 늙었다느니 하며 성가셔

하셨잖아…….

정말 내가 죽은 것처럼 슬퍼졌다. 호주머니에 손을 집어넣었다. 하얀 가제 손수건과 아카시아껌이었다. 가제 손수건을 꺼내 나는 코를 세게 풀었다. 그리곤 아카시아껌 종이를 천천히 벗겼다. 우적우적 씹기 시작했다. 조개껍질처럼 몸을 다시 동그랗게 만다. 나는 콧물을 훌쩍이며 달콤한 침을 목구멍으로 넘겼다.

그리고…… 며칠 동안 감기 몸살을 앓았다.

6

무더운 여름이 지나가고 개학 날이 되었다. 반 아이들 얼굴은 모두 얼어붙어 있었다. 입시가 코앞이었다. 교실은 더욱 삼엄한 수용소처럼 변했다. 담임탱이의 매질과 꾸지람 소리는 매일 교실을 떠나갈 정도다. 몽둥이만 해도 벌써 다섯 개째다. 몽둥이들이 부러져 날아갔다. 몽둥이는 충분히 자신의 삶에 충실했다. 우리는 몽둥이의 삶을 온몸으로 받아내며 그들과 삶을 공생했다.

교실에는 비듬 먼지와 생리 냄새가 더욱 진동을 했다. 아이들 낯빛은 더 창백해졌다. 아이들은 교련 바지에다 체육복 상의를 입고 책상에 코를 박고 문제집을 풀었다. 양 갈래로 땋은 머리를 아예 뒤로 틀어 올려 전투태세로 들어갔다.

그리고 찬바람이 불었다.

대입이었다. 연희 언니가 준 찹쌀떡을 먹고 엄마의 걱정스러운 눈빛을 보며 나는 입시장을 향했다. 비듬 먼지와 생리 냄새로 단련이 되어서인지 입시장은 오히려 내게 편했다.

평소 실력으로 본다고는 했지만 예상했던 점수보다는 낮은 점수가 나왔다. 나보다 엄마와 연희 언니가 실망하는 눈치다. 아무려나. 엄마는 경북여고의 교육열에 불타고 있었고 좀은 조숙한 척하는 내게 기대란 걸 갖고 있었던 것이다. 나중에야 알았지만 말이다. 봄에 내가 변비에 걸려 고생할 때, 여름에 항문에 뾰루지가 생겨 책상에 앉아 있을 수도 없게 되었을 때 엄마는 연고며 한약이며 온갖 것을 들고 내 방을 들락날락했다. 졸음을 쫓으려 책상 아래 양동이에 찬물을 받아 발을 담그고 문제집을 풀고 있으면 엄마는 내 등 뒤에서 어깨와 등을 문질러주었다.

"최선을 다하는 게 중요한 거다. 잘할 기다……."

엄마는 내가 불러준 점수를 듣고 한참을 낙심해 있었다. 잠시 낙심한 얼굴을 다시 고쳐 편다.

"정희야, 우리 집에서 재수는 없다. 절대로……. 니 동생들도 있고……. 그냥 이 점수로 최대한 갈 수 있는 대학에 가보자."

딸 부잣집에서 '대학 재수'는 사전에 없다. 딸들이니 빨리 대학 보내고 빨리 시집보내는 게 엄마 아버지의 오랜 숙원이다.

혜주는 원했던 점수가 나왔나 보다. 혜주네 엄마 아빠의 표정이 나쁘지 않아 보인다. 언주도 썩 만족하는 점수는 아니지만 적당한 점수가 나왔다고 생각하는 눈치다. 현희와 은자는 나온 점수보다 입시에서 해방되었다는 기쁨으로 들떠 있다.

한동안 반 아이들은 차례로 진학실을 열심히 들락날락했다.

1지망을 영문학과를 써야겠다는 생각이 들었다. 담탱이가 내게 권해서다. 뭐 생각해보니까 폼이 좀 날 것도 같다. 두꺼운 영어 원서를 가슴에 안고 걸어가는 여대생 모습……

2·3지망은 별로 떠오르질 않는다. 대한민국에서 '여자'가 전공할 만한 것이 그리 많지 않다. 여대생 전공으로는 뭐니뭐니 해도 솥뚜껑 운전으로 최고인 가정학이 인기를 구가하고 있었다. 아니면 자녀 교육을 위한 교육학 정도. 그리고 또 빠지지 않는 전공, 도시적 세련을 구가하는 영문학 정도. 여자가 정치외교학을 하겠는가 사회학을 하겠는가. 아니면 생화학이나 건축학은 더더욱 아니다. 극장과 도서관에 들어가면 늘 벽에 붙어 있는 말, '정숙'. 그렇다. 여자는 정숙해야 하고 정숙한 전공을 선택해야 하고 정숙한 현모양처가 되어야 한다고 아버지와 엄마는 늘 말씀하신다. 그래서 여자 이름 중에 '정숙'이 그렇게 많은 것인가.

혜주도 '정숙하게' 영문학과를 지망한다고 말한다. 혜주는 평소 때도 늘 번역가가 되겠다고 내게 말해왔다. 언주는 법대를 쓴다고 한다. 나야 혜주나 언주처럼 딱히 되고 싶은 것이 없다.

그렇지만 이제사 세상과 내가 팽팽한 긴장의 끈으로 이어져 있다는 이상한 공모 의식이 내 안에서 몸부림쳤다. 대학생이 되면 한없이 자유로워질 수 있다는 생각과 앞만 보고 달려가지 않으면 곧 무너지게 되리라는 기묘한 조급함이 동시에 몰려들었다.

7

"하아, 이거 제비꽃 아이가⋯⋯?"

"으응⋯⋯."

수업은 오전 수업으로 끝이 났다. 나는 집으로 와 일찌감치 교복을 벗고 검은 팬티 학생용 스타킹을 둘둘 말아 벗어재꼈다. 옅은 고동색 스웨터에다 흰 목도리를 하고 혜주 집으로 달려간다. 혜주에게 책을 빌리기로 되어 있었다. 혜주 책상 위에는 은색 금성라디오와 삼중당 문고본, 자명종과 어린 시절 혜주 사진 액자, 아스피린 몇 알과 물컵이 놓여 있다. 고흐 그림 인쇄물 한 점이 벽에 기대고 있다.

혜주 책장에 꽂혀 있던 《데미안》을 들추던 때였다. 책갈피에서 뭔가가 툭 하고 바닥으로 떨어졌다. 나는 바닥에 떨어진 것을 주우러 몸을 숙였다. 잘 마른 제비꽃이 투명한 비닐에 싸여 납작하게 누워 있다. 붉은 자주빛 꽃잎에 솜털이 나서 벨벳처럼 부드럽고 따뜻해 보였다.

"야, 이쁘다. 이거 어디서 났는데⋯⋯?"

혜주는 가만히 미소만 짓고 맑은 눈빛으로 나를 한참 쳐다보았다. 그리곤 내 손에 들고 있는 제비꽃을 보았다.

"제비꽃의 꽃말은 원래 겸양이래. 그중에서도 바이올렛색은 성실과 겸손, 흰 제비꽃은 티없는 소박함이래. 제비꽃은 앉은뱅이꽃이면서 참 참하디 착한 꽃이지. 제비가 돌아올 때 핀다고 해서 제비꽃이라고 한다더라."

"으응, 그렇구나."

이거 어디서 났는데……. 나는 계속 묻고 싶었지만 혜주에게서 쉽게 답을 얻을 것 같지 않아 보였다.

"사람들이 왜 꽃잎을 말리는지 아니?"

혜주는 창문턱에 앉아 하늘을 물끄러미 보며 물었다. 마른 저녁이 서걱이며 찾아들고 있는 겨울날이다. 책상 위에 산국이 꽃병에 꽂혀 있다. 산국을 말려 꽃병에 꽂아둔 것 같다. 꽃향기가 날고 문득 과거의 시간들이 그림자처럼 우리 곁에 다가와 있는 것 같다.

나도 창문턱에 앉아 하늘을 보았다. 그리고 아래를 내려다보았다. 동네 풍경이 천천히 눈에 들어왔다. 철길이 보였고 다시 철길로 화물을 실은 기차가 지나갔다. 화물차는 기름때 때문에 햇빛 속에서 유난히 반짝였다. 철로에서 몸이 덜컹댈 때마다 연기가 풍경을 토막토막 잘라놓았다. 구름이 심심하고 담담한 눈빛으로 아래를 내려다보고 있었다. 저녁이 다가왔고 지붕들 사이에 밥 짓는 냄새가 올라왔다. 시끌한 시장 소리마저 아득해지는 듯, 세상이 한없이 고요했다.

"모르겠는데……."

나는 빙글빙글 웃으며 혜주를 쳐다보았다. 문득 노란 모과 향이 진하게 났다. 그러고 보니 선반에 큰 모과 세 개가 놓여 있다. 모과 향이 몸을 쓸어주니 몸과 정신이 노곤해진다. 방 안 따뜻한 기운 때문인지 혜주의 뺨이 발갛다. 혜주는 긴 생머리를 한번 쓸어내렸다.

"꽃잎을 딸 때 함께 있었던 사람을 영원히 간직하고 싶어서일 거야. 그 시간이 사라지지 않고 영원히 계속되었으면 하는 마음 때문일 거야."

갑자기 심장이 쿵 하고 쓰러지는 소리가 들렸다. 손에 들고 있던 《데미안》을 하마터면 떨어뜨릴 뻔했다. 진이 오빠와 함께 따서 말린 것이 바이올렛 제비꽃이었구나. 그래서 그때 책갈피에 끼워놓은 꽃잎 이야기를 하고……

동요와 격정이 몰려들었다. 나는 목욕탕 타일 바닥에 머리를 거꾸로 처박고 싶은 심정이었다. 순간 내 안에 이상한 저항감이 이 진부한 상상에서부터 나를 구원했다. 나는 혜주가 앉아 있는 창문턱에서 살그머니 내려와 내가 가지고 간 전혜린 수필집을 집었다. 말린 제비꽃을 혜주 몰래 전혜린 책갈피에 끼웠다. 그리고 혜주에게 다가가 살짝 웃어주었다. 가슴이 말할 수 없이 뛴다. 혜주에게 급하게 집에 가야겠다고 말하고 전혜린 수필집을 들고 2층 계단을 쿵쾅거리며 내려온다. 집으로 돌아와 씻지도 않고 이불 속으로 들어간 것이다. 왠지 잠을 자야할 것 같다. 잠을……

눈만 감으면 꿈과 마찬가지로 바깥 세계는 비현실이 되니까.

8

"야, 3반에 김미라 안 있나. 갸가 화장실에 갔다 큰일을 봤는데 말이다. 뒤를 닦을 휴지가 없었다 아이가. 그러면 니들 뭐로 닦을 기고?"

"뭐, 양말 아니면 빤쓰…… 그래, 빤쓰가 제일 좋지."

"그래 빤쓰가 제일 좋지…… 그란데 갸가 빤쓰를 벗어 닦으려고 하니까 글쎄 망사 빤쓰였다 아이가. 푸하하하……."

교실에 몰려 이야기를 듣고 있던 아이들은 웃느라고 모두 뒤로 넘어간다. 역시 애란이다.

입시가 끝나자 학교생활에 바다 위를 떠다니는 해파리처럼 자유가 찾아왔다. 팽팽하던 시간이 긴장을 풀고 천천히 헤엄을 치고 다녔다. 그러나 이 느슨한 시간 속에 두려움이 숨겨져 있다는 것은 누구나 알고 있었다. 대학 합격자 발표 때문이었다. 그럴수록 애란이의 익살은 빛을 발한다.

애란이는 여전히 익살기 가득한 눈빛이다. 다음 이야기를 기다리는 아이들의 눈빛을 둘러본다.

입시가 끝나자 몇 가지 패키지 상품도 준비되었다. 우리가 졸음을 참아가며 야자를 했던 도서관 열람실이 화장법 배우는 곳으로 바뀌었다. 얼마의 시간이 필요치도 않았다. 의자와 책상이 새롭게 배치되고 무대 같은 단상이 준비되었다. 아모레화장품 회사에서 머리를 틀어 올린 예쁜 언니들이 나왔다. 예비 숙녀를 위한 화장법을 가르쳐준단다.

언니들은 도서관 열람실 단상으로 연주를 불러올린다. 연주가 앞쪽에 앉아 있어 눈에 띈 게 분명하다. 연주가 화장 모델로 불려 나가자 은자가 내 귀에 속삭인다.

"야, 언주 가시나 좋겠다……."

올리비아 핫세처럼 큰 눈은 소녀들의 동경이다. 동경이란 거 안다. "맑은 호수같은 눈을 보는 순간 제 가슴은 뛰기 시작했습니다. 그 호수에 풍덩 하고 빠지고 싶었습니다." 이렇게 시작하는 남학생들의 연애편지는 상투적이고 진부하다. 몽고반점을 가지고 있는 한국인들은 눈이 작은 것이 토종이지 않은가. 작은 눈이 토종이고 자연산이다.

나도 고백할 것이 있다. 내 작은 눈은 아버지를 닮은 것이다. 한번은 늦은 저녁 아버지가 거실에서 테레비를 켜놓고 주무시는 것을 보았다. 나는 전력 절약 차원에서 (조국 근대화를 위해서) 얼른 텔레비전을 껐다. 그러자 아버지가 점잖게 말씀하셨다. "나 안 잔다." 기절하는 줄 알았다.

그렇다고 수업 시간에 내 눈을 보고 존다고 머리를 때린 꼰대는 없었다. 올리비아 핫세처럼 큰 눈은 아니지만 샛별처럼 반짝이는 발광성은 가지고 있는 눈이다.

"마스카라를 속눈썹 안쪽, 중간, 끝 이렇게 세 번에 걸쳐 정성껏 말아올리면 됩니다. 자, 보세요. 이렇게……. 눈 화장에 가장 공력을 들여야 합니다."

언주가 눈이 불편한지 계속 눈을 깜박인다. 언주는 예쁘게 보이려고 눈을 더 크게 떴다.

"자, 마스카라를 하고 나니까 눈이 훨씬 커 보이지요? 화장의 키포인트는 바로 눈 화장, 그중에서도 마스카라라고 해도 과언이 아니지요."

언주가 화장을 끝내고 단상에서 내려온다.

오늘만큼은 나도 화장술을 잘 배워야 한다.

소녀들은 화장을 배우면서 마음의 마녀를 키우기 시작한다.

9

수업은 오전으로 끝이 났다.

마루문을 열고 들어선다. 삼양라면 냄새가 마루 전체에서 진동한다. 향긋한 조미료 냄새. 라면 냄새는 언제나 악마적으로 향긋하다.

그리고 커다란 전축 소리. 오빠다.

호마이카 상처럼 반들반들한 전축 위에서는 LP판이 돌아가고 있다. 가관이다. 오빠는 최근에 고고에서 디스코를 연습하고 있는 중이시다. 'Dizzy'였다. '비밥바 룰라'를 추며 몸을 이리저리 꼬던 오빠는 이제 손가락을 들고 이리저리 하늘을 찔러댄다. 왼다리를 오른다리 뒤로 다시 오른다리를 왼다리 뒤로 보내면서 엉덩이를 실룩거린다. 그러다 가끔 어깨까지 기른 머리를 손으로 한 번씩 훑으며 털어낸다. 다시 손가락으로 하늘을 찌르면서 노래를 흥얼거린다.

"Dizzy…… 응? 정희 왔나?"

"……."

오빠의 뺨 중앙에 여드름이 터질 듯이 익어 있다. 어이없는 표정으로 서 있는 나를 보더니 오빠는 입을 헤 벌린다. 웃으며 묻는다.

"야……. 나 어떻노? 괜찮게 추재?"

오빠는 춤을 추면서 좀 헉헉거린다.

"참, 오빠는 뭐하노? 여기가 디스코텍이가?"

오빠의 빰에 잘 익은 여드름이 막 터질 것 같다.

"〈토요일 밤의 열기〉*에 나오는 존 트라볼타 같지 않나?"

존 트라볼타? 풋! 하고 웃음이 났다. 하긴 자기 멋대로 북 치고 장구치고 상상하고 킬킬대는 거 남자들의 오랜 특기가 아닌가. 존 트라볼타는 콧대라도 있지.

오빠는 자기 얼굴에서 코가 낮은 게 가장 불만이라고 말한다. 하지만 아니다. 원래 코가 큰데 살에 묻힌 거다.

"오빠야, 뒤에 오른발이 이쪽으로 이쪽으로 틀면서……."

"으응? 이렇게…… 이렇게?"

"아니, 아니……. 이렇게 오른발을 왼발에 놓으면서 무릎을 까닥까닥하면서……."

오빠는 나를 보느라 스텝을 밟고 있는 자기 발을 보느라 눈을 왔다갔다 한다. 순간 스텝이 꼬였다. 꽈당 하고 넘어지고 만다. 휴, 쯔쯔…… 나는 혀를 찬다. 오빠는 우리 집 개 루시와 닮았다. "이리 와" 하면 저리로 가고 "저리로 가" 하면 이리로 온다. 오른발 들고 하면 왼발을 든다. 오른발 뒤로 해서 오른손으로 찌르고 하면 오른

---

* 1978년 개봉. 1970년대 말 디스코 열풍을 몰고 온 영화.

발 뒤로 해서 왼손으로 찌른다.

내 탓은 아니다. 양춤이란 힘든 것이다. 마음은 이렇게 발을 옮겨야지 하는데 몸이 말을 들어주지 않는다. 몸과 마음이 제각각인 게 뭐, 양춤뿐이겠는가. 몸 따로 마음 따로가 인생이 아닌가. 마음이 이리 가자 하는데 몸은 이미 다른 곳에 가 있다. 마음은 그렇지 않은데 몸은 영 딴짓을 하고 있다.

"오빠야, 열심히 하면 되겠네. 연습하면 한국의 존 트라볼타 될 거 같다."

때로 의도하지 않았던 말들이 튀어나오기도 한다. 오빠는 엉덩방아를 찧은 게 창피했지만 장맛날 햇빛 본 강아지처럼 나를 보며 씩 웃었다.

나는 방으로 들어와 커다란 화장대 앞에 선다. 콧날을 한번 '찡긋'한다. '남자 앞에서 귀여워 보이는 표정'을 지어본다. 양 갈래로 땋은 머리를 풀어 올리비아 핫세처럼 천천히 흔들어본다. 직모 생머리로 찰랑찰랑 떨어져야 할 머리가 양털처럼 곱슬거리며 살짝 어깨에 얹힌다. 거울 속의 나는 양미간을 약간 찡그린다.

나는 《민중서관 엣센스 영어사전》을 책상 위에 눕힌다. 다음 그 위에 내 눈높이에 맞춰 접이식 거울을 올려놓는다. 언니 화장품에서 마스카라를 찾는다. 거울을 보면서 오늘 배운 대로 마스카라로 눈썹을 양껏 올려보았다. 너무 세게 끌어올렸는지 눈썹이 다 뜯기는 것 같다.

"야, 니도 마스카라 했나? 응?"

나는 놀라는 척하고 묻는다.

은자다.

"야, 가시나야, 오늘 배운 대로 하는데…… 눈썹 뜯기는 줄 알았다. 내 눈 커 보이재?"

우리는 모두 웃었다. 동성로 초원다방 옆 해태의 집 앞에서 손을 호호 불면서 웃었다. 혜주와 언주, 은자와 현희다. 언주는 앞머리를 고데기로 살짝 말았다. 혜주는 흰 목도리에 오렌지색 풀오버코트. 현희는 청바지에 왕방울 무늬가 나염된 머리띠, 은자는 하얀색 귀마개와 하얀 벙어리장갑을 하고 나타났다. 우리는 다들 설명할 수 없는 어떤 호기심과 설레임으로 임예진처럼 눈을 깜박거렸다. 눈이 더 커 보이는 것도 같다. 눈이 더 커지니 세상이 더 커 보이는 것도 같다.

동성로 거리는 일찍 어둠이 내린다. 크리스마스 시즌이다. 구세군 종소리, 캐럴이 간헐적으로 상점에서 들려온다. 보세 옷집, 안경점, 화장품점, 잡화 상회가 거리 바깥으로 진열대를 내놓고 반짝이는 전등으로 어둠을 치장했다. 색색의 조그만 알전구가 깜박거릴 때마다 저녁의 눈꺼풀이 깜박거리는 것 같다. 어둠이 깜짝깜짝 놀라는 것도 같고 까르르까르르 웃는 것도 같다.

우리는 모두 팔짱을 끼고 깔깔거렸다. 어둠이 주는 흥분이었다. 사람들은 바쁘게 어딘가로 흘러가다 다시 흘러온다. 어느 책에서 읽은 적 있다. 젊음이란 언제나 감당하지 못할 에너지를 감당해야 하는 역설에 처하기 마련이라고……. 감당하지 못할 에너지. 그렇다. 우리는 오늘 밤 젊음이란 에너지를 방출하러 간다. 발걸음을 빨리 옮긴다.

첫사랑카바레 옆을 지나는데 누군가 얼굴을 감추고 재빨리 지나간다. 뒤를 돌아본다. 장바구니를 들고 있다. 꽃무늬 월남치마……앗! 영락없는 이모다. 뽀얗게 화장을 하고 머리를 고데를 넣어 뒤로 틀어올리고…… 예쁘다. 이모도 저렇게 예쁠 때가 있구나. 이모는 언제나 겨울이 되면 터진 손등에 안티푸라민을 발랐다. 이모한테서는 늘 안티푸라민 냄새가 났다. 신신파스 냄새가 날 때도 있었다. 금성세탁기 옆에서 나무 빨래판을 놓고 걸레를 빨던 이모의 손등이 생각난다. 혈관이 볼썽 사납게 튀어나와 있던 검붉은 손등. 이모는 그 손으로 어릴 때 놀다 까진 내 무릎에 '아까징끼'를 발라주기도 했다.

"둘째 아가씨, 상처나면 안 되재. 곱게 자라서 시집가야재." 했다.

순간적으로 분 냄새가 진하게 스친다. 이모에게서 분 냄새가 날 때도 있구나. 장바구니에 반짝이 옷이 보인다. 이모가 저번에 호마이카 계를 깼다고 하더니. 그럼 장바구니에 반짝이는 옷…… 카바레?

호마이카 계는 호마이카 상을 사기 위해 동네 아주머니들과 함께 든다고 했다. 반질반질한 호마이카 상을 이모는 나중에 시골에 가져갈 것이라고 자랑까지 했다. 시골에는 이모의 아이들이 있다. 초등학교와 중학교에 다닌다는. 이모는 반질거리는 호마이카 상에 둘러 앉아 아이들과 다 함께 쌀밥을 먹고 싶었는지 모른다.

그러나 이모도 '유혹받고 싶은 여자'였나 보다. 이모의 둥근 턱과 작은 입, 너무 커서 처진 눈이 떠오른다. 여자는 사랑받기 전에는 온전한 사람이 아닌지도 모른다.

얼른 고개를 돌린다. 안티푸라민과 분내가 내 머릿속에서 마구 섞인다.

"무슨 생각하노? 가시나야."

현희가 내 옆구리를 툭 친다. 고개를 든다.

"우리 여기 맞재? '우산속디스코나이트'?"

은자가 소리친다.

우리는 모두 고개를 들어 조명이 번쩍이며 돌아가는 사이키 형광판을 쳐다보았다. 우리는 모두 오늘 밤 세상이라는 그라운드의 '선수'가 아닌가.

"야후, 이게 웬 떡이고? 쟈들 봐라. 와아, 남자가 좌악 깔렸네 깔렸어……."

은자의 벌린 입을 내 손으로 틀어막고 싶다.

천정 중앙에 사이키 조명이 현란하게 돌아간다. 불빛 때문인지 테이블 위에 유리잔, 스탠드, 사람들 얼굴 모두 화려한 빛에 도취되어 있는 듯 하다. 무대 둥근 원판 위에서 남녀가 엉겨 몸을 흔들었다. 하늘로 찌르고 난리다.

디스코…….

양춤 배운다고 야전* 들고 다니며 노는 애들을 알고 있다. 앞머리를 기름 바른 듯이 싹 빗고 교복 치마를 몸에 따악 붙게 입고…….

그런 애들을 보면 '쫀다'. 저번에 소풍 갔을 땐 '철판 깔고' 그 애들 뒤에서 춤을 따라 췄다. 나는 왕성한 탐구욕을 가진 소녀인 것이다. 허리와 어깨의 방향을 다른 방향으로 틀면서 움직이는 스텝. 어렵지 않은 스텝이었다.

무대로 올라간다. 혜주는 천천히 나가겠다고 자리에 남는다. 무대 위 조명이 비치자 사람과 세상이 달라진다. 스피커에서 빠른 댄스 곡이 고막 찢어질 듯 나오자 세상과 소리의 벽이 생긴 듯 새로운 울타리 안으로 들어온 느낌이 들었다. 우리는 낄낄대며 몸을 흔든다. 가슴과 팔과 다리가 제각각 번쩍이는 조명 속에서 허공을 흔든다. 몸속 혈관 맥박이 리듬과 비트에 따라 함께 박동하기 시작한다. 평소에 숨죽여 있던 감관이 열리기 시작하자 괴성을 지르기 시작한다. 정의로운 신은 우리를 완전히 벌거벗게 했다. 현실이 휘발되자 커다란 음악소리와 몸속의 맥박만이 함께 쿵쾅거린다.

지독한 몰두다.

사이키 조명에서 은자와 현희 얼굴이 땀으로 번질거린다.

"좀 쉬었다 할래?"

내가 은자한테 숨을 헉헉대며 묻는다.

"아이다. 들어올 때 낸 돈이 얼만데……. 본전 뽑아야재."

---

* '야외 전축'의 줄임말

나는 좀 놀란다.

그러나 잠시 뒤 우리는 다들 후들거리는 다리와 땀으로 번질거리는 얼굴을 하고 자리로 돌아온다. 블루스 타임이었다. 의자에 앉자마자 높은 톤으로 웃는다. 테이블 위에 음료수를 급하게 마신다. 하지만 모두 긴장하고 있다. 블루스 신청 따위에는 관심이 없다는 듯이 너스레를 떨었지만……. 가시나들…… 관심이 없긴 무슨……. 나는 허리를 꼿꼿하게 세우고 조신한 모습으로 다리를 오므리고 앉는다. 그리곤 조심스럽게 곁눈질을 하며 두리번거린다.

"저, 괜찮으시면 블루스 한번……."

언주다. 남자애는 언주에게 다가가더니 손을 내민다. 언주는 뜻밖이란 표정을 연기해야 되는 사람인양 커다란 눈을 깜빡거린다. 신이 내린 재능이었다. 언주가 나가고 나서는 현희다. 아, 남자한테서 블루스 신청 한 번 못 받고…… 그럼 정말 쪽팔리는데……. 마음이 조급해진다.

나는 슬쩍 은자를 곁눈질한다. 그러자 나를 곁눈질하는 은자와 눈이 마주친다. 은자와 나는 재빨리 눈길을 반대로 돌린다.

그때다. 두 명의 남자애가 동시에 우리 테이블로 오고 있다. 가슴이 마구 쿵쾅거린다. 우리는 혜주까지 합쳐 세 명인데…… 심호흡을 한다. 테이블 위에 있던 찬물을 벌컥벌컥 마신다.

"저 괜찮으시다면 블루스 한번……."

"저 블루스 잘 못 추는데예."

나는 눈썹을 내리깔고 도도한 척해 보인다.

"제가 가르쳐드릴게예."

나는 살짝 미소를 띤다. 남자애는 딱히 멍청해 보이진 않았지만 평범한 얼굴이었다. 조다쉬 청바지에 빌려 신은 듯한 허름한 나이키 운동화를 신고 있었다.

어둠 속 무대 위로 나가자 내 손이 가늘게 떨리는 걸 느낀다. 목소리까지 떨린다. 남자애도 좀 떤다. 내 허리를 감싸는 듯했는데도 전혀 서로의 몸통이 닿지 않는다. 순간 내 허리가 버들가지처럼 가늘지 못하다는 생각이 머리를 스쳤다. "흡!" 심호흡을 하며 아랫배에 힘을 모은다.

남자애와 나는 서로 팔 길이 반만큼씩 떨어진 거리를 두고 블루스를 춘다. 가슴이 가만 있지 않는다.

쿵쾅거린다. 야, 이정희…… 이건 멜로가 아니야. 다시 심호흡을 한다. 처음부터 생각과 호르몬은 영 다른 곳을 향하고 있었던 것이다. 천정에 색색 사이키가 천천히 돌아가고 있다. 이용의 '잊혀진 계절'이다. 몸이 나른해지면서 다리에 힘이 쭉 빠진다.

순간이다. 어디선가 큰 소리가 났다.

"왜 이러세요? 싫다는데……."

혜주다. 좀 전 그 두 명 중에 한 명이다. 남자애가 혜주를 강제로 끌고 가려 한다. 블루스를 추려고 하는 건가 보다. 혜주는 완강하게 거절했는데 그 남자애가 짓궂게 혜주 손을 잡고 놓아주질 않는다.

블루스를 추던 우리는 모두 놀라 단박에 혜주한테로 달려갔다.

"싫다 아입니꺼?"

우리가 대거리하며 나섰다.

"가시나, 춤도 안 출 기면 와 여기 왔노?"

남자애는 달려든 우리를 보곤 한마디 내뱉곤 횡하니 어둠 속으로 사라졌다.

혜주 얼굴이 마분지처럼 딱딱하게 굳어졌다.

"뭐 저런 머스마가 있노. 여자는 싫다고도 못하나."

누군가 어둠 속에서 그렇게 말했다.

누구도 가르쳐주지 않은 수업이지만 생에서 밑줄을 긋고 싶은 순간이었다.

10

겨울방학이다.

아침에 일어나니 진눈깨비가 날린다. 으스스한 공기가 코끝을 싸하게 감싼다. 이불을 개려 했지만 연희 언니가 이불을 몸통(미스코리아를 꿈꾼다는 그 둔탁한 몸통)으로 둘둘 말고 있다. 구렁이 같다. 연희 언니는 좀처럼 이불을 뱉어내지 않을 모양이다.

"정희야, 조금만 조금만⋯⋯."

하여간 인생에 도움이 안된다.

"언니야, 빨리 일나그라. 오늘 카드 만들고 혜주랑 다 같이 놀기로 안 했나? 빨리 일나그라."

그도 그럴 것이 오늘은 크리스마스다. 이름하여 성탄절.

성탄절이 니 부모 생일이냐? 아님 니 형제 생일이냐? 호들갑을 떨며 따지면 할 말 없다. 그러나 우리 같은 십대들에겐, 아니 이제 마악 이십대를 바라보는, 꽃망울이 터지려는 이팔청춘들에게 크리스마스는 혁명기념일 같다. 통금이 해제되기 때문이다. 그것도 이제 입시의 고통에서 벗어난 자유의 몸이 아닌가.

오, 신이시여. 저에게도 해방의 날이 오고야 말았군요.

나는 아침부터 몸이 달떠 있다. 늦었지만 크리스마스카드와 연하장을 만들기로 되어 있었다. 혜주는 보풀이 살짝 인 가지색 스웨터와 체크무늬 모직 플레어스커트를 입고 우리 집에 나타났다. 혜주와 나는 시내를 돌아다니며 카드 재료를 샀다. 집으로 왔을 때 연희 언니와 오빠가 우리 집 문간방에 담요를 깔고 기다리고 있었다. 외풍이 많은 방이라 늘 선득선득하지만 담요를 깔면 어느 정도 견딜 만했다. 우리는 사온 크리스마스카드 재료며 장식 재료를 쏟아놓는다. 금박과 은박이 반짝이가 달린 장식용 긴 솔과 종을 매달자 그림에서 본 듯한 트리 모양이 만들어졌다. 그러곤 바닥에 엎드려 카드에 그림을 그리고 은가루와 금가루를 붙였다. 라디오에서 박은희의 '실버벨'이 은은하게 흘러나왔다. 박은희의 목소리는 맑은 종소리 같기도 하고 슬픈 천사의 탄식 같기도 했다.

"얘들아, 저녁 먹고 해라."

엄마가 말씀하신다. 카레라이스다. 나는 카레라이스를 좋아한다. 칼칼한 소스가 얹혀진 밥에 신 김치를 딱 올려 먹으면 그만이다. 익은 감자와 양파가 향긋하게 입 속에서 으깨어진다. 오빠는 벌써 두 그릇이나 비웠다. 오빠의 먹성은 누구도 따라올 수 없다. 가끔 닭표간장과 버터를 밥에 넣고 비벼 먹을 때도 있는데 그럴 땐 세 그릇씩이나 비운다.

간식으로 초코볼과 새우깡을 와작와작 씹어 먹는다. 바삭거리며 입 속에서 녹는 맛. 짭조름하면서 달콤한 두 개의 맛이 입 안에서 흥미롭게 섞인다. 칠성사이다를 마시며 캬악 기분 좋게 소리도 낸다. 새우깡과 칠성사이다에는 청춘의 맛이 담겨 있다.

셀로판 색지들과 은가루, 얇은 색지, 색 사인펜과 가위, 풀이 방 안 이리저리 뒹굴었다. 언니와 오빠, 혜주와 나는 쿠션을 이쪽 허리에 끼고 저쪽 다리에 끼우고 방 안을 고양이처럼 뒹굴었다. 뒹굴며 깔깔거렸다. 문풍지 사이에 끼워놓은 누런 스폰지가 흥분 속에서 바르르 떨었다.

세상에…….

우리에게는 길고도 긴 인생의 시간이 죽도록 남아 있는 것이다. 고민하고 사유하고 외로워하고 방황할 수 있는 청춘의 시간들 말이다. 앞으로 남겨진 시간들이 진눈깨비처럼 날개를 푸득거리고 있다.

세계가 불완전하게 흔들리는 듯도 했고, 질서 있게 정돈되는 듯도 하다. 제 몸을 흔들며 내리는 진눈깨비를 보며 우리는 수줍게 미소 짓는다. 야호― 스카치테이프를 볼품없이 덕지덕지 붙인 십대의 청춘은 끝난 것이다.

진눈깨비가 조금씩 함박눈으로 바뀌고 있다. 눈은 창문가로 와

제 몸을 부딪치며 몸을 비빈다.

"와아, 저기 봐라. 함박눈이다."

"우와, 그러네……."

봉수 오빠가 여드름을 실룩거리며 환호성을 지른다. 창을 열자 골목길 밑에서 사람들의 웃음소리가 희미하게 들려온다. 사람들의 웃음소리 같기도 한데 눈이 내리면서 내는 소리 같기도 하다.

우리는 친밀하게 몸을 움츠리며 웃는다. 비밀을 속삭이는 밀사처럼. 제도와 관습에 저항하는 레지스탕스처럼. 혜주와 나는 얼굴을 마주 보고 서로 웃었다.

그러다 문득 나는 웃고 있는 혜주의 얼굴을 가만히 본다. 혜주는 지금 무슨 생각을 하고 있을까. 진이 오빠 생각을 하는 걸까. 마음이 조금 싸해지려 했다.

태초에 세상에 수천 개의 열쇠와 자물쇠가 있었다고 한다. 서로의 모양과 생김새에 잘 맞도록 제작된. 그러나 세상 사람들이 모두 잠든 사이 심술궂은 천사가 이 땅에 내려왔다. 그러곤 짝이 잘 맞추어져 있던 수천 개의 열쇠와 자물쇠를 다 헝클어놓아버렸다. 사람들은 열쇠가 자물쇠에 맞지 않아 짜증을 내기 시작했다. 어떨 땐 고통스러워 신음을 토했다. 사람들은 자기에게 맞는 열쇠와 자물쇠를 찾아 헤매면서 일생을 다 보냈다.

그게 사랑이란 걸까. 필생을 다해 찾게 되는 것……. 내 자물쇠를 열어줄 열쇠는 어디에 있을까. 갑자기 마음이 뭉클해지려 했다.

나는 창문턱에 앉아 허공중에 날리는 진눈깨비를 잡아보려 했다. 손을 뻗어본다. 수백 개의 포자를 허공에 방출하는 민들레처럼 마음들이 날아다닌다. 혜주의 옆얼굴이 살짝 비친다. 혜주는 알 듯 도 모를 듯도 한 팝송을 흥얼거리고 있다.

가슴 언저리에 차가운 얼음이 박힌 것처럼, 얼음이 서서히 녹고 있는 것처럼 서늘해졌다.

누군가를 사랑한다는 것은, 참, 쓸쓸한 일이구나 하고 생각했다.

어떤 분별없는 맹목이 열정이란 이름으로 나를 지배한 것인가.

사랑을 시작하기도 전에 사랑에 져버린 사랑의 희생자……. 오, 이정희—.

눈 오는 날엔 슬픔도 위안이 되지 못한다.

"우리 전기게임 하자."

연희 언니가 비실비실 웃으며 말한다.

"그래, 좋다."

봉수 오빠가 당장 군용 담요 속으로 팔과 다리를 집어넣으며 말한 다. 담요 속에 손을 숨긴 채 서로 손을 잡는다. 어떤 한 사람이 먼저 잡고 있는 손을 꽉 잡아 옆 사람에게 전기를 보낸다. 전기를 받은 사 람이 또 옆 사람에게 전기를 전달한다. 그렇게 해서 전기가 다 돌고 나서는 누가 맨 처음 전기를 보내었는지를 알아맞히는 게임이다.

오빠의 눈길이 계속 혜주에게 머물러 있다.

어휴, 불쌍한 두더지, 나는 군용 담요 아래 있는 가여운 우리의 두더지를 바라본다. 대학생이 되어도 여드름은 항복하지 않고 오빠

얼굴에 매달려 있다. 얼굴이 꼭 멍게 같다.

전기가 왔다. 보나 안 보나 뻔하다. 분명히 전기는 오빠가 혜주를 겨냥해서 보낸 것임에 틀림없다. 오빠의 발가락이 담요 안에서 꼼지락거린다. 한 사람의 열정이 일방적으로 공허하게 뿜어져 나오는 것을 본다는 것은 왠지 서글픈 일이다.

전기게임이 일방적인 열정으로 끝나자 오빠는 갑자기 생각이라도 났다는 듯이 자기 방으로 갔다. 통기타를 들고 다시 돌아왔다. 한때 공부는 안 하고 기타나 친다고 아버지한테 욕을 먹던 기타였다. 기타에 발가락이 모아진 발바닥 모양 스티커가 잔뜩 붙어 있다. 검은 발바닥 스티커를 붙인 기타를 안고 오빠는 잠시 눈을 내리깔았다.

칫, 유행은 알아가지고. 오빠는 삐코를 들고 기타줄을 디잉 하고 튕겼다. 폼의 극치다.

비틀즈의 '헤이 주드'였다.

기타 코드를 바꾸어 잡을 때마다 약간의 시간이 굼뜨게 지났다. C에서 F로 다시 G7으로 왼손 코드를 바꿀 때마다 잠시 노래가 끊어진다. '주'를 부르다 내가 숨이 넘어갈 지경이다. 욕먹어가면서 연습한 기타 솜씨가 겨우 이건가. 핑거 스타일 주법을 익히기는커녕 둔탁하게 끊어지는 기타 소리라니……. 기타 소리가 잠시 멈춰질 때마다 나는 노래를 빨리 이어보려고 양미간을 모았다. 오빠에게 기를 모아준다. 손바닥에서 땀이 나려 한다.

그런데 갑자기 기타에서 '삑사리'가 났다. 오, 고문이여, 차라리 나를 채찍으로 내리치소서. 귀를 틀어막고 싶다. 철사줄에서 날카로운 금속음이 다시 울린다. 어휴, 완전 쪽이다.

조마조마했는데…… 차라리 기타를 치지 말지. 혜주 앞에서 내 얼굴이 달아오르려 한다.

오빠는 그제사 겸연쩍게 웃는다. 슬그머니 기타를 내려놓는다. 오빠는 방향 전환을 위해 평소답지 않은 순발력을 발휘했다.

"니들 안동국수와 안동국시가 어떻게 다른 줄 아나?"

오빠는 자기가 문제를 내놓고 재미있어 죽겠다는 표정으로 키득거렸다.

"으음…… 글쎄…… 모르겠다."

우리는 고개를 갸웃한다.

"하나는 사투리고 하나는 표준말? 뭐 이런 거가?"

"아니다. 안동국수는 밀가루로 만들고 안동국시는 밀가리로 만든다. 푸하하하하……."

우린 다 함께 웃었다. 하지만 오빠 웃음소리가 가장 컸다. 자기가 말하고 자기가 가장 크게 웃고. 역시 삼천포다.

나는 남은 새우깡을 입 안으로 가져가 와삭와삭 씹었다. 칠성사이다도 한 모금 마신다. 달콤 톡 쏘는 사이다가 혀끝을 자극하면서 입안에서 행복하게 번진다. 청각적이고 촉각적인 쾌감이다.

순간, 쿰쿰하고 야리꾸리한 냄새가 담요 아래에서부터 올라온다.

"이거, 무슨 냄새고?"

연희 언니는 코를 잡고 인상을 찌푸린다. 나도 덩달아 코를 잡는다. 봉수 오빠는 아무렇지 않은 듯한 표정을 짓는다.

"냄새라니…… 무슨 냄새."

오빠는 애써 모르는 척 내숭 떤다. 아유, 저 능청…… 수준급이다. 혜주는 빙긋 웃는다.

한편으로 생각하면 오빠가 불쌍하다는 생각도 든다.

어느 책에서 읽었는데 어떤 경우엔 동물들이 사랑에 대해 인간보다 한 수 위라고 한다. 어느 여행가가 알렉산드리아에 여행 갔을 때 본 일이라고 한다. 알렉산드리아에 꽃 파는 여자와 사랑에 빠진 코끼리 이야기다. 코끼리는 장터 바닥을 끌려다니면서도 자신의 주름진 코를 주인 여자의 셔츠 깃 속으로 집어넣어 어떤 인간도 할 수 없는 솜씨로 그녀의 젖가슴을 애무했다는 거다.

오빠는 그에 비하면 담요 속에서 발가락만 꼼지락거리고 있다. 오빠는 코끼리의 긴 코처럼 발을 길게 뻗고 싶었는지 모른다. 코를 벌름거리듯 발가락을 벌름거리며 혜주의 발을 만지고 싶었는지 모른다. 그러다 난데없이, 참 의도치 않게, 방귀를 뀐 것이다.

인간으로 산다는 것은 불편하다. 체면과 도리와 이성을 다 챙기며 살아야 한다. 그러나 때로 괄약근은 우리의 의지와 무관하게 난폭한 운동을 해댄다. 어느 우화집에서 이 지각 없고 난폭한 신체 운동을 40년이나 참아온 남자의 이야기를 읽은 적이 있다. 그 남자는 40년 동안 속 시원하게 방귀를 뀌지 못하고 참다가 서서히 죽어갔다. 비극적인 이야기다.

"아아, 우리 007 게임이나 하자."

나는 코 위에서 아른대는 매캐한 배출 공기를 손으로 휘저으며 냉큼 말한다.

창밖의 바람 소리가 더욱 거세진다. 바람은 어디에서 오는 걸까. 먼 어느 지방에서 이곳에 마악 겨우 도착한 바람이 유리창 안을 기웃거리며 창문을 감싸 안고 몸을 떤다. 우리는 크리스마스가 주는 이 해제의 시간을 어떻게 보내야 할지 몰라 몸을 떨었다.

"혜주야, 오늘 우리 집에서 자고 가라. 응? 우리끼리 이불 속에서 밤새도록 이야기도 하고……."

연희 언니가 혜주를 붙잡는다. 혜주는 빙그레 웃기만 한다.

"언니야, 혜주는 안 된다. 야, 밖에서 절대로 잠 못 자는 아다. 저번에 수학여행 갔다가 한숨도 못 자고 얼굴 노랗게 돼가지고 집에 돌아온 거 니 모르나?"

"정말이가?"

연희 언니는 의아스러운 듯 혜주의 얼굴을 본다. '여자가 잠은 가려 자야 한다'는 어른들의 말씀 때문일까 아니면 혜주의 예민한 결벽증 때문일까.

"으응, 나 정말 우리 집이 아니면 잠을 잘 수가 없어."

예쁜 쪽니를 드러내며 혜주가 웃는다.

"집에서 잠을 자야 마음이 안정이 돼. 낮 동안 돌아다니던 혼이 비로소 제집에 돌아오듯이 말야. 제집이 아니면 혼은 돌아올 수가 없잖아. 모든 사물이 밤이 되면 요정처럼 제 몸으로 돌아오지. 새들도 둥지로 돌아오듯이 말이야."

일전에 혜주가 말했다. 혜주에게 어울리는 에스프리였다.

자정이 거의 다 되어 혜주를 바래다주러 우리는 집 밖으로 나왔다. 눈은 그쳐 있다. 이미 통금 시간이 한참이 지나 있다.

코끝에 싸아한 겨울의 밤공기가 스쳤다. 눈은 밤의 미묘한 공기 속에 놓여 있다. 눈은 제집을 찾아드는 자의 발걸음을 조명처럼 비춰주었다. 제의를 드리는 듯 혜주는 조심스럽게 눈을 밟고 자기 집으로 돌아갔다. 전신주 불빛이 새카만 하늘에 자그마한 눈을 뜨고 있었다.

11

그리고 며칠이 지나서 우리는 그 사건을 맞게 되었다.

혜주가 사라진 것이다.

때로 삶은 알 수 없는 불가사의한 함정을 파놓고 우리를 기다리고 있다. 우리는 모두 전기게임을 하듯 손을 잡고 있었기 때문에 나는 혜주가 우리의 손끝에서 떨어져 나갔다는 것을 대번에 알 수 있었다. 더 이상 전기를 전달할 수 없는 지대로 사라졌다는 것을.

혜주는 어디로 간 것인가.

혜주가 사라진 것은 크리스마스가 지나고 며칠 뒤의 일이었다.

그리고 며칠이 지나도 혜주는 집으로 돌아오지 않았다. 수첩을 들고 어수선한 머리를 한 형사들이 혜주네 집에서 나오는 것을 보았다. 혜주의 행방을 찾을 수가 없는 모양이다.

혜주, 그 애의 에스프리대로 진짜 넋을 찾아 떠난 것인가. 아니다. 혜주는 자기 집에서만 잠들 수 있는 애다. 어디서 혜주는 잠을 자고 있는 걸까. 어디서 혜주는 잠을 못 자고 밤을 새고 있는 걸까.

"가시나야, 혜주 갸 가출했다면서……."

고3 수험생을 위한 예비 숙녀 에티켓 교실이 열리는 날이다. 현희가 안경 너머 호기심 어린 눈빛으로 탐색하듯 나를 쳐다본다.

"아니다. 혜주 갸 그런 아 아니다."

나는 퉁명스럽게 대답한다.

"아니 혜주, 갸 깡패들한테 잡혀갔다문서……."

이번에 은자다. 눈빛에 걱정 반 호기심 반이다.

"아니다. 아닐 기다…… 니 봤나?"

나는 강하게 반문한다.

"그럼 진이 오빠랑 어디 멀리 여행 갔나? 갸, 진이 오빠랑 사귄다면서……."

이번엔 언주다. 재미있고 흥미롭다는 듯한 눈빛.

"……."

나는 아무 말도 하지 못한다. 책상 위로 고개를 숙인다.

"에, 여러분. 태교가 중요하다. 엄마 배 속에 있는 아이는 엄마가 생각하는 대로 생각하고 엄마가 말하는 대로 말을 배운다. 아이의 일생은 엄마 배 속에 있는 이 열 달 동안에 다 형성된다고 해도 과언이 아니다. 에 또…… 그러니까……."

교련탱이가 침을 튀긴다.

예비 숙녀 에티켓 교실이라더니 이건 순 현모양처 교육이다.

혜주는 어디로 갔을까. 혜주는 자기 집이 아니면 조금도 잠을 못 자는 앤데…….

교련탱이 침이 다시 공책에 튄다. 나는 노트에 생긴 얼룩 위에다 낙서를 하기 시작했다.

시간이 지날수록 혜주에 대한 사람들의 무서운 예측이 호기심과 뒤섞였다. 그리고 다시 사람들은 제각기 자기 일에 빠져 혜주를 잊어가는 것도 같았다. 원래 사람들이란 자기 일 외엔 별로 관심이 없다. 그러면서도 간혹 잊고 있는 간식이 떠오르기라도 하듯 혜주 이야기를 꺼내 새우깡처럼 와작와작 씹어 먹었다.

혜주가 사라진 지 거의 열흘이 다 되어갈 무렵이었다. 나는 이런저런 생각으로 복잡해진 머리를 식히려 벌러덩 이불 위에 엎드려 있었다.

세상이 갑자기 조용하다.

연희 언니는 분명 연애담을 무용담처럼 들어줄 청중을 찾고 있을 것이다. 오빠는 최근에 만나는 여학생과의 연애에 열을 올리고 있을 것이다.

집 안이, 고통이 가라앉은 것처럼 고요하다. 상처가 아물 때 피부에게 느껴지는, 야릇한 간지럼 같기도 하다.

"정희야, 엄마 일 좀 도와드려라."

마루에서 아버지 목소리가 들린다. 마치 이상한 정적처럼 내게 들렸다. 부엌에서 엄마는 몹시 피곤한 얼굴이다. 마루에 앉아 있는 아버지의 표정은 먹다 남은 빵조각처럼 굳어 있다. 고요가 지나쳐서 이상하게 느껴졌다. 엄마는 나에게 양파 다듬는 것과 마늘 까는 일을 시켰다. 이모는 잠시 시골에 내려가고 없었던 것 같다. 엄마는 월남치마를 다소곳이 앞으로 모으고는 아버지 옆으로 가서 앉으신다.

두 분은 말씀이 없다. 고요를 깨듯 조용하고 차가운 목소리가 공기 사이로 흘러나왔다.

"정희야, 혜주 가까이하지 마라. 이제부터."

아버지는 낯설고 딱딱한 목소리로 '혜주'라고 말씀한다. 나는 누군가가 내 어깨를 누른다는 생각이 들었다.

"엄마, 혜주가 돌아왔나?"

두 분은 말씀이 없다. 그것이 다다. 도대체 어떻게 된 일이지? 혜주가…… 혜주가 돌아와…… 왔구나.

"엄마, 혜주가 우째 됐는데……. 어디 갔다 왔다는데……. 으응?"

나는 엄마 팔을 붙잡고 다그쳤다. 엄마는 고개만 세게 흔들고 말이 없다. 뭐야, 혜주에게 진짜 큰일이 생긴 건가……. 혜주가 돌아와 반갑기도 하지만 불안하기도 하다.

12

다음 날 문예반 김화순 선생님에게서 전화가 왔다. 혜주네 집을 아느냐고, 같이 가자고 했다. 나는 얼떨결에 "예" 하고 대답하고 전화를 끊었다. 인생의 탐험이 오로지 진실을, 때로 감당하기조차 힘들 정도의 적나라한 인간적 진실을 찾아야 하는 탐험이라면 왠지 그 일을 그만두고 싶다는 생각이 들었다. 인생의 모든 굴곡을 치열하게 다 겪는다 해서 인생이 풍요로워지는 것만은 아니니까.

김화순 선생님은 자갈마당 시장 어귀에서 기다리고 계셨다. 언주와 은자도 굵은 털실로 짠 목도리를 하고 코끝이 빨갛게 되어 옆에 서 있었다.

"니들도 왔나?"

"으응. 걱정돼서…… 따라가겠다 했다."

김화순 선생님은 뭔가 골똘히 생각하는 표정이다. 언주와 은자도 얼굴이 잔뜩 굳어 있다.

혜주네 아버지가 파란 철 대문을 열어준다.

정원에는 사철나무만 푸르다. 여름에 풍성하던 붉은 샐비어, 해바라기, 채송화, 제비꽃이 다 지고 보이지 않는다. 혜주가 돌아왔다고는 하는데 혜주 그림자도 보이지 않는다. 혜주의 하얀 운동화도 보이지 않고 혜주가 자주 듣는 비틀즈의 음악 소리도 들리지 않았다. 혜주, 혜주는 진짜 돌아온 것일까.

장독대를 지나 거실에 자리를 잡고 앉았다.

"선생님, 오실 필요 없다고 했는데……."

혜주네 아버지는 김화순 선생님도 꺼리는 듯했지만 우리까지 나타난 게 영 마음에 안 드는 눈치다. 못마땅한 표정으로 나와 언주와 은자를 힐끔거리며 본다.

"니들, 저기 대청에 좀 있도록 해라."

김화순 선생님 말씀에 할 수 없이 우리는 거실에서 내려왔다. 정원 대청 쪽에 가서 몸을 웅크리고 기다렸다. 니스 칠을 한 대청마루는 냉기를 잔뜩 머금고 있다. 우리는 엉거주춤하게 대청마루 끝에 앉아 땅을 내려다보고 있었다. 나는 월드컵 운동화 앞축으로 흙을 파기 시작했다. 서리가 앉은 흙은 얼어버렸는지 좀처럼 일어나려 하지 않았다.

"그래도 안 됩니다!"

좀 있으려니 저쪽에서 혜주네 아버지의 고압적인 목소리가 들렸다. 김화순 선생님 목소리가 들려야 하는데 혜주네 아버지의 목소리에 덮여서 잘 들리지 않는다. 조금 있으려니 김화순 선생님 목소리가 조금씩 또렷하게 들려왔다.

"아버님, 그러시면 안 됩니더. 혜주를 일주일 동안이나 감금하고 그 짓을 한 남자한테 어떻게……. 그러니까 아버님, 다시 생각을……."

"아닙니다. 혜주는 이미 여자로서 버린 몸이 되었어요. 그 남자한테밖에는 시집갈 데도 없어요."

연이어 혜주 엄마가 흐느끼는 소리가 간헐적으로 들려왔다.

언주와 은자와 나는 너무 놀라 재빨리 손으로 입을 틀어막았다.

어떤 공포에 짓눌린 표정으로 우리는 서로의 얼굴을 쳐다보았다. 은자의 얼굴은 이미 일그러져 눈물을 뚝뚝 흘리고 있었다.

희미한 현기증이 일었다. 신경, 알 수 없는 어느 곳에서 무엇인가 툭 끊어지는 소리가 들렸다. 뜨거운 것이 몸속 혈관을 타고 내장 속으로 퍼졌다.

혜주야…….

김화순 선생님의 조금 상기된 목소리가 다시 들렸다. 또렷하고도 다부진 목소리였다.

"아무리 그래도 안 됩니다. 혜주를 어떻게 범법자에게 시집을 보냅니까? 그것도 일주일씩이나 혜주를 자기 방에 가둬두었다면서요."

"그럼 어쩝니까. 여자가 몸 버리면 그것으로 끝장이지요. 선생님, 더 이상 말씀하시면 우리 맘만 괴로울 뿐입니다."

"혜주 아버님, 혜주는 참 맑고 꿈이 많은 아입니다. 혜주에게도 꿈을 이룰 기회를 주셔야지예. 그리고 그 혜주를 가둬두었다는 약방 총각이라는 사람, 경찰에 신고해야 합니다. 정신이상자에다 범법잡니다."

언주와 은자, 나는 다시 깜짝 놀란다. 뭐, 약방 총각? 그렇구나. 그 머스마가, 그런 짓을……. 왠지 눈빛이 이상하더니…….

"신고라니요. 아이고…… 절대 안 됩니다. 우리 혜주 또 상처 줄 일 있습니까. 그냥 조용히 일을 끝내고 싶습니다. 혜주 몸도 말이 아닙니다."

김화순 선생님은 이번에 혜주 어머니를 붙잡고 사정을 하는 것 같다.

"혜주 어머님, 혜주를 이렇게 보낼 수는 없습니다. 혜주 인생을 생각하셔야지예. 다시 한번 생각을예……."

혜주 어머니는 대답은 하지 않고 계속 흐느끼고만 있다.

은자는 아예 소리를 꺼이꺼이 내며 울어댄다. 언주도 언주답지 않게 눈가를 훔친다.

나는 눈을 가늘게 뜨고 정원에 푸른빛이 살아 있는 사철나무를 쳐다보려고 애를 썼다. 정원 가장자리에 놓인 깡통들과 깡통 속에 놓인 마른 흙, 그리고 그 깡통 화분 위에 피어 있던 지난여름 채송화를 떠올리려 애썼다. 깡통 흙 속에서 피어난 채송화 때문에 지난여름이 견딜 만했던 것이 떠올랐다.

나는 아무렇지 않은 듯 보이려 애썼다. 그런데 눈알이 뻑뻑하게 따가워졌다. 참으려고 했는데 눈물이 솟구쳤다.

은자는 입을 손으로 가렸다. 숨죽여 소리를 내지 않으려 애쓰다 보니 목에서 꺽꺽 하는 소리가 흘러나왔다.

가시나들……, 뭔 일 났다고. 거 봐. 인생이란 게 그런 거야. 그것도 여자의 인생이란 게……. 조금만 조심하지 않으면 어떤 일을 당할지도 모르잖아. 우리 엄마 아버지가 늘 말씀하신 그대로야. 여자 인생 한번 깨지면 쪽박이라고…….

그래도 억울하다는 생각이 든다.

갑자기 산다는 것이 느닷없는 악의처럼 느껴졌다. 악의, 눈에 보이지 않는 뭐, 그런 것, 지금껏 삶이 문득 진짜가 아니라는 이상할

만큼의 사실감이 온몸을 휘감았다. 속임수가 아닌가 하는 느낌. 사
람들을 둘러싸고 있는 무섭고 차가운 현실이 입안에 가득 이물감
처럼 느껴졌다. 이런 류의 이물감은 내 삶의 계획표에 쓰여 있지 않
던 분노였다.

살기 위해 지금까지 필요 이상의 근육을 사용하고 있었던 건 아
닌가 하는 생각이 들었다. 팽팽하던 긴장이 순간 느슨하게 이완되
는 것 같은 공허한 기분.

삶이 그대를 속일지라도…… 푸시킨, 그렇다. 삶에 대하여 아무
리 조심하고 긴장해도 삶에게 배신당하기 십상이다. 기쁨을 줬다
재빨리 심술궂게 빼앗아가는 저 삶의 악의 같은 거 말이다.

녹슨 깡통 화분을 보고 있는데 내 눈에서 조금씩 눈물이 흘렀다.

내가 우는 것은 사람이 사람을 고통스럽게 한다는 이유 때문이
었다.

눈물이 다시 솟구쳤다. 안간힘을 다 썼지만…… 겨울 하늘이 너
무 파랬다.

13

며칠 뒤에 김화순 선생님과 김기려가 같이 경찰서에 갔다는 이야
기를 들었다. 기려가 김화순 선생님한테 자기도 꼭 같이 가겠다고
말했단다.

학력고사가 끝나고 우리가 남은 출석 일수를 떼우기 위해 학교에 갔을 때다.

언주와 은자가 호들갑을 떨며 기려를 붙들고 묻는다.

"기려야 기려야, 그래서 어떻게 됐노? 경찰서에 갔더니 뭐라 그러더노?"

"……."

"가시나야, 답답하다. 우째 됐노? 빨리 말해봐라."

다시 언주와 은자가 닦달을 하듯 다그쳤다.

"경찰서 아저씨가…… 안됐지만 어쩔 도리가 없다카더라."

"무슨 말인데 그게……"

"친고죈가 뭔가가 있어서 피해자가 직접 신고해야 접수가 된다 카더라……."

"친고죄가 뭐고……"

"여하간 김화순 샘이 꼭 피해자가 접수하게 할 거라고 말하니까 오히려 경찰 아저씨가 안 그래도 이 동네 물이 안 좋은데 또 이런 일이 생겨서 뭐 그렇다고 카대. 뭐라뭐라 카면서 오히려 집에 일찍 일찍 안 다니고 가시나가 밤늦게 돌아다니니까 이렇게 됐다고 혜주를 탓하더라. 그래 김화순 샘이 완전 화가 나서 성 피해자에게 무슨 소리냐고 피해 입은 여성을 원인 제공자로 몰아붙이는 게 대한민국법이냐고 따지고 소리 지르고 말이 아니었다."

"정말이가?"

은자와 나는 함께 소리쳤다. 혜주가 당한 일을 마치 간밤에 재수

더럽게 없어서 진 야구 경기 스코어 말하듯 하다니…….

기려는 씩씩거리며 말을 이었다.

"혜주가 일주일 동안 그 약방 총각 방에 갇혀 있으면서 왜 도망을 치지도 않았냐고 도리어 따지더라. 하, 기가 막혀……. 그래 김화순 샘이 그 약방 총각이 자물쇠로 잠가뒀는데 어떻게 도망칠 수 있냐고 소리를 질렀다."

언주와 나와 은자와 현자는 얼굴을 일그러뜨리며 서로를 쳐다봤다.

"진짜, 해도 해도 너무한다……."

우리는 뜨거운 납을 뒤집어쓴 표정으로 무슨 말인가를 하려 했다. 입 안에 뭔가 뜨거운 것이 고여 금방이라도 튀어나올 것 같았다. 하지만 혀는 더욱 딱딱하게 굳어졌다.

"돌아오면서 김화순 샘이 침착하게 말씀하시더라. 남녀 간에 무슨 일이 생기면 그것이 범법적이든 그렇지 않든 여자에게 그 이유와 원인이 있다고 몰아붙이는 게 한국의 법이라고……. 아무리 그렇다 해도 명심해야 할 게 있다 카더라. 여자들마저 이 모든 문제가 자신의 잘못 때문에 생겼다고 자학해서는 안된다고 말이다……. 혜주 마음을 잘 다스려야 할 텐데…… 걱정하시더라. 그길로 샘하고 혜주네 집으로 갔다 아이가."

김화순 선생님이 한 말은 대충 이런 말이다. 여성은 늘 위태위태한 곳에서 불리한 게임을 해야 한다는 것.

그러고 나니까 불현듯 김화순 선생님이 수업 시간에 해주신 말씀이 떠올랐다.

"모두들 조금씩 자기 모습에 불만족하면서 세계와 싸워나가는 것이다. 인간이란 그렇게 세계와 불화하는 과정에서 성장하는 것이지. 누구나 자신의 세계와 싸우면서 앞으로 나아간다. 자신의 지옥과 마주 싸울 각오도 의욕도 없이 어떻게 앞으로 나아갈 수 있겠노?"

김화순 선생님은 포기하지 않고 다시 혜주네를 찾아갔다. 직접 혜주를 만나려 했다. 하지만 혜주네 아버지는 끝내 혜주를 2층 방에서 내려오지 못하게 했다, 는 기려의 이야기였다.

그리고 얼마 있다 혜주네가 골목길 그 집에서 허둥지둥 이사를 갔다는 이야기를 들었다. 연희 언니가 우울한 목소리로 내게 전해주었다. 학교에서 돌아오는 길에 비스듬히 열린 혜주네 대문 사이로 혜주네 마당을 보았다. 찢어진 신문지와 검은 비닐봉지 들, 떨어진 의자 다리. 살림이 빠져나가고 난 자리엔 언제나 누추하게 숨어 있던 기억들이 맨 얼굴을 드러낸다. 정원 화초들 위에는 흙먼지가 뽀얗게 쌓여 분을 바른 듯했다.

순간, 마당 한가운데 내장을 뒤집어놓은 듯 누워 있는 것이 햇빛에 반짝였다. 뒷축이 망가진 혜주의 하얀 운동화…… 운동화였다.

젠장, 희망이란 건 한낱 지금의 시간을 견디기 위한 자장면 면발 같은 것인지 모른다. 퉁퉁 불기 전에 재빨리 우겨넣어야 하는 허기처럼……

14

혜주네가 어디로 이사를 갔는지 그리고 약방 총각과는 어떻게 되었는지 아는 사람은 아무도 없었다. 소문이 빠르다는 장미미장원 마담 아줌마도 몰랐다.

혜주는 시를 계속 쓸 수 있을까.

대학에 들어가면 진이 오빠가 혜주와 나에게 시내 중국집 공화춘에서 자장면 사준다 했는데……, 수성못에 스케이트도 같이 타러 가자고 했는데……. 혜주는 감쪽같이 사라지고 말았다. 어떤 이별의 인사도 없이.

어쩌면 혜주의 제비꽃잎을 내가 몰래 가져왔기 때문에 이런 일이 생긴 게 아닐까. 투명한 비닐 속에 싸여 있던 그 제비꽃 말이다.

그래, 다 그 제비꽃 탓이다. 혜주가 가지고만 있었으면 이런 일은 안 생겼을 텐데…….

얼마가 지나고 진이 오빠에게 몇 번의 전화가 왔다. 오랫동안 기다린 전화였지만 반갑지가 않았다. 언제나 소망하던 일은 모든 것이 끝난 후에 온다. 혜주에게 연락이 되지 않는다는 말, 어떻게 연락이 안 되느냐는 말이었다. 봉숭아 물이 든 빨간 새끼손톱. 진이 오빠에게 전화가 오면 이런 말을 해야지 저런 말을 해야지 준비해두었던 어떤 말도 하지 못했다. 인생은 이렇게 늘 어긋나고 엉망진창이다.

그해 겨울이 빠르게 지나고 졸업을 했다. 나도 대학이란 곳엘 들어갔다. 메리야스 공장은 중소기업 수출의 역군으로 나라로부터 수출상을 받았다. 덕분에 우리 집도 대구 앞산에 있는 번듯한 아파트촌으로 이사를 했다.

나는 대학생이 되어서도 여전히 자전거를 탈 수 없었고 차가운 곳에 앉으면 안 되었다. 다리를 오므리고 앉아야 하고 해지기 전에 집에 일찍 일찍 들어와야 했다. 지켜야 할 것은 많았고 하지 말아야 하는 것은 더 많았다. 인생이란 끔찍할 만큼 조심스러워 언제 깨질지 모르는 유리 항아리 같았다.

그러나 오래전부터 이런 일들은 되풀이되어왔다는 생각도 든다. 이미 세상이 만들어놓은 지도 위에서 여자들이 단단하게 몸을 감싸고 다시 그 몸을 찢는 일 말이다. 여자를 둘러싸고 있는 투명하고 얇은 막 같은 거 말이다. 란제리처럼 몸을 보호하던 것이 오히려 몸을 조여오는 거 말이다.

소녀에게 어른이 된다는 것과 여자가 된다는 것은 다르다. 소녀는 훈육과 통제 안에서 '여자'가 된다. 훈육과 통제에서 벗어나려 하면 누구라도 한번 들어가면 결코 빠져나올 수 없는 어두운 연못 속에 빠지고 만다. 삶의 폭력이 부당하다고 소리쳐 말할 수도 없다. 폭력은 또 다른 2차 폭력을 가져올 뿐이니까. 소녀들에게 삶은 훨씬 변덕스럽고 심술궂다.

그래서 소녀는 자란다. 세상이 우리의 갈망에 순순히 응해주지 않는다는 사실을 확인하는 순간부터.

아름답고 선한 것은 모욕당하기 쉽다.

아름답고 선한 것을 추구한다는 것 자체가 척박한 우리 인생에서는 사치스러운 것일까.

나이가 들어서는, 길을 가다가 월남치마를 입고 아기를 업은 혜주를 만날 법도 했다. 한데 그런 우연은 나에게 일어나지 않았다. 그건 소설이나 영화에서나 나오는 이야기다. 꿈에서도 혜주는 나타나지 않았다. 혜주는 내 삶에 어떤 흔적도 없이 사라졌다. 제비꽃잎만 남긴 채.

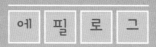

에 필 로 그

지상에 있는 사랑 치고
땅에 떨어져
흙이 묻지 않은
사랑은 없다

김기림

o o o

그리고.

나는 그 이야기를 김화순 선생님에게 하지 못했다.

그날 밤, 혜주가 사라지던 날 밤, 그 밤에 있었던 사건에 대해서
말이다.

내가 잠에 막 빠지려 하던 때였다. 연희 언니는 무슨 일인지 초저
녁부터 곯아떨어져 자고 있었다.

격자무늬 들창문의 나뭇살 너머 골목에서 들려오는 소리가 있
었다. 그건 어떤 교성 같기도 했고 짧은 비명 같기도 했다. 골목 안
에서 어떤 일이 벌어지고 있다는 걸 직감적으로 알았다. 집 마당에
루시가 몇 번 컹컹하고 짖었다. 바람 때문인지 무엇 때문인지 텅 빈
양은 개밥 그릇이 넘어지는 소리가 들렸다.

무서웠다.

나는 창문을 열어볼 용기가 나지 않았다. 어둠 속에 꼼짝 않고 누워 숨을 죽이고 기다렸다. 골목 밖에 들리는 소리에 온 신경을 다 모았다. 다시 몇 번, 여자의 짧은 비명이 이어졌다. 그 소리는 내가 자주 들어왔던 여자애 목소리 같기도 했다.

"왜, 왜, 이러는데요?"

익숙한 목소리……. 심장이 멎는 것 같았다. 발 빠른 발걸음 소리가 뒤이어 함께 들렸다. 루시가 다시 한번 컹컹하고 짖었다.

그리고 모든 것은 다시 죽은 듯이 조용해졌다.

고요 속에 어떤 공포감이 몰려들었다. 목이 비틀어진 뒤에도 여전히 죽음의 공포로 팔딱거리는 닭의 심장처럼, 누군가의 박동소리가 들리는 듯도 했다. 그건 〈수사반장〉에서 보아왔던 끔찍한 장면일 것도 같고 궁금한 공포 같기도 했다.

나는 최대한 소리를 죽여 이불을 머리께까지 끌어올렸다. 이런저런 생각 속에서도 나는 나도 모르게 잠에 빠져들었다.

그리고 끝이었다.

김화순 선생님에게 끝내 이 이야기를 하지 못했다.

생이 우리를 조롱하고 있다는 생각이 들었다.

아픔이 예리해지자 슬픔이 진해졌다.

슬픔이 진해지자 삶이 진해졌다.

나는 조그만 눈을 들어 천천히 하늘을 쳐다보았다. 하얀 구름이 느린 몸짓으로 이리저리 모양을 바꾸고 있다. 천천히 눈을 아래로 가져간다.

책상 위 화분에 바이올렛 제비꽃이 마지막 열기를 뿜어 올리듯 보드라운 솜털이 허공을 밀어올리고 있다. 짙붉은 꽃잎들······.

왠지.

살아야겠다는 생각이 들었다.

| 작가의 말 |

생은 언제나 위험한 유혹이다.
생을 산다는 것은 분명한 연애 사건이다.
그리하여 생이여 욕망이여.

의사는 11살 때 나오지 않은 내 작은 어금니가 잇몸에 숨어 큰 어금니의 뿌리를 밀고 있다고 했다. 그는 전문가다운 눈빛을 반짝였다. 11살 때 나올 어금니가 왜 나오지 않고 잇몸 속에 숨어 있었나요? 옆에 큰 어금니가 먼저 나오면서 자리를 차지해버렸기 때문이에요. 의사는 그렇게 말하고 작은 반사 거울을 입 속으로 넣어 보여주었다. 잇몸에 누워 있던 작은 어금니는 큰 어금니 옆에 아주 작고 하얀 발목을 조심스럽게 내어 밀어 보였다.

맙소사. 이 나이에, 이가 나다니. 눈치 없고 방정맞은 것.

눈치 없고 방정맞을 것이란 이유로 나는 끝없이 주저했다. 평론가가 소설이라니. 작고 하얀 발목을 들이미는 욕망이라니. 이 죽일 놈의 욕망은 늙지도 않는다. 살아 있다는 이유만으로 사랑하고 욕망하고 상처 받고 잊어야 하는 오류들. 이것은 생이 주는 과로다. 어금니가 심하게 욱신거린다. 그러나 나는 이 속절없는 욕망의 흐름에

286   란 제 리 소 녀 시 대

애써 항복하기로 한다.

소녀들의 몸을 죄었던 브래지어와 코르셋을 생각한다. 몸을 죄고 꼭 눌러야 여자로 성장한다는 소녀들의 란제리를 생각한다. 그녀들을 고달프게 했을 하이힐을 혹은 인조 눈썹을……

수상한 소녀들의 사소한 사생활을 밝히고 싶었다. 웃기면서 슬프고 유쾌하면서도 쓸쓸한 이야기. 때로 질투거나 동지애, 자유거나 혹은 솔직함에 대한 것들. 과거의 냄새는 가끔 감춰진 감정을 강렬한 감정으로 휘몰아치곤 한다. 그러면 기억이 덜컹, 하고 두개골에서 툭 떨어지는 것이다. 먼지로 가득한 어두운 방 안에 들창문을 활짝 열 때 갑자기 솟아나는 먼지의 춤처럼 나는 내 십대의 소녀들을 일으켜 세우고 싶었다. 앙금빵과 미팅, 비틀즈와 혜은이, 칠성사이다와 크라운산도, 킹드롭스와 죠다쉬 청바지……
그리고, 흙 속에 잘못 매장된 한 소녀, 혜주에 대한 이야기를 하고 싶었다. 소녀에게 닥친 폭력과 삶의 잔인함에 대해서도.

이 이야기는 잘못 매장된 한 소녀에 대한 헌사다. 절망도 희망처럼 쓰다듬어주어야 하듯. 절망 속으로 걸어 들어가 희망을 만날 때까지 나는,
쓸 것이다.

2017년 가을, 김용희

란제리 소녀시대

1판 1쇄 발행 2017년 9월 11일
1판 2쇄 발행 2017년 10월 23일

지은이 · 김용희
펴낸이 · 주연선

총괄이사 · 이진희
책임편집 · 양석한
편집 · 심하은 백다흠 강건모 이경란 최민유 윤이든
디자인 · 김서영 이지선 권예진
마케팅 · 장병수 박혜화 최수현 김다은
관리 · 김두만 유효정 신민영

(주)은행나무
04035 서울특별시 마포구 양화로11길 54
전화 · 02)3143-0651~3 | 팩스 · 02)3143-0654
신고번호 · 제 1997-000168호(1997. 12. 12)
www.ehbook.co.kr
ehbook@ehbook.co.kr

잘못된 책은 바꿔드립니다.

ISBN 979-11-961658-5-7   03810